佳釀小千金

下

風文創
1086

以微 著

目錄

第三十七章

「怎樣！」

田顯凶巴巴瞪回去。再有意見他就把單子收了，叫他們另請高明！

十歌是相信老爺子醫術的，見他這模樣，自己才終於放心。可閆老爺不清楚老爺子為人啊！所以她得解釋一下才行。「老爺，您該高興才是。田爺爺如此，正說明了夫人並無大礙呀！您放心，田爺爺醫術可好了！」

閆擴疑慮未退。「可他……」

沒有把脈。

對於田顯未曾把脈便能診斷出病況，十歌也很是驚訝，但更多的卻是欽佩。

「田爺爺若需要同尋常大夫那樣問診，那神醫名號便是浪得虛名了。」

這話閆擴斟酌了一遍便想通了，好像確實是這個理，神醫名號可不是隨便得來的。

田顯收好藥箱，氣呼呼來到尹暮年身前，一手便拽住他一隻耳朵。「走，該同你算帳了！」

一會兒出些難題考考他，答錯一題就罰他煮一道菜！

尹暮年也覺得自己魯莽了，正在反省中。老爺子拽著他的耳朵，雖然生疼，他也只是悶哼一聲，並無求饒的打算。

十歌知道哥哥性子，哥哥不怕疼，可她怕哥哥疼。所以，她趕緊出面。「田爺爺，您先回去，我們還有事情要處理呢。過會兒我們去找您，有好東西喔～～」

說罷還擠眉弄眼，秀氣的小眉毛一抖一抖的，可愛極了。

說到好東西，田顯立刻想起他念念不忘的桃花酒。「有酒嗎？」

「有！」

必須有！沒有也給你變出來！

「那行。」

得到肯定的答案，田顯兩隻眼睛發亮，立刻便收了手，笑得美滋滋。滿足的模樣就好似已經品嚐到美酒，開開心心的離開。

秦伯見狀，趕緊追上去。診金未付，且他還需親自將神醫送回去，再好生感謝一番。

待田顯離去，屋子裡又是一片死寂。閆擴坐在床沿，兩隻手捧著娘子的細手，看著她蒼白的面容，心中有說不出的心疼。

尹暮年很自責，他大概已經猜到事情為何會變得如此。

想來，又是因為他們送來的那些吃食。

「老爺……真的很抱歉，都是我們害的，平白叫夫人受苦了。」

「傻孩子，不關你們的事。母親她一向如此，若沒有這事，也能生出別的事。終究無法太平……倒是我錯了，這本是早該下的決心，硬是拖到此時，夫人……是我害的……」

閆擴又何嘗不是在自我反省，他是終於大徹大悟了。這樣的錯，日後定是不能再犯了。

「我思來想去，還是不要再讓夫人為我們兄妹受累，那些果乾、肉乾和魚乾便不賣了。」

老爺和夫人都是好人，不能仗著他們的好，便忘了自己本分，不能過分依賴。

「不可！」閆擴聽了這話，反應倒是極大的，猛的抬起頭，卻又苦笑了一聲。「你們可不要連我這最後的救命稻草也斷了，我還指望拿它們來哄夫人開心呢。夫人她喜歡，你們且放寬心。如若不然，夫人會心思鬱結的。」

閆擴神色嚴肅認真，尹暮年看得出閆老爺的真誠，想了想，便點頭答應。「那……好吧。」

閆夫人也不知幾時才會醒來，兄妹倆又還要去別的地方，只得留下一應貨物後便離去，想著回去前再過來看一眼。

品軒樓那邊每月送的貨物差不多一致，哪怕尹暮年送了貨便離去，酒樓東家也不曾怠慢過。每每總要親自接待，且禮數周到。

曾幾何時，尹暮年還是個乞兒，見慣了冷眼。如今被這樣以禮相待，總有些說不出的滋味。

久而久之，尹暮年反而覺得過意不去，這個月便送了他一罐肉乾，可把酒樓東家稀罕的！

無論酒樓東家出於何種目的，於前目前來看，他們兄妹終究還是受到善待的。

在品軒樓這邊他們並未花去太多時間，很快便向醫館行去。

有那眼尖的藥童一看到這對小兄妹，便找人前來幫忙，將馬車內的草藥搬進後院。

那兒早有人拿著秤砣在等候，見著草藥便拿起來稱重。尹暮年早有了打算，自然是要阻止的。「今次的草藥都是尋常的，值不了幾個錢，便不收錢了。」

「這……」

那藥童與其他人面面相覷，均拿不定主意，只好叫人去請示田大夫。

不一會兒，一同過來的卻是田顯夫婦。

十歌不曾見過田奶奶，故而不知站在田顯身旁的美麗婦人是何許人也。只覺這婦人通身貴氣，舉止落落大方。雖貴氣逼人，與那尋常貴婦卻又有些不同，要更多了幾分英氣，倒是給人一種與眾不同的美。

十歌一下便被那婦人吸引了視線，再難移開。而那婦人也同她一樣，饒有興致的盯著自己看。二人四目相對，較勁一般，誰也不願意先轉移視線。

「噢，對！」一見得二人如此，田顯突然一拍大掌，牽著身旁的女子向十歌靠近，得意洋洋開口道：「妳還未見過妳田奶奶，來，快叫聲田奶奶給我聽聽！」

十歌咋舌，睜圓了大眼睛。

田奶奶？

她想像中的田奶奶應該早已兩鬢發白，哪怕保養得好，那也不該像面前的婦人。說她是田爺爺的女兒，定無人懷疑。

「唔！」十歌怎麼也叫不出口，憋了半天。「嗯……」

十歌歪頭擰眉細思，她該如何稱呼要好一些呢？

「妳可以同大家一樣喊我白大夫。」

白香芙輕笑，不叫小丫頭為難，自個兒幫她把稱呼定了。

小娃娃的眼睛很有靈氣，看起來機靈得很，十分討喜。白香芙忍不住伸手去揉揉女娃娃的腦袋。

「白大夫。」

十歌乖巧喚了一聲，聲音脆嫩，甜甜的，最是悅耳，比任何一個人喊得都要好聽，在白香芙這兒很是受用。她當即將小娃娃抱起來，在小臉蛋上親了一口。「乖！」

十歌有些錯愕，這是她生平……噢，不，是兩世為人，第一次被一個女子這樣抱著，還……被親了一口？若母親健在，可是會這樣待自己？

她從未見過母親。

突然有些鼻酸。十歌懶懶的將小腦袋擱在白大夫肩頭，悄悄蹭了兩下。兩隻手環著她的脖子，緊緊的，不願鬆開。

這是她一直嚮往的動作，在腦中想像過無數遍。誰能想到，重生一回，先前她的心中所願正在一件件完成。

「叫什麼白大夫！不懂事，下來，下來！」

田顯氣得吹鬍子瞪眼，抓著十歌的小身板，硬要把她掰下來。

十歌猶如八爪魚一般，掛在白香芙身上，小腦袋悶在白大夫脖頸間，委屈告狀。「白大夫，田爺爺欺負我！」聲音悶悶的，好似受了天大的委屈。

白香芙一雙美目掃過去，田顯立刻收了手。

「忘了你過來的目的了嗎？」白香芙語調輕柔，話語說得不緊不慢，卻又無端讓人覺得寒氣森森，背脊發涼。只聽她又補了一句。「師父。」

嗯？師父？

十歌疑惑的抬起頭，盯著美婦瞧。

這關係也太刺激了吧？不是話本裡才會有的嗎？

兔子還不吃窩邊草呢！田爺爺果然不簡單。

十歌與白香芙四目相對，兩相無言。

有些事，知道就好，何必太較真。

在「老婆子」那兒吃了一記厲眼，田顯灰溜溜的去查看草藥。看了一圈，卻是只有一些常見草藥。數量不少，但都不怎麼值錢。

他不太相信的問了一句。「嘖，真的只有這些？」

尹暮年口中未回答，而是認真點了頭。

田顯很失望，失望到想指著少年郎鼻子罵一句「沒用」，奈何老婆子在場，只得生生將這兩字嚥下去，對著藥童們吩咐。「收起來，都收起來！」

他也不同尹暮年客氣，小伙子說送，他就真的收！

「不是說有好東西嗎？」

ㄚ頭說有好東西，他起先想到的是桃花酒。可當他靜下來想一想，便認為兄妹倆應當是摘到了珍稀藥材。

可他找了幾遍，卻是什麼影兒都沒見著，不由有些惱了。

尹暮年沒有作答，而是越過田顯，看向白香芙。微皺著眉，盯著妹妹被抓過的手臂，表情甚為凝重。「白大夫，可否煩請您幫歌兒看一下傷勢？」

「怎麼？」

白香芙將十歌的小腦袋轉過來，仔細看了看。觀小姑娘臉色，並無病相。難道是外傷？

「我帶她進裡屋看看。」

說罷，便將十歌抱離此地。

到了裡屋，細問之下才知道發生了何事。檢查一番，好在並無大礙。不過就是小細胳膊上有一個五爪瘀青，並不是什麼大事。話雖如此，卻也是受了委屈的。

想想這對兄妹，著實不易。

白香芙不由在心中輕嘆。

回到二樓處的診堂，只見田顯正愜意的蹺著腿，品著美酒，身旁茶几上堆放了不少尹家兄妹帶來的禮品。

爽哉，美哉！

如今他的幾個徒兒已出師，平日裡除了疑難雜症，其他病症都是交由徒兒去診治。也正因此，他才敢在白日裡飲酒。

木門「咿呀」一聲，由外而內推開，正是白香芙牽著十歌走了進來。

既然禮品已經送達，二人還需大肆採購，便與二位作別。

尹暮年因著妹妹受了委屈，一直處於自責之中。他只想快些回去，自今日起，他要加長習武時間，一定、一定不能再讓妹妹受到半點傷害！

一丁點都不行！

第三十八章

兄妹倆緊趕慢趕，好不容易買齊了所需品，時間已經到了申時。這一趟回去，再出來就是下個月了，因著實在擔心閆夫人，臨回去前他們又跑了一趟閆府。

好在閆夫人已經醒來，喝了藥，氣色明顯好了許多。得知老夫人行動受限，不用再擔心老夫人前來鬧事，許素的心情也放鬆了許多。

閆擴對十歌實在覺得心中有愧，他一心想留下兄妹倆，卻遭到婉拒。看兄妹倆這般果決推諉，也不知是不是被老夫人嚇到了，這著實叫他更汗顏。

故而兄妹二人離去時，他命人備了好些「壓驚禮」，加上二人本就採購了一堆東西，整輛馬車被塞得滿滿當當。

各種材質的布疋啊、上好的大米啊，還有姑娘家喜歡的珠釵啊、上山工作專用的一應器具啊，各種各樣五花八門的東西，應有盡有。

拜別閆老爺和閆夫人，兄妹倆馬不停蹄趕回去，就怕晚了宵哥哥就要餓肚子了。

「宵哥哥，我們回來了！」

十歌抱著幾樣輕便的東西蹦進院子裡，此時趙宵正坐在灶前燒火。火很旺，火苗在灶口躥來躥去，映得他的臉明暗不定。

他似乎沒有聽到十歌的叫喚，兀自盯著灶口看。不知在想什麼，一動不動，眼睛也是一眨不眨。

「宵哥哥？」

十歌來到趙宵身旁，怕嚇著他，僅是輕喚一聲。

人在出神之際，最是不經嚇。

「哦，你們回來了。」

趙宵終於回神，見到十歌微愣了一下。而後便站起身，出去幫忙搬運物件。他知道，今日他們定是採購了不少物品。

十歌盯著趙宵離去的背影，只覺他有些奇怪。

神不守舍，偶爾還會露出殺氣，看得她只覺陌生。

而這情況在接下去的幾日並未好轉。不僅如此，趙宵的話一天比一天還要少，表情一天比一天陰沈。奇怪的是，他每日外出工作，帶回來的東西卻是越來越多，教導哥哥武藝也越來越嚴厲。

到後來，甚至變成了兄妹倆留守家中，由趙宵一人外出去工作。可他帶回來的東西還是一日比一日多。

就這樣過了一個來月。

這天，天氣炎熱，他們用過了晚膳便留在院子裡納涼。十歌終於忍不住問出口。「宵哥哥，你是不是有心事？」

趙宵愣了一愣，思緒向遠處飄去，過了好一會兒方才醒過神。他看了並排坐得齊整的兄妹倆，輕嘆了口氣。「宵哥哥怕是陪不了你們多少時日了。」

其實十歌早就做好了心理準備，她知道這一日總有一天會到來，且她心中也有了小小的推測。然而，當真聽到了以後，她還是覺得有些失落。

於是，她沈默了。

「離開前，我會儘量多分擔一些工作，日後你們便不用那麼辛苦。暮年，日後沒有我盯著你，你自己也一定要認真習武。基本功法你已領會，但還需勤加練習，基本功最是重要。

「這個是我自創的劍法劍譜，你且收好。明日起我便教你練習要領，能不能成氣候，便看你自己的造化了。」

趙宵所說的劍譜，原來是他自個兒畫出來的，用的便是那次兄妹倆趕集買回來的筆墨紙硯。好在他們並沒有圖便宜，而是買了上好宣紙。

到了第二日，趙宵當真留下教導尹暮年。奇的是，到了傍晚，十歌只是上林香嬸家送點吃食，再回到院子裡，整個院子已經堆放了小山一般高的野菜和野果，以及草藥和魚蝦，甚至還有二十來隻野味，牠們之中，有一半是受了傷的。

十歌敢保證，宵哥哥這一整日均是待在院子裡的。她想到宵哥哥最近的反常行為，大致可以猜出來這是怎麼回事。

想來，是有人來接應了。

十歌垂著腦袋，有些憂傷。忽然，一隻大手壓在她頭頂上，揉了揉，宵哥哥放柔的聲音飄進耳朵。「歌兒，今晚多備幾個好菜。」

「咱們家要來客人嗎？」

十歌眨眨眼睛，想的是——宵哥哥應當是想犒勞一下前來接應之人吧？再不然便是告別宴。

不想，趙宵的回答卻是：「不，是要義結金蘭之用。」

萬沒想到是這個用途，十歌一下便精神百倍，好用力的點了兩下頭。「好！」

這一夜，十歌就地取材，用現有的食材將廚藝發揮得淋漓盡致。

三人跪拜天地，自此結義為異姓兄弟妹。罷了，趙宵將兄妹倆叫至跟前囑咐了幾句。

「如今我那邊局勢不明，無法帶你們同行，否則恐會給你們招來殺身之禍。待局勢明朗後，我定來接你們，最遲不會超過兩年。在此期間，你們定要照顧好自己。」

說著，趙宵自懷中取出兩枚形狀奇特的金葉，遞給二人。「這信物你們收好，若遇上難處，便到分舵求助。」

兄妹倆認真聽著，乖巧點頭。他們知道宵哥哥這趟回去是要辦大事的，他們若跟著，恐會成為負累。

「宵哥哥當放寬心，我們兄妹二人早已今非昔比，定不會輕易叫人欺負。宵哥哥此去才更應萬事當心，咱們日後還指望宵哥哥呢！」

十歌知道這個義兄真將他們放在心裡，既如此，哪怕為了他們，宵哥哥也該護好自己。她這麼說，不過就是給宵哥哥留個念想。

「唔，實在不行，宵哥哥就還回到這兒來，只要咱們在一起，日子在哪兒都能過。」要說不擔心是騙人的，橫豎命最重要，留得青山在不怕沒柴燒。若非如是想，她早慫恿哥哥上皇城去了。

養精蓄銳甚為重要。

趙宵摸摸十歌的腦袋，眼神分外柔和，淺淺應了一句。「好。」

待他那邊時機成熟便是離開之日，時日無多，如今只想盡力為兄妹多工作一些，讓他們往後無須過於辛苦。

當然，離去前，他會留下一筆錢財，至少需得保證二人兩年內，縱使不去工作，也能生活無憂。

他這個義弟是個學武奇才，兩年的時間相信能有所成就。有了他這套劍法，自然誰也欺負不得。畢竟，這可是江湖第一劍客自創的劍法，至今無人可破。他先前之所以如此狼狽，是因遭人暗算。

無妨的，這個仇，馬上便能得報。

他們一個也別想逃。

自打結義後，趙宵不再隱瞞，那之後的日子他專心教授尹暮年武藝，十歌負責一日三餐。至於外出工作一事，全然交給趙宵的幾個手下。他們各個身手了得，來無影去無蹤，一眨眼的工夫，院子裡便多出一堆山貨來。

又一個趕集日，兄妹倆送完貨物急急回大坑村。不想，剛到村口便竄出一群人攔在馬車前，仔細一看，倒都是一些眼熟的。

正是幾個月前被白虎嚇得一病不起的周大郎等人，看來療養得不錯，今日一見可是精神百倍，見著他們就跟見著肥羊似的。

尹暮年知道，這些人是衝著自己來的，與以往不同，他今次可沒有半點懼意。

「尹兄弟可是叫我們哥兒幾個好等啊！」

周大郎邊走邊抖著身子，他來到馬匹旁，用力在馬腦袋上拍了幾下，引得馬匹不耐煩的甩甩頭，噴他一臉長氣。

被噴一臉，周大郎啐出一口唾沫，罵道：「畜牲！」

心知幾人來者不善，尹暮年不予理會。只不過他的沈默並沒有給自己帶來好果子，只見周大郎一腳踏上馬車，哥倆好的搭上尹暮年的肩膀，張口帶出一嘴臭口氣。「你小子可是把我害得好慘呀！這事你說怎麼辦？自個兒小日子過得滋潤，卻不知同哥兒幾個分享，這能成？」

周大郎說話的同時，手也沒閒著。只聽「啪、啪」幾聲，周大郎在尹暮年臉上拍了幾下，力道不輕，尹暮年的臉上立刻現出紅印子。

周大郎是真不服氣。自打那日他自虎口逃生，這一病就病了幾個月，好不容易下得來床，卻聽聞尹家兄妹得山神護體，是帶福氣的，就連吃人的老虎也不忍對其下口，輕易惹不得。

去他的山神護體，他可是不信！今日就偏要與這小子鬥一鬥，就不信他能以一敵六！總得給他點教訓，他的病不能白得！

「我那病是因你而起，這藥費怎麼也不得少於二十兩。」周大郎獅子大開口，頓了一頓，突然面露凶光。「還不快給老子拿來！」

揚起手，大巴掌直接往尹暮年腦袋上蓋去。

習武過後，尹暮年的身手越發敏捷，哪裡能給周大郎傷自己的機會。他隨手一揚，輕鬆抓住周大郎的手腕，將其壓制在背後。

「啊——」

殺豬般的慘叫刺得人耳朵生疼，尹暮年皺皺眉頭，憂心的往馬車裡頭瞧了一眼。

這人真是不堪受力，只不過稍微對他發了些許力氣便鬼吼鬼叫，當真是沒用。

可不要擾了妹妹清夢。

彼時時辰尚早，許多村人仍在田埂工作。然而此時他們均停下手中動作，站直了腰板看好戲。

早在周大郎幾人候在此處，他們便覺不妙。又聞幾人談笑，知曉其目的是打劫尹家兄妹。一時間，他們都有些好奇。

尹家兄妹那是山神護著的，哪是他們幾個渾小子能輕易開罪的？今次不知還要躺上幾個月？打死他們最好，省得他們成天在村子裡胡作非為。

村人待尹家兄妹早已不是初時模樣，如今哪一戶人家見了他們二人不是燦笑問候。甚至哪家媳婦要生產了，都要把小娃兒請去坐鎮，只盼大小平安，最好生個帶把的。

有戶人家請小姑娘過去坐鎮，猜怎麼著？雖然過程有些艱難，還真讓他們家生出胖小子！

也是那時候他們才知道，小娃娃竟然懂醫術！一時間，村人對兩個小娃娃越發敬重起來，只差沒有燒香跪拜。

今日再看，尹家小子他、他竟還習武？

看啊，一腳輕輕鬆鬆將周大郎踹下馬車。周大郎直接趴在地上起不來，狼狽得嗷嗷亂叫。他的手仍在背後，動彈不得。

「你們，快！把他抓起來，給我打！往死裡打！」

周大郎雖起不來，但他可不忘對其他幾人下令。哪知那幾個見尹暮年跳下馬車，便站在原地面面相覷，踟躕著不敢上前。

村裡頭的傳言，他們同樣有所耳聞，家裡老一輩沒少叮囑他們不要再對尹家兄妹不敬。

「廢物！還不快……啊——」

話還未說完，又是一聲慘叫。尹暮年一腳踩在周大郎背上的那隻手臂上，一下疼得周大郎滿頭大汗。縱使如此，他仍然叫囂道：「再不過來我讓你們吃不了兜著走！」

在周大郎的警告下，幾人立刻圍上來。

誰知，他們幾個軟腳貓兩三下便被打趴。

如此大的動靜，補眠的十歌自然被鬧醒了。不過她只懶懶靠在車窗上打哈欠，隨手挑開窗簾子看一眼，便又放下。

嘖！就這樣也敢來挑釁哥哥？不夠看。

「好！打得好！」

站在田埂上圍觀的村人突然爆出喝彩聲。

好傢伙，終於有人來替天行道了！

是他，是尹家小子！

「今日我便饒了你們，再有下次，我讓你們這輩子都下不了床。」

尹暮年冷眼俯視地上幾人，他不笑不怒，口氣異常堅定。這事，絕對不是說著玩的，再有下次，他真會這麼做。

說罷，尹暮年向村人行了點頭禮便離去。

村民無一不感到驚喜，尹家太神了！

村人如何想，兄妹倆並不在意。他們正因打了勝仗滿心歡喜，只想快些回家將這則好消息告訴宵哥哥。

哪知，回到院子裡，卻怎麼也找不著兄長的身影。

第三十九章

十歌的心突然空蕩蕩的，她暗自嘆口氣。宵哥哥怕是走得匆忙，來不及同他們告別。這一別，可是至少兩年啊！

確實如十歌所料，趙宵因事出緊急，只得留書一封，再三囑咐二人今後務必小心謹慎，並留下二百兩銀子。

兄妹倆如今哪裡缺這些銀錢，同宵哥哥一起生活了幾個月，感情是有的，他這一走，且還是不辭而別，不免給兄妹二人心中留下遺憾。

但日子終究還是要過，難過了個把月，兩人才終於恢復精神。他們依照趙宵出現之前的模式工作，錦袋中的好物越來越多，可他們仍不驕不躁，穩穩過日子。

自打與周大郎正面衝突後，他就不敢出現在尹家兄妹面前，若是不小心碰上，也要繞道走。

兩人的日子倒是安生，唯一影響他們心神的是閆夫人生產一事，許素生產之前的幾日，十歌便包袱款款入住閆府。

好在許素順利產下男嬰，那之後十歌便為她的月子大餐操勞，一日幾餐全出自十歌之手，許素因此身子骨比先前硬朗了許多。

到了孩子滿月那日，尹家甚至免費提供酒水。那酒是十歌提前幾個月釀製的，經過錦袋的滋養，在開封這一日驚豔了冉呂鎮上所有大戶人家，同時也給閆擴大大長了臉面。

時間一晃，兩年過去了。

巫陰山上有一座破敗不堪的廟宇，兄妹二人既已同白虎熟識，便再無隱憂，於是乾脆將廟宇修整一通，偶爾會直接住在廟宇的寮房裡。

這一日，正是風雨交加時，兄妹二人便在山中住下。到了半夜，習武的尹暮年被一陣嘈雜聲驚醒，他迅速起身守在妹妹房外，側著耳朵仔細聆聽。

聲音自正殿那邊傳來，窸窸窣窣，有搬運東西的聲音、話語聲清晰可聞。可以斷定，來的是一幫習武之人。

與宵大哥的兩年之約已經過去，他雖每年會命人送來銀錢，卻是尚未能將他們兄妹接過去。尹暮年想到會不會是宵大哥的仇家，知曉了他們兄妹二人，故而欲捉之？

思及此，尹暮年瞇起眼睛，全神戒備。兩年過去，他的劍術大有長進，面對此等危機，尹暮年僅擔心妹妹受到波及。他敲敲妹妹的房門，壓低聲音說著。「歌兒，廟中有情況，妳當心些，若形勢不妙，切記躲進錦袋中。」

房裡傳出十歌剛睡醒有幾分沙啞的聲音。「好。」

這一夜，尹暮年再無睡意，他專心守在妹妹屋外，卻不想對方並沒有動靜。

難道只是來躲雨的？

可他們在此處生活已久，哪曾遇見此等狀況，除非是不知名的外來人誤闖巫陰山。

事情好像確實如此。

隔天，在十歌準備早膳時，寮房院子闖進來一批彪形大漢。他們各個人高馬大，五大三粗，腰間都別了一把劍，顯然是走江湖的。他們在見到兄妹二人後便愣在院子口，顯然未曾想到此處會住著兩個半大的孩子。

外頭不斷傳來吸氣聲，一聲大過一聲，還伴著吞口水的聲音。十歌向他們看去，幾個大男人眼巴巴盯著她面前的大鍋瞧。

「丫頭，你們這粥賣不賣？」

忽然，有人撥開擋路的幾個弟兄，扯著嗓門走到十歌跟前十步遠的地方，行了一個抱拳禮。

此人看著倒是和善。十歌看見他們刀柄上刻有鏢局名稱——雲隆鏢局。這家鏢局十歌知道，她曾有一次閒來無事找宵哥哥打聽江湖之事，聽他提起過這個鏢局，雲隆鏢局是江湖鏢局行當中頂有名的。

「賣！」於是她便肯定點頭。眼珠子轉一圈，露出討喜笑靨。「不過還要請幾位稍等，這粥不太夠，我再熬一鍋。野菜餅子需要嗎？」

多個朋友多條路，指不定日後有需要呢？哥哥不可能永遠窩在這個小山腳，若出去了，人脈便尤為重要了。

為首的大嗓門男子又是扯著嗓子吼了句。「要，有啥上啥！」

尹暮年覷妹妹模樣，她敢如此放寬心接待，想來這些人定是無害。

二十幾位大老爺們的早膳做起來還真有些吃力，光野菜粥就熬了三大鍋，野菜餅子一盤又一盤。剛烙好就有人迫不及待取走，也不怕燙嘴，直接往嘴裡塞，一個個像餓了好一段時日似的。

「叔叔，當心燙嘴！」

十歌頗有些無奈的出言勸告，然而僅收穫幾聲「嘿嘿」傻笑。

等二十幾人都喝上粥，吃到野菜餅子，十歌已經累得雙腳發軟，直接癱在邊上的石階上，不願再多動一下。

她如今畢竟才十歲大，體能是要差一些。

「來，你倆也吃。」

鏢局頭兒不知何時靠近，遞來一張野菜餅子。將野菜餅子看一眼，十歌搖搖頭。「叔叔多吃一些，不夠的話我再給你們做點別的。」

如今她是半點胃口也無。若不是事情來得突然，她也無須如此勞累。

其實錦袋中是有吃食的，今兒本可以不做早膳，是因想要誘敵深入，來個甕中捉鱉才特意熬的粥。好在對方是良善的，他們早先準備的陷阱和藥是派不上用場了。

「丫頭小小年紀，手藝實在了得！妳還有什麼絕活？」再平常不過的話語，自鏢頭口中道出，那味兒全變了。十歌擰擰眉頭，看來此人說話習慣用吼的，耳朵實在受累。

十歌轉了圈眼珠，在心中權衡利弊。聽聞江湖之人最重情義，眼前大漢濃眉大眼，行為舉止豪邁不拘，一身江湖氣怎麼也掩藏不住。自己不過與他短暫相遇，僅有一膳之緣，如何讓他記住自己呢？

想了想，十歌開口說道：「絕活多的是，就看叔叔受不受得起了，今兒早膳一人十文錢。」

說罷，十歌伸出小手做出討要狀。

小丫頭的話引得鏢頭朗朗大笑。「嘿！小丫頭口氣不小，哈哈哈！」還是那個大嗓門，一下子所有人均往這邊看來。只見他們鏢頭豪邁的掏出一兩銀子擱到小丫頭手心，打趣道：「還有什麼絕活，儘管使出來。」

十歌拋拋手上的銀疙瘩，頗有些惋惜的搖著頭。「怕是買不到多少絕活，光肉乾都不夠你們一人一份。等著啊，我去取來叫叔叔嚐嚐，有點貴，您斟酌著買。」

說著，十歌已經起身朝自己的寮房走去。再出來時手上多了一個精緻的籃子，裡頭整齊擺放二十六個小罐子，自罐子口散發出淡淡肉香，引得一堆大老爺們忍不住跟在小丫頭身後亦步亦趨。

「雞肉乾和魚肉乾一罐子四十五文，兔肉乾五十文。若要一人一罐，您這銀錢是不夠的，要補上嗎？」

十歌故意將罐子打開，叫香氣飄散出來，大夥兒就如她所料，各個睜圓了眼睛，哪怕剛用過早膳，這會兒仍然一副饞相。

「嘿，好吃！快，快，你們也來嚐嚐！」

自打小丫頭掀開蓋子，鏢頭便迫不及待的捧起一罐兔肉乾咀嚼，好滋味叫他瞬間跳起來，不忘招呼自己的弟兄們。

一口氣吃完一罐肉乾，有些意猶未盡，鏢頭舔舔唇，兩眼冒著金光。沒想到走個鏢，竟叫他尋到這等好滋味！方才那粥別提多鮮甜了，他從未吃過如此好吃的粥。還有那些餅子，簡直絕了！他走南闖北，無論去到哪個知名酒樓，也不曾吃過這般好滋味的野菜餅子啊！

以往像肉乾這種女子才喜歡的零嘴，他是碰也不會碰一下，今兒鬼使神差的，被香氣虜獲心神，一口下肚，這滋味是再也忘不掉了。

四、五十幾文的要價貴不貴他不知道，他只知道若錯過了，日後怕是再難吃到，今次他要多買一些回去，叫後院的女人們也嚐嚐看。

「丫頭，妳這兒還有多少，我全要了！」

「欸！頭兒，你得給我們也留點啊！我也要給俺婆娘和俺妞買些。」

「我也要！」

「我、我也要！」

一時間，聲音此起彼伏，看得十歌心裡直樂。倒不是因為有銀錢賺，而是她有了長期與他們保持聯繫的法子了。

「我這兒存貨不算多。這麼著吧，你們給我個住址，要多少報個數，回頭我差人給你們送過去。」

鏢頭吼道：「出息！」轉向小姑娘後，立刻笑咪咪，扯出一個他自認和善的笑容。「現有多少我們拿多少。餘下的不急，我們每月均有鏢須得打冉呂鎮經過，回頭我發個話，叫他們來找妳取貨。」

十歌想想，這倒也行。今次她僅將各種肉乾各取出二十六份，確保他們每種肉乾各能得一份，大夥兒一手交錢一手交貨。價格問題麼，小姑娘說多少他們便給多少，絲毫不將這一丁點銀錢放眼裡。

一夥人用罷美滋滋的早膳，又買到絕無僅有的肉乾，心情別提多愉快，做起事來只覺事半功倍。

正當他們騎上馬背，正欲離去，尹暮年又耳尖聽到動靜，他立刻擋在大夥兒跟前。「有動靜，來者不善。」

說罷，尹暮年趕緊拽住妹妹，回頭囑咐。「跟我來。」

鏢頭驚訝小少年耳力驚人，他也跟著側耳聆聽，發現果真如小少年所言，當下不再猶行退出廟宇。

「可是，頭兒，這個鏢……」非常重要！

「無礙，劫不走。」鏢頭尚未開口，倒是尹暮年先一步出口。說罷，他已經帶著妹妹先

豫。「走！」

「跟上！」

見小少年那副胸有成竹的模樣，鏢頭一聲號令，率領眾兄弟跟在小少年身後。小少年動作敏捷，其腳力再次叫他大吃一驚。

兄妹倆對巫陰山最熟悉，他們很快帶著一夥人跑到廟宇外一處隱蔽的地方躲起來，在那兒能夠隱約見到放在正殿口的鏢物。沒多久，自四面衝進來一批蒙面黑衣人，他們身手極是了得，眨眼的工夫已經將鏢物團團圍住。

因著廟宇異常安靜，只聽黑衣人中有人開口。「有問題，搜！」

第四十章

黑衣人瞬間一躍，立刻四散開來，只餘下幾個人守在鏢物旁。

眼看著黑衣人越靠越近，鏢頭壓低聲音同尹暮年交代一句。「你們且在此躲好，切勿出來。」

說罷，他貓著腰退至另一邊，一個手勢下去，一行人忽然衝了出去，與黑衣人打得不可開交。

尖銳的兵器碰撞聲聽得十歌起了一身雞皮疙瘩，僅聞其聲她便覺肉疼，忍不住拽緊哥哥的衣角。縱使前生活了十六年，也不曾陷於此等凶險境地啊！

知道妹妹害怕，尹暮年張開臂膀將妹妹護在懷裡，一雙越漸銳利的鷹眼仔細盯著混戰中的一群人，腦子一刻不停的分析對方招式，並試圖想出應對之術。

真槍實劍比拚還是第一次見，他缺乏經驗，不敢輕易衝出去應戰。待到他分析得差不多，有了幾分把握才拉開與妹妹的距離，嚴峻囑咐道：「歌兒，形勢不妙，我出去助他們一臂之力。妳將錦袋拿在手中，必要之時一定躲進錦袋。」

「哥哥，你……」十歌本想阻止哥哥，卻在對上他堅定的目光後改了口。「一定要當心！」

尹暮年微點了一下頭，輕柔的摸摸妹妹的腦袋。忽而，他使出輕功一躍而起，同時自腰間拔出軟劍，迅速加入鏢局一行，與對方廝殺起來。

他出現時，正是鏢頭的危急關頭，彼時正有一前一後兩名黑衣人同時刺向鏢頭。尹暮年從旁竄入，隔開後方敵人，一招一式又快又準。

鏢頭發狠，一劍刺入前方敵人胸口，噴出的鮮血濺到他臉上。他分神回頭看了小少年一眼，驚訝得圓眼大睜，讓他帶血的臉看起來更加猙獰。「你?!」

萬萬沒想到，小少年竟懂得劍術！

尹暮年仔細偵察四周，頭也不回的叮囑背後的鏢頭。「小心些。」

他需得時刻謹慎，一招一式不得有差錯。他並不怕血腥，宵大哥教他習武期間，任何情況均同他分析過，應戰中最是忌諱婦人之仁。

他不能有事，妹妹還在等他。

因著尹暮年對山中地勢熟悉，應戰中，他有意引著黑衣人到一些隱蔽的危險之地，利用地形優勢戰勝敵方。

漸漸的，剩下的黑衣人越來越少，他們一個個非死即傷，好些個則是被尹暮年帶離，並將他們打出戰區。

也不知過了多久，黑衣人終於一個不剩。鏢局一方雖險勝，卻也損失幾名兄弟，受傷的更不在少數。如此境況，他們仍不敢停歇，硬是拖著重傷的身軀，帶著鏢物和犧牲的兄弟離開。

行走江湖，凶險在所難免，誰也不得有所怨言，這些十歌都知道。然而，她不明白的是，他們走鏢遇到劫鏢的，擔心敵方捲土重來，迅速撤離沒問題。可是，為何把她和哥哥一起帶走？

若想利用他們兄妹走出深山也不是問題，但都下山了還不放行，就說不過去了吧？

「你們的傷處已經無恙，日後堅持每日換藥即可。我們兄妹二人也該回去了，各位，就此拜別，有緣再見！」

十歌有模有樣的行了一個江湖禮節，正欲舉步離去，衣服領口處卻被鏢頭拎著，怎麼也掙脫不開。

她忍不住朝天翻了個白眼。

剛下山那會兒，鏢頭得知兄妹倆是孤兒，靠走山貨為生，便不肯再放人。非說他們有救命之恩，無以為報，日後便讓他們跟著他混。

他罩著！

兄妹倆已經被這群人硬帶著走了一天一夜的路程，如今他們剛與另一夥兄弟會合，隊伍一下子壯大起來，再無後顧之憂。受傷人員的傷處十歌也均為他們處理好了，可鏢頭還是不肯放行。

「不行，你們得隨我回雲隆鏢局。」

鏢頭不僅嗓門大，脾氣更是倔，不行就是不行，沒得商量！

他想著，敵方定會派人前去查探，兄妹倆原先住的地方哪裡還能回去。且這兩人一身好本事，不應當困於深山。最要緊的是那救命之恩，定是要還的！

十歌擰著眉頭，面對倔驢，不客氣回道：「我們兄妹去雲隆鏢局做甚？我可不給你們當廚娘！走鏢那麼凶險，哥哥也不能走鏢。我們走山貨賺的銀錢可不一定比你們走鏢賺得少，你別影響我們賺大錢。」

原本為了哥哥日後前程，她或許還願意同雲隆鏢局拉近距離。如今境況不同，這些人正在阻擾她做生意賺大錢啊！

跟他們去雲隆鏢局能有什麼前途？她和哥哥早說好了，待哥哥成人禮一過便出發上皇城。要想在皇城生活哪裡那麼容易，當然有錢才好辦事啊！所以，誰阻攔他們賺錢，誰就是冤大頭。

而且要是他們兄妹忽然失蹤，田爺爺和白大夫一定會茶飯不思，閆老爺會發動全鎮來找他們，閆夫人沒準兒會暈死過去，海叔會懊惱，林香嬸會每日以淚洗面，宵哥哥前些天剛來信說，有望年底來接他們。

他們這一走還得了？鏢頭這不是在添亂嘛！

「嘿！小丫頭沒見過世面。」

鏢頭一副「這你就不知道了吧」的得意相，同時用另一隻手將尹暮年撈過來，生怕別人聽不到似的，扯著嗓子問尹暮年。「你自己應該最清楚，要想變強，悶頭習武不是辦法，你如今最需要的是歷練。」

尹暮年沈默。鏢頭說得不錯，那日他能夠全身而退，全依賴山中地勢，實際上他應戰起來還是畏首畏尾，招式使得頗有些困難。

很早之前他便知道自己需要歷練，如今他正遭遇瓶頸，怎麼也無法突破。然而，要指望宵大哥還需一段時日。

可他迫切想變強啊。

鏢頭的話讓十歌忍不住笑出聲。「哈?!」說她還沒見過世面？她可是在皇城那種吃人的地方生活了整整十六年！

正欲回嘴，抬頭卻見哥哥嚴峻的面容，他沈默思考的模樣，讓十歌突然一愣。哥哥發生什麼事了嗎？往日見他練武不是挺順暢？他是不是有什麼事情瞞著自己？

「放心吧丫頭，沒叫妳當廚娘，老子是要帶妳去享福的！走，喜歡什麼儘管買，錢不是問題。」

鏢頭不再給十歌反對的機會，他一手牽著一個，強行帶他們逛起夜市。每到一個攤位都要停下來挑挑揀揀，嘴裡不停詢問。「這個如何，可喜歡？這個呢？

「行吧，都要了！」

兩孩子還來不及回應，他倒好，全買下了。觀他模樣，像是恨不得把夜市上所有物品都買回去。奈何這裡不過就是個小地方，挑來揀去沒多少好東西。

到了一處廟宇前，鏢頭看人家香火鼎盛，靜默了會兒，突然喊幾位兄弟一起，逮著兩個孩子進了廟宇。進到裡頭二話不說便匍匐跪在跪墊上，順便把兩個孩子一起拉著跪下來。

在磕了三個響頭後，鏢頭雙手合十，虔誠看向佛像。「皇天在上，願在座神明保佑，弟子段昌飛若有不周到之處望請諒解。今弟子在此收小弟子尹暮年為義子，尹十歌為義女，日後定當視同親生，絕不偏袒。神明為鑑，若弟子有違此誓，定當不得好死！」

說罷，他又狠狠磕了三個響頭。

兄妹倆因著事出突然，猶自在震驚中，誰能想到他會突然來這一齣？

義子？

義女？

這人腦袋在想什麼？

兄妹二人還未理出頭緒，怎知，段昌飛趁其不備，大手掌往他們腦袋上一罩，稍加用力，兄妹倆被動磕了三個頭。

「哈哈哈！好，好，好！禮成了！走吧我的崽子們，義父帶你們去吃香喝辣！」

禮成後，段昌飛十分愉悅的朗笑聲在廟宇大殿中迴盪，久久不息。

出了廟宇，立刻有人湊上來問道：「頭兒，那日後豈不是要喚年哥兒三公子，那十姐兒便是五小姐了。」

段昌飛傲嬌的抬起頭，賞了那人一個白眼。「廢話！」

「三公子，五小姐，小的王會慶給二位小主見禮了！」

「三公子，五小姐！」

一時間，所有在場弟兄紛紛上前來見禮，引得路人頻頻回頭觀望。

十歌傻眼了，這土匪作派可不像正經大鏢局會做的。悄悄向哥哥靠近幾分，望著這群吵吵鬧鬧的大老爺們，十歌只覺腦袋生疼。

昂頭向哥哥看去，意料之外的，他臉上竟有淡淡笑意。

哥哥他……似乎不排斥？難道他不覺得莫名其妙嗎？

「頭兒，這等好事，咱得回客棧辦個喜宴啊！」

也不知是誰提了個建議，大夥兒都覺得言之有理，立刻回到客棧中。

說是喜宴，不外乎就是兄弟們聚在一起喝喝酒，再正兒八經給兩個新小主見禮，同時不忘提醒二人。「你們倆也該給頭兒見禮才是。」

十歌本就覺得此事過於荒唐，她倔強的扭過頭，閉口不言。卻是在聽聞哥哥靦覥的喊了一句「義父」後，驚訝的回過頭。

那之後，旁人猶在笑鬧，尹暮年靜靜看著，偶爾會心一笑，有時還會望著段昌飛發呆。看著這樣的哥哥，十歌更加沈默了。

她突然意識到，一直以來自己一門心思只想著皇城的事，為此他們努力賺錢營生。卻是忘了，她靈魂是碧玉年華的女子，可哥哥他還是小孩啊！

在這幫大老爺們面前，他顯得那麼小，那麼需要……保護。

為何她此時方才意識到這些？

十歌懊惱得將頭垂得低低的。段昌飛見狀，大手掌在小丫頭頭上輕拍了拍。十歌抬頭，見到的正是段昌飛無聲的朗笑，這笑，還挺叫人安心的。

再次垂下頭，沈默片刻，十歌悶悶的聲音響起。「你發誓，一定會保護好哥哥，絕不能讓他受傷，一丁點都不行。」

「放心吧。」

這是一個肯定的答案，十歌在心中腹誹——原來你也會輕聲細語啊。

酒過三巡，各自散去後，十歌回到自己屋中，全無睡意，她對著明月發呆。

今日是趕集日，未見到他們兄妹，大夥兒都該著急了吧？沒準兒已經知曉他們失蹤一事。說實話，生活突然發生改變，毫無預兆的，這讓她有些不安。

就像她剛死的那會兒，看著痛哭的父親，她想安撫卻無能為力，那時的她又何嘗不是驚慌失措呢？

「歌兒。」

哥哥的叫喚讓十歌醒過神來，她前去開門。

看著沈默不言的妹妹，尹暮年沈默些許方才開口。「歌兒若是不喜歡，哥哥明日便同他們辭行，咱們回冉呂鎮。」
十歌知道哥哥是在擔心自己，她已想通，不會再糾結於此事。兩年時間的沈澱，他們早已賺夠了去皇城生活的銀錢，如今更該多為哥哥想一想才是。
「沒有不喜歡，日子在哪兒都是一樣過。我只盼哥哥能做自己想做的事，待你能夠獨當一面，咱們就去皇城。」
如今如何不打緊，皇城是無論如何也要去的。

第四十一章

過了兩日，一行人終於將鏢物送至雇主手中。也不知他們押的是什麼鏢，對方出動百來人前來迎接，聲勢浩大，十歌算是長見識了。

不可否認，在鏢局行事危機四伏，卻也最能夠磨練心智。且走鏢能夠增長見聞，對於此時的尹暮年來說，是最好不過。

既然鏢物已交付，一行人便鬆懈下來，回途明顯緩慢了許多。

十歌不會騎馬，哥哥也是臨時學的，還是受段昌飛親自教授。哥哥聰慧，一學便會，把段昌飛稀罕的。

兩世為人，十歌這一行方才首次騎馬，多少不習慣，走不了多遠的路程便疲乏無力。她盡可能讓自己看起來正常一些，心想著，總不好因她誤事。

如今速度放緩了，她終於能鬆一口氣。

「三公子，五小姐，你們往後只管享福，咱們頭兒可是把你們放在心尖上呢！你們不知，往常哪會走這條路啊，這條路又慢又繞，唯一的好處是可經過燁都城，那是好地方啊！若是以往，咱們兄弟幾個磨破嘴皮子，頭兒也不會同意改道。」

王會慶湊到兄妹倆身旁，說得眉飛色舞，好似此時他已身處燁都城。

也是此時，十歌方才知道原來是段昌飛有意改道。燁都城她聽過，是個繁華都城，商人們的聚集之地，許多王公貴族喜歡去那兒。

十歌也曾想過，去那兒買些好食材，誰承想，還未去得便香消玉殞。

聽得王會慶一番話語，段昌飛燦笑一聲，一點也不介意被說心細，甚至還很自豪。「懂屁，我的孩子自然由我來寵。」他人高馬大，迎著陽光騎在馬背上，投下一片陰涼。

十歌昂頭向哥哥看去，只見他正望著段昌飛的背影發呆，也不知道在想什麼，近些時日他總會如此。

十歌無意詢問，該知道的哥哥自然會告訴她，想來如今尚不是時候。

入了燁都城，一行人的腳步更慢了一些，段昌飛甚至下令在此休整兩日。

本沒有這個打算的，是因段昌飛見著他家那個女娃兒到了燁都城便鮮活起來，一雙討喜的眼睛不時向四處掃去，興致昂揚，還迫不及待想下馬。

「丫頭不急，過會兒我陪妳逛，妳先休息一會兒。」

到了客棧，十歌一溜煙便要往外跑，被眼尖的段昌飛逮回來。此處雖繁華熱鬧，卻也龍蛇混雜，多有凶險，他可不放心自家討喜的女娃兒自己外出，丟了怎麼辦，好不容易才認來的。

段昌飛一向我行我素，他既有此決定，便不會叫十歌有機會外出，將她看得死緊。一直到隊伍收整完畢，才領著他們兄妹二人外出。

本以為小丫頭是因在山中待久了，難得見了世面，且她畢竟是女兒家，總喜歡那些珠寶首飾玉墜之類的吧？

豈料，她竟往賣食材的攤子和店鋪鑽，一進去就出不來。什麼調味料都要買一些，罕見的食材也不放過。

「我可以自己付的，我有錢。」

出了一家食雜鋪子，十歌神情複雜的看了看身上掛滿大包小包的彪形大漢。

這人……怎麼說呢？花錢比她還大手大腳，她不過是多看了某個食材一眼，他便能二話不說把存貨全部買下。

東西倒是好東西，可有的食材不經放，回頭她還得想個法子將它們都偷偷收入錦袋中。

如此大肆掃蕩了幾家鋪子後，十歌還真有些不好意思。

這一趟可是花了他不少錢啊！

十歌知道，江湖之人本就重義氣，這人又念及他們兄妹的救命之恩，故而格外慷慨，可也沒必要如此啊！

小丫頭這話段昌飛不愛聽，他瞪圓了眼睛，嗓門大如雷。「說的什麼渾話！我寵孩子不行嗎?!」

十歌被這聲音震得縮縮脖子，嘆口氣，不願再與他爭執，他這人聽不得勸。

行吧，你嗓門大，你說了算。

「十姐兒，走，義父給妳買輛馬車。」

待逛完最後一家鋪子，段昌飛抓起小丫頭的手腕，不由分說將她往馬鋪帶。現下他學聰明了，將所購的一應物品交與掌櫃，讓其幫忙送到客棧去。

段昌飛想的是，丫頭畢竟是姑娘家，受不得累。回桀城還需好些時日，總不好叫她一路騎馬，多遭罪啊！

這麼小的丫頭，他得好好嬌養才行。

有了這心思，段昌飛給十歌配了一輛華貴馬車。馬車他很滿意，用一句王會慶的話來說，便是——這排場，與嫡小姐的可是一點也不差！

有了馬車，綾羅綢緞材質的衣裳也少不得。他是大老粗，並不懂很多，衣裳於他而言能穿便成，並無太多講究，往常這些一向是家裡夫人操持的。

今日他卻是不想將就，這兩個新認的義子義女他得好好打扮打扮才成。瞧他們往常穿的破舊衣裳，實在寒酸。

段昌飛心知自個兒這方面學問有缺，便將問題拋給店家。店家一看便知這是大客戶啊，特別拿出最好的給兩位小公子和小小姐挑選。

尹暮年同段昌飛想的一樣，只覺衣裳能穿便好。且他拮据慣了，見有的衣裳一件便要好幾兩，實在於心不忍。雖如此，他卻也只是鎖著眉頭，沈默不言。

十歌知道哥哥在想什麼，不過為了日後著想，他們確實應該好好打扮打扮的，如此去了新地方，才不會叫人看輕了去。

她可是打聽好了，雲隆鏢局裡頭的公子小姐都不是好相與的。故而，十歌為二人挑選了好幾身好料子做的成衣。

要以她挑剔的眼光來看，此處的衣裳都入不得眼，這些與皇城寶萃樓裡的衣裳可是差遠了。然而她只得裝作不懂的樣子，儘量挑一些款式新穎、材質較好的。

後來，段昌飛又帶著十歌去買了些首飾。十歌喜歡簡樸的，一連挑了好些。倒不是真的喜歡，而是她無論挑了幾樣，這個義父都不滿意，直喊道：「太少了，再買！」

挑挑選選換了好幾家，一直到段昌飛滿意了，他們才得以回客棧休息。

一連騎馬趕了好些時日的路程，十歌的身子骨還未緩過來呢，今日又這般逛街市，還真是吃不消。剛想躺下，哥哥便來敲門。

「歌兒，方才我已寫了一封書信差人送去給閆老爺，並託他把咱們的消息告知田爺爺和海叔他們，冉呂鎮那邊妳且放心。」

畢竟閆老爺在冉呂鎮人脈最廣，只消託他一句，定能妥善辦好。十歌覺得哥哥思慮周全，便誇了句。「哥哥做得好。」

如此，心中大石才終於放下。

眼見哥哥還穿著破舊衣裳，十歌忍不住提醒道：「哥哥，你明日便換上新衣裳，總要先適應一下的，以免日後鬧笑話。」

新衣裳與他們往常幹活用的衣裳可是天差地別，她怕哥哥穿不習慣。

尹暮年淡淡應了一聲「好」便退出去，眼見妹妹臉上的疲乏之色，實在不忍再打擾。

夜色清朗，晚風習習。無須再餐風飲露，這一夜顯得那麼寧靜安逸，叫人一夜至天明。

翌日。

雲隆鏢局的弟兄們雖然都是大老粗，做事卻從不耽擱。哪怕是難得的休整日，一個個也都起了大早。

大夥兒一口饅頭一口粥的同時，還不忘討論一下哪間花樓的娘兒們看著風騷，哪家的最美豔。

正是此時，只聽「咿呀」一聲響，一位溫潤如玉的半大小伙子出現在眼前。小伙子劍眉星眸、清新俊逸，一身玉色雲紋直裾在身，將他的矜貴之氣托顯而出。

一堆大老爺們直愣愣盯著少年瞧，有人甚至驚掉了嘴裡的白饅頭。

誰能想到，山裡頭撿來的小少年，搖身一變竟成了矜貴公子哥兒，一身上好行頭在身，完全毫無違和感。

「咿呀——」

又是開門聲，此次出來的是一位膚白討喜的小丫頭。小丫頭臉蛋粉嘟嘟，嫩得可以掐出水來。她身上穿了一件粉白雪花錦繡的對襟襦裙，梳了一個簡單的垂掛髻。髮髻兩邊各別著一只俏皮戲花的粉蝶，一雙大眼睛滴溜溜的向大夥兒看來，似有不解的歪了歪腦袋。

小丫頭張開小嘴，清脆的嗓音甜甜的，問道：「好看嗎？」

雖是問句，臉上卻是自信的甜笑。說罷小眉毛一挑，好不得意的昂起頭。

大夥兒呆呆點頭，一下快過一下，一下重過一下，完了方才豎起大拇指，重複說道：「好看，好看，好看！」

十歌歡笑一聲，向哥哥看去，第一眼便被哥哥驚豔到。

真不愧是她的哥哥，挺像模像樣的嘛！自打習武後，哥哥的氣場便與往日全然不同，如今再一打扮，還真有幾分貴氣。

十歌由衷誇讚道：「哥哥真俊！」

「歌兒才是，哥哥險些認不出來。」

尹暮年又何嘗不是被妹妹驚豔到。妹妹這一打扮，就像驕傲的貴小姐，若要說有什麼不妥，那便是身邊缺少侍候的丫鬟。

是啊，妹妹本就不該吃這些苦頭的……

尹暮年正為妹妹感到心疼，此時的十歌想的卻是——哥哥都十三歲了，要不了幾年便得娶嫂嫂的。

娶嫂嫂得花錢。且哥哥很可能娶個皇城嫂嫂，那就得花更多錢。

到了皇城得買宅子、開鋪子、娶嫂嫂，到處是用錢的地方呢！

那怎麼辦？

賺錢啊！

好在距離上皇城還有點時間，她得好好琢磨準備，到了新地方找個新的賺錢門道才行。

第四十二章

過了燁都城，一行人仍舊選擇走官道。多了個嬌小姐，他們到了夜裡總要找家客棧歇歇腳。如此一路走走停停，確實耽擱了不少時日。

近段時日，向著桀城方向的官道上有這麼一道風景——三十幾名彪形大漢護送一輛華貴馬車，雲隆鏢局的旗幟高高掛著，好不威風！也不知由他們護送的馬車裡是何等金尊玉貴的人兒，竟有此等排場！

護送她的可是雲隆鏢局啊！

一路上十歌收穫頗多回頭禮，她卻不自知。

這一日，到了不得不做選擇的交岔口，面前兩個選擇——走水路可直達，走山路則需多繞幾日路程。

因顧慮兄妹二人未曾行過船，生怕他們身體不適，段昌飛選了山路。

段昌飛對兄妹二人的照拂，十歌均看在眼中。尤其他不放過任何機會對哥哥教導，短短數日，哥哥的劍術突飛猛進。看得出來，哥哥很開心。

十歌終於覺得，離開大坑村是不錯的選擇。

到了午時，一行人隨便尋個地方歇息，拿起乾糧便啃起來。幾日相處下來，弟兄們對兄妹倆十分和善，什麼都為二人著想，他們甚至臨時為馬車開道，十歌不免心中感激。

如今見大夥兒吃得將就，她心想著，自己不能僅受人禮遇卻不知回報，於是便開口道：

「不知幾位叔叔可擅長狩獵？」

「怎麼，丫頭妳有想法？」

段昌飛撕咬一口乾巴巴的粗糧餅，掃了義女一眼。經小丫頭一問，忍不住想起丫頭的手藝，瞬間口水便流出來。

那日山中吃食的滋味至今仍記憶猶新，要是能再嚐一次真是再好不過！

呃……不行不行！都說要嬌養小丫頭，哪裡能再叫她做這些事！

可是……那滋味嚐上一口，真真是賽過神仙哪！

「義父，您在這邊幫忙起灶，我們去去就回。」

在段昌飛猶豫不決時，尹暮年已經將大夥兒的活計安排好了，囑咐一句便領著兄弟們自去狩獵。

此處山勢較巫陰山而言，可謂平坦了許多，對於長期混跡山中的尹暮年來說，狩獵是輕而易舉的事。

因著人多勢眾，且都是練家子，不多一會兒工夫便陸續有人獵來野兔、山雞、飛禽等野味。加之先前在燁都城採買不少珍稀食材，這一餐集齊山珍海味，真真是讓大夥兒大飽了口福。

一幫人對兄妹倆讚譽有加，直道頭兒慧眼識珠撿回兩塊寶玉。一番恭維話語於段昌飛十分受用，深山野林中不時能聽見他渾厚的朗笑聲。「那可不！」

挨著的兩座山，一行人足足行了六日有餘。雖如此，卻無人抱怨。說來好笑，幾個大老爺們開道的同時，會順手把野菜摘了。往日不待見的野菜，如今見了一個個視如珍寶。當然，若見到野味，更是一隻也不放過。

如此幾日，倒攢下不少野菜和野味，引得他們像半大的孩子，一臉滿足。十歌答應過，待到了雲隆鏢局，便幫他們把存貨做成醃鹹菜和肉乾。也正因此，大夥兒都有些不忍出山。

然而終究正事要緊。待走完山路他們便加緊腳步，翌日巳時便已踏入桀城城門。

「丫頭，看仔細嘍，這就是咱們桀城！」

段昌飛偶然回頭，見十歌掀開車窗簾子，不由扯開嗓子說了一句。眉毛飛揚，獻寶似的。

這嗓門不小，嚷得人聲鼎沸的街道停頓片刻，視線紛紛轉向他們。又聽段昌飛隔空送來一句。「不比燁都城差！」

十歌看一眼街道景致，繁華確實不輸燁都城，可若要與皇城比起來，還是差得遠了些，畢竟那裡聚集王公貴族。

十歌看得仔細，眼中注目焦點盡是吃食方面的，她甚至能聞見街道上淡淡的食物香。此處偏南，且靠海，興的是海鮮並非麵食。回頭得找個機會出來轉一圈，尋一尋商機。

很快，喧鬧街道漸漸遠去，不知不覺他們來到一處寬闊敞亮的地方。周邊林立的宅子像是比試著，看誰家宅子更氣派一些，誰家的更富麗堂皇，誰家的最是華貴。

要說最吸睛的，自然是左前方那棟，它足足比其他宅子大了兩倍有餘，只看一眼便忍不住為它的壯麗驚嘆。此棟宅子集富麗華貴與氣派於一身，看起來威風凜凜。

仔細一看，門匾上龍飛鳳舞的寫著——雲隆鏢局。

十歌遠遠看著「雲隆鏢局」幾個大字，看得極是認真，像是要將它印在腦子裡。幾年內，這裡便是她生活的地方啊。

前生她生活的地方雖是大宅子，卻不像尋常大戶人家。家中的主子僅有她和父親二人，中饋一向由她掌管，哪裡有什麼糟心事。但其他大戶人家不同啊，家大業大的老爺們，哪個不是三妻四妾，哪一家不存在一些陰晦之事。

十歌緩緩放下簾幕。她和哥哥初來乍到，萬事還是當謹慎一些為好。

馬車又行了小段路，只聽車外傳來一老太太的聲音。「回來了，我兒可算回來了！」聲音有些哽咽，更多的則是鬆了口氣。

待馬車停下後，十歌鑽出馬車，提起裙襬正欲下去，哥哥的手已經從旁伸過來扶著她。仔細下了馬車，十歌抬頭看哥哥一眼，他正垂眸朝自己微扯起唇角，像在安撫。為了讓哥哥安心，十歌回以燦笑。

事實上她心中並無懼意，唯一擔心的是哥哥，他見的世面總歸比自己少。如今見他一片坦然，十歌心中稍定。

這時，耳邊傳來一陣強風帶出的撲簌聲，抬眼看去，段昌飛已經躍到地上，半跪著給老夫人請罪。「兒不孝，讓母親操心了！」

老夫人彎著腰，伸出兩手將段昌飛扶起，此時方才抬起頭，臉上尚存兩道未乾的淚痕。她皺著眉頭拍拍兒子的手臂，再開口，語調已經平復，多了幾分威嚴。「沒有受傷便好，日後可不許再輕率行事。」

「兒明白。」

段昌飛低著頭，語帶慚愧。這趟鏢確實是他判斷有誤，走了一條最危險的路。後悔有之，慶幸也有之。悔的是因此失去幾名兄弟，幸的則是撿回一雙能幹的兒女。

「這就是年哥兒和十姐兒了吧？」

老夫人向站在馬車旁的兄妹倆看過來，見到二人，她那雙歲月沈澱過的眼瞬間閃過一抹亮光。老夫人扯出一抹笑，帶起臉頰上的肉，讓那雙眼睛彎成月牙，更添幾分慈愛，她放柔聲音招手輕哄。「快過來，叫祖母好好瞧瞧。」

二人自然乖乖走過去，只不過邁出去的步伐較往常小了許多。

屈膝行禮，一舉一動得體大方。

老夫人眼中的笑意更深。

「要不怎麼說咱們段家福澤深厚，這回可真是撿到大便宜了。」

老夫人拍拍小少年的胳膊，又捧起小丫頭粉嫩嫩的小臉，口中嘖嘖稱奇，稀罕的模樣真像撿著了稀世珍寶。

十歌昂著頭，由著老夫人欣賞。幾個眨眼的工夫，在老夫人面前該如何表現心中已經有了底。她對著老夫人露齒一笑，無聲，卻格外討喜，看得老夫人怔了一怔。

摸摸小丫頭的腦袋，老夫人慈愛的臉多了幾分真切。「真是個可人兒。」

「那可不！」

高亢的聲音掩不住的自豪，除了段昌飛還有誰會這般誇張。

像是要昭告天下，聲音又拔高幾分，如雷震耳。「母親不知，小歌兒本事大著呢，那廚藝絕對是名廚都比不得的！回頭讓她做幾道給母親嚐嚐。」

段昌飛一門心思想討得母親歡心，已然忘了初衷。他這話一出，引來一陣不屑吹噓聲，一道妖柔嗲音響起。「老爺，瞧您說的，肖大廚怎就比不得一個……小丫頭呢？」

十歌能感覺到，不少雙眼睛均往自個兒身上瞧來，明目張膽、不屑一顧。

老夫人的笑罵聲傳來。「說什麼渾話，十姐兒年歲尚小，我可不許你這般搓磨她，理當嬌養才是。」

老夫人牽起十歌的手放在掌心，輕撫了幾下，眉眼全是笑。

段昌飛雙掌猛的一拍。「是是是，是兒糊塗了！」

「你……」老夫人還欲說些什麼，剛張了嘴便被一道清淡的聲音阻止。

「母親，不如咱們進去裡面說。」

只聽此人輕嘆一聲，雙手已經扶在老夫人臂彎處，引著老夫人轉身，清淡的聲音再次響起。「莫忘了，您不宜久站。老爺剛回來，風塵僕僕，先叫他歇息，晚些再敘不遲。」

早在此女出聲時，十歌便向她看去。就如同她的聲音一般，是個素雅女子，梳著婦人髻，沒有多華貴的釵飾點綴，整個人從裡到外透著寡淡之氣。

看著倒是舒心，至少與她身後那些爭奇鬥豔的女人比起來，更讓人覺得舒坦。

她舉止帶了幾分強硬，老夫人卻沒有半分怨言，由著她牽著走，甚至還笑道：「還是阿尋知道心疼飛兒。」

老夫人一手由阿尋扶著，一手牽著十歌向裡頭走去，身後跟著好大一群人。

只聽那妖柔的聲音再次響起，聲音更嗲了幾分。「老爺，到奴家院子去，讓奴家侍候您歇息嘛～～」

「咳！」段昌飛乾咳一聲，正了正音才道：「舟車勞頓，是有些疲乏。那，母親，孩兒先去洗漱。」

老夫人看也不看他一眼，頭也不回的向後擺擺手，而後對著身旁婦人搖頭埋怨一句。

「要不怎麼說妳傻，唉！」

自始至終，兄妹二人不曾言語。其間，十歌已將這群人摸了個大概。

段昌飛後院的女人還真是不少。

老夫人身旁的婦人當是府中掌管中饋的夫人，只是這年歲看著有些小，不過花信年華罷了，老夫人看起來對她很是寵信。

十歌觀察旁人的當下，尹暮年也沒閒著，他關注的則是那些小一輩的。他發現，小輩裡頭竟沒有一個和善的，自打他和妹妹出現，便有不少人目光盯在他們身上，似要瞪穿他們。其餘的則是滿臉不屑，一眼也不願投到他們身上，這些應該是府中嫡出，又或較為得寵的庶出。

尹暮年開始有些擔心，他們兄妹做的這個選擇是不是錯了？若妹妹在此受了欺負可怎麼是好？

越想越糟心，尹暮年皺眉向義父看去，如今留給他的僅有一道寬厚背影。

正是此時，義父身旁的女子回頭向他看來。她眼中的神態尹暮年太熟悉了，是明晃晃的算計，就連她臉上的笑也盡是不懷好意。

這副嘴臉他見多了。只是不明白，他和妹妹不過初來乍到，怎的便惹上他們？

第四十三章

段昌飛自去逍遙，留下兄妹倆獨自面對陌生的一群人。好在老夫人慣會辦事，將一行人招呼至前廳，把小一輩挨個兒為兄妹介紹一遍，大夥兒算是打了照面。

「阿尋是你們的義母，按理說，你們該敬杯茶。」

老夫人語畢，立刻有丫鬟送來兩盞熱茶。兄妹倆對視一眼，方才自托盤上接過茶盞，然而他們並非轉向義母方向，而是就地跪下，高舉茶盞，異口同聲喚了句。「祖母，請用茶。」

「老夫人，您看，您把自己算漏了。好在咱們三公子和五小姐懂事，您可省心了。」

老夫人略微愣怔，還是身邊的嬤嬤點醒她，老夫人這才欣慰接過，將兩盞茶一飲而盡。嬤嬤取來早先準備好的兩個荷包，老夫人挨個兒送出去，順便拍拍孩子的手背。讚許道：「嗯，是懂事的，禮教學得不錯。」

老夫人精銳的眼微閃，多了幾分探究。聽聞這二人乃孤兒出身，在深山中無人照拂。怎生得這般乖巧懂事？

據聞年哥兒劍法了得，十姐兒廚藝精湛，這些本事他們打哪兒學來的？還有那毫無差池的禮儀規矩，真不像村娃娃做得的。

莫不是像那些姨娘們所言，這是兩個細作？

「是呢，我們母親曾經也是大家閨秀，最重禮儀。我和哥哥都識得幾個字，不信您考考。」

十歌驕傲的揚起小下巴。方才老夫人眼一瞇，十歌便知曉她有何顧慮，這點她來時路上便已想過，會顧慮倒是正常。不過她更相信老夫人早已差人去大坑村查探，結果如何她心中有數，當還是怕他們收買了整座大坑村。

畢竟雲隆鏢局業大勢大，意圖取而代之的大有人在，容不得半點差池。

「哦，看來本事還挺大，都是母親教的？」

十歌搖頭。「廚藝是母親教的，哥哥的劍術是……」做賊似的向左右瞅幾眼，十歌拽拽老夫人，示意她彎下腰，而後踮著腳尖湊在老夫人耳邊極盡輕語。「哥哥的劍術是玄劍宗宵哥哥教的，他是我們的兄長。」

說罷，十歌站穩腳跟，跟老夫人使了個眼色，並做了個噤聲的手勢，神秘兮兮的，後又補一句。「哥哥的劍法義父知道。」

聽得玄劍宗大名，老夫人瞠目結舌，萬沒想到竟是這般機緣。玄劍宗威名在江湖中常年屹立不倒，是因其劍術別具一格，且當今掌勢的還是幾代中最為出類拔萃的，他的名字便帶有一個宵字。

玄劍宗如今局勢不明，兩個小娃娃被送去深山養活，倒不是沒有道理的。

十歌想得不錯，老夫人確實派人去查探過，只不過得到的結果全是兩個娃娃受到山神保佑，是福娃娃。起先老夫人覺得這說法著實荒唐，現在卻不這麼想了，這二人應當是玄劍宗派高人在暗中指點保護。

機緣巧合，讓兩個孩子流落雲隆鏢局。既是玄劍宗有意雪藏，他們這方便莫要強自出頭，給他們徒增煩憂才是。若能與玄劍宗友好往來，倒是不錯的。

怕就怕這只是幌子，日後還需多觀察才是。

老夫人心中有了定見，心頭大石稍稍放下。她呵呵笑著，摸了摸小丫頭的腦袋，湊到丫頭耳邊，同樣壓低了聲音。「放心，祖母定當保密。」

站直身子後，又道：「來，你們快些給義母敬茶，如此方才名正言順。往後若有什麼難處，儘管找她。」

丫鬟早已奉上新茶在旁候著，就等兄妹二人接過。二人守禮敬茶，喚了句。「義母。」

穆尋雁自喉底「嗯」了一聲，她將兩盞茶各抿一口，遞出荷包，一副淡漠模樣。

見兒媳這般模樣，老夫人無奈搖頭，免不了要替她說句話。「你們別看阿尋如此，她辦事最為妥貼。」一笑著說完，老夫人忽然變了臉色，板著臉向邊上的姨娘們看去。「妳們還不過來給三公子和五小姐敬茶。」

老夫人的指示讓幾個本就面色不佳的女人們更是陰鬱，她們偷偷瞪了那兩個外來者，方才不情不願的挪動身子。

七、八個姨娘一一過來行禮，臉上表情扭曲，但礙於老夫人在場，無人敢發作。

面對姨娘們的禮數，兄妹二人欣然收下，並不覺有何不妥。他們心知這般排場，是老夫人有意為他們博地位。

待到禮數完畢，正欲給兄妹倆分派住處時，一名丫鬟行色匆匆跑來，小喘息稟報道：「老夫人，夫人，老爺自蓮院出來，已去了沁竹院。」

「哦。」老夫人雙目眯了眯，繼而面向穆尋雁，笑呵呵道：「阿尋妳快些回去侍候，我就說哪一個也沒妳心細。這邊有我呢，快，妳快去。」

在老夫人的催促下，穆尋雁只得行了禮便離去。無論任何時候，她的表情從未起過變化。

眼看夫人已經消失在眼前，方才的丫鬟才敢上前去給老夫人密語。也不知說了什麼，老夫人老謀深算的眼露出瞭然之色，她向姨娘們的方向看去，厭惡之色一閃而逝。

老夫人看向十歌，再開口時，又是含笑慈愛模樣。「我派元雙和元桃到妳身邊侍候，她們本是春實和秋實帶著的，各方面都還算妥貼。我再讓春實和秋實先去妳那邊侍候，待兩個小丫頭能夠獨當一面，再讓她們回來。」

此話一出，剛行完禮憋屈得很的姨娘們倒抽了口氣，怨怒的目光更加肆無忌憚的投向兄妹倆。

春實和秋實是老夫人身邊的一等丫鬟啊，很是得寵，在府中下人裡，頗有些地位，甚至姨娘們偶爾還要看兩個丫鬟的眼色行事。老夫人如此安排，姨娘們自是不服。

自己所出的庶子、庶女怎麼說也是正經公子小姐，怎的就比不過兩個撿回來的野娃兒？府裡的庶女也才配一個一等丫鬟和兩個二等丫鬟，那個野娃兒呢？兩個一等丫鬟、兩個二等丫鬟啊！方才她們可都瞧見了，小丫頭的馬車比嫡女的還要華貴。日後分家產，是不是這二人的分例也會同嫡出一般？不行，若真如此，她們定不會同意！真真是越想越氣！

「奴婢春實、秋實、元雙、元桃，給五小姐請安。」

幾個丫鬟紛紛上前行禮，而後乖巧垂頭立於十歌身後。十歌向她們看去，是兩個碧玉年華的姑娘和兩個與自己差不多年歲的丫頭。

想來，老夫人將身邊兩個得力大丫鬟派在自己身邊，一是為打探虛實，二是防著其他主子動心思。畢竟丫鬟是老夫人身邊的人，哪一個都得給幾分薄面。

橫豎自己沒什麼歪心思，如此安排對她只好不壞，十歌欣然接受，只當沒瞅見那些嫉妒得雙眼發紅的眼睛，甜膩膩說了句。「謝祖母疼惜。」

看這形勢，整個段家老夫人最有話語權。故而，這些人不待見自己又何妨？有老夫人為自己撐腰就夠了。

她可不敢指望這屋子裡大大小小的主子們，能有一個真心待他們兄妹，不惹事就行，大家還能湊合著過。她向來人不犯我，我不犯人。真要有什麼，該出手時就出手。如今身上有餘錢，她做什麼都有底氣。

老夫人笑著點點頭，再一招手，一名與尹暮年差不多年歲的小伙子便站出來，甚是歡快的行了一禮，朗聲道：「小的景初給三少爺請安！」

老夫人看向尹暮年，為他介紹道：「年哥兒那邊，我派景初侍候。景初這小子聰明伶俐，辦事最是索利。」

尹暮年揖禮道：「讓祖母費心了。」

「往後年哥兒便住清池院，十姐兒住尤雲院，院子早先便叫人灑掃過，過會兒你們先過去看看是否還缺了什麼，若是有其他需要便差下人去置辦。往後這裡便是你們的家，你們放寬心住下，萬不能屈就。」

「好。」

兄妹倆乖巧點頭。這之後，老夫人便讓下人引著兩位新小主到各自的院子去。

二人的院子不在同個方向，待要分開時，尹暮年喊住妹妹，擰著眉叮囑道：「若住不慣一定跟哥哥說，哥哥帶妳回去。」

這是尹暮年同妹妹首次分開住，妹妹年歲尚小，無法再親自照料，擔心在所難免。他知道妹妹是為了自己才決定離開大坑村，最怕她過於懂事，受了委屈自己扛。

「噢。」

十歌隨意應一句，不知該說什麼好，哪怕說再多哥哥也還是不放心。

「三少爺放心，小姐若是住得不開心，一定是奴婢們沒有侍候好，奴婢們一定會盡心盡力，不敢有半點差池。」

丫鬟春實笑著安撫新來的小主子，老爺和老夫人十分看重這二人，怎麼著也不敢怠慢的。

「是呀少爺，有春實和秋實在，您儘管放心，任何事她們都能擺平。」

景初笑著加入安撫行列。他多少能猜到三少爺在操心什麼，如此說，不知三少爺能否安心一些。

尹暮年張口欲言，最後換做一聲輕嘆，他輕撫妹妹的腦袋，放柔了聲音。「去吧，有事記得找哥哥。」

十歌用一抹燦笑來回答他，而後轉身，步伐輕快離去。

沒辦法，她不走，哥哥定也不會走的。

十歌想得不錯，尹暮年待到再也看不見妹妹的身影才轉身離去。

今日前廳裡發生的一切他歷歷在目，此處除了義父，怕是沒有一個真心待他們的。祖母雖看著和善，心思卻玲瓏剔透。在未完全信任他們之前，多少會防著。

其他人更不需說。無論身處什麼環境，嫉妒都能使人發狂，小心謹慎才是硬理。

尹暮年心事重重，耳邊盡是小廝景初的說話聲。景初一路為自己介紹，他卻是一字也未聽進去，腦子裡總會浮現妹妹被欺負的畫面。

故而，他並未注意看前方道路，直到景初輕拽他的衣袖，高聲喊了一句方才回神。
只聽景初大喊道：「二少爺安！」

第四十四章

近兩年在十歌的食補下，再加上尹暮年自身習武，兩年時間二人的小身板抽長不少。二少爺是府中庶長子，年長尹暮年一歲。如今二少爺就在近前，卻生生矮了尹暮年半個腦袋。雖如此，仍難掩二少爺的囂張氣焰，只聽他自鼻孔不屑的冷嗤一聲，昂起頭，睇眼瞅著面前比他高了些許的野小子。

山裡頭出來的野小子，縱使穿金戴銀也蓋不住粗俗不堪。也不掂掂自己的斤兩，妄想攀高枝？嗤，著實讓人瞧不上眼。

段家家大業大，庶子與嫡子雖有區別，但較其他富貴人家的庶子比起來，一應待遇好了不知凡幾，故而養成了二少爺眼高於頂的脾性。

自打知道父親撿回兩個山溝裡的野娃兒，幾個姨娘便三不五時在少爺小姐們跟前說三道四，不外乎就是兩個野娃娃搶家產來了。

其他的都好說，家產卻是誰也別妄想！

「二哥。」

任誰都看得出，眼前之人來者不善。故而，尹暮年在他發作之前，先行了一禮。無論如何，總不好留下把柄，任人魚肉。

「嗤。」二少爺成心來找碴，哪裡吃他這一套。「臭小子就是這麼行禮的？」冷哼一聲，伸手便往野小子腦袋招呼過去，怎知，這臭小子僅輕巧移了半步便躲開。使足力氣的手撲個空，二少爺氣得伸腳踹過去。

在家中幾個兄弟裡，二少爺的身手算得出色，因此頗受看重。也正因此，他更無法無天，時時欺壓其他庶子庶女。早在野小子躲開的一刻，他便想好後招，尚未收手，腳已經踹出去，要的就是一個出其不意。

哪承想，再次撲空。

「還真有兩下子，有種你別躲！」

二少爺氣極，又接連使出好幾個招式，招招發狠。

尹暮年不欲與他糾纏，乾脆離遠一些，這人存心找碴。再次揖了一禮，尹暮年問得誠懇。「不知府中禮數有何講究，還請二哥賜教。」

這話二少爺一聽，樂了。

看如何作踐他！

只見二少爺昂起頭睥睨遠處的臭小子，道：「果然是野小子，不知禮數。既要行禮，自是要跪下磕頭。」

「不知兄長可有上私塾？」

尹暮年突然之間蹦出一句，二少爺未細思，只當他是山野小子，羨慕自己罷了。當下更是驕傲，頭昂得更高了一些，嗤笑一聲。「膚淺！上什麼私塾，府中就有桀城最具學問的夫子！」

聽罷二少爺的話，尹暮年轉而向左前方揖禮，皺眉道：「孩兒建議義父換了這個夫子。」

段昌飛不知何時出現在二少爺身後，此時他正火冒三丈怒瞪著背對自己的次子，拔高的聲音吼了一句，震耳欲聾。「你這個渾小子！」

二少爺嚇得狠狠瑟縮一下，他僵著身子轉過身，抖聲喚道：「父親。」

「混帳小子，學的什麼狗屁！上跪君王父母官，下跪高堂長輩親。這臭小子學問學到狗肚子裡去了嗎?!」

段昌飛一巴掌拍在二少爺腦袋上，使得二少爺頭昏目眩。很快，屁股被狠狠踹了一腳，二少爺不敢有其他動作，低頭受著。

「義父莫氣，是夫子師德有虧。」

尹暮年上前攔住段昌飛，阻止他又要拍下去的大掌。

「狗屁！定是這渾小子不學無術，看我不打死他！」

手不能動，他便用腳踹，一下子將逆子踹飛在地上。吼聲再次落下。「冠履倒施，你大逆不道，反了天了！」

叫同輩對他行叩頭禮，臭小子敢妄自尊大，視長輩於何地！

若非親眼所見，當真不知這小子在他跟前的乖巧，竟都是裝出來的。這般德行，日後怎堪重任！

段昌飛暴吼一聲。「來人，去把夫子給我喊來！」

看來是他往日疏於管教，臭小子尋常時候是何模樣，夫子叫過來一問便知！

這不問還好，一問，段昌飛更是氣得恨不能打斷這個逆子的腿！

夫子過來後，一看他見到臭小子那個膽戰心驚的模樣便知，臭小子往日定時常惹禍，瞧把夫子整治得唯唯諾諾，半點不像夫子，這種人如何為人師表？

不能叫學子信服的夫子，要他何用？

換！

最後的結果自然是二少爺被好一番懲罰。

末了，段昌飛長嘆一聲，有些乏力。他向遠處看去，招招手，把在遠處看了許久的長子和三子招過來。「你們需謹記尊老敬賢，若同那逆子一般，我定不會輕饒。」

大少爺與四少爺深鞠一躬，埋頭道：「父親教誨，孩兒謹記在心。」

段昌飛後院共有一個夫人、八個姨娘，共育有五子六女。長子是段昌飛與原配所出。原配走得早，故而他又娶了繼室，三子便是繼室所出，此二人同為嫡子，不過繼室過門幾年也去了。如今的夫人，已是第二任繼室，至今無所出。

無論如何，他對嫡子的期望還是要高一些。見兩人還算乖巧，也便放心一些，但願這二人不要同次子那般不學無術。他要的是兄友弟恭，而不是兄弟鬩牆，反目成仇。

雖說暮年是他撿回來的，但自己這條命卻是他救下的。只要有自己在的一天，就不能叫暮年受委屈。

「父親，不如明日起便讓三弟同幾個弟弟一同讀書。」大少爺站直身子，向尹暮年投去和善一笑。

尹暮年皺眉，他知道這人說的話絕非真心，方才在前廳裡，這人可是連一個正眼也不肯給他。

如今他出這個主意，不過就是想讓自己同義父分開，以免日後感情更加深厚，繼而影響了他們。

好在段昌飛搖頭拒絕。「暮年本就學識深厚，無須浪費那些時間，日後他便跟在我身邊，由我親自教導。」

年哥兒三歲便由其母開蒙，肚子裡的墨水可不比家裡幾個小子少，甚至可以說已遠超他們，如今年哥兒只需專心習武便可。

只不過跟前的兩個嫡子並不知段昌飛的這番考量，聽聞父親要親自教導，二人瞇起眼睛互視一眼。

此時的尹暮年心中僅有一個想法——還好今日遇事的是自己，若是妹妹當如何是好？府中小姐們是否會同公子們一般，前去找妹妹麻煩？今日義父正好在此，還能為他作主，妹妹身在後院，又初來乍到，孤立無援可怎麼是好？

越想越擔心，腦袋裡全是妹妹無助的模樣，尹暮年當下便道：「今日之事因我而起，不如我和妹妹離開此地，以免攪了府中清靜。」

「說什麼傻話，今日之事與你有何干係！你且放心住著，義父定護你們兄妹周全。」

尹暮年的話段昌飛不愛聽，一下便吼回去。為使小伙子安心，段昌飛喊來總管，要求其對下人們三令五申，誰敢不敬重三少爺和五小姐，便等著挨板子！

並鄭重警告，任何人不可欺他們兄妹二人，否則家法伺候！

見小伙子眉頭始終不得舒展，段昌飛一手搭上尹暮年的肩膀，撈著他向練武場走去。「走，義父教你幾個新招式。」

眼看父親和礙眼的人離開，大少爺和四少爺方才露出陰鬱之色。

大少爺咬牙切齒看著離去的背影，道：「這人不簡單，暫時還是不要輕舉妄動為好。」

方才那小子故意將事情引到夫子身上，看著像在維護那個廢物，實則是要借夫子的口，讓父親看清那個廢物的真面目。又故作委屈，提出辭行，如此只會讓父親更加有愧於心。

短時間內，這對兄妹是動不得了。

四少爺咬牙點頭。若非這個外來者，他怎會從三少爺變為四少爺？他好歹是嫡次子，如今真如姨娘們所言，地位還不如一個山溝裡的野小子。這叫他怎能不氣？

等著吧，總有一天能收拾他！

另一邊，得了義父的承諾後，尹暮年寬心不少。

大少爺想得不錯，今日之事確實是尹暮年有意為之，不過他是真正擔心妹妹。好在，義父當眾給了承諾，哪怕自己被其他人懷恨於心也無妨，能護妹妹周全便好。

這頭事情剛了結，老夫人那邊立刻便聞見風聲。只見她半躺在貴妃椅上，一隻手搭著太陽穴閉目養神，久久才道：「妳怎麼看？」

齊嬤嬤侍候老夫人幾十年，自然知道老夫人的心思。她一心只為老夫人著想，絕不會有意偏袒哪一方，有什麼便說什麼。「方才確實是二少爺先動手。先前老夫人沒少提點過二少爺，只是二少爺年輕氣盛，尚且悟不出道理，如今讓他吃個虧倒不見得不好。」

老夫人閉目微微點頭，過了好一會兒才開口問道：「妳怎麼看那兩個孩子？」

「今日不過初見，尚不宜下定論。看著倒是乖巧伶俐，是兩棵好苗子。不過知人知面不知心，還是要多觀察些時候才好。」

聽完這話，老夫人睜開眼睛，想起小丫頭說過的話，心想著若真如她所言，他們單純是玄劍宗的人便好了。

這丫頭還是很合她眼緣的。

既想到小丫頭，便問上一嘴。「另一邊如何？」

「五小姐那兒倒沒有什麼稀奇。小丫頭嘛，想一齣是一齣，說是明日想出府去見見世面，方才便跑去夫人院子請示。」

老夫人沈思片刻。先不說小丫頭真實來歷，小姑娘也就這會兒能夠隨心所欲，再大些許便要待字閨中。先前在那個小村落，每日為討生活忙碌，難得得了閒暇，出去放放風也好。

「隨她去吧，讓春實和秋實看緊一些。」

第四十五章

十歌的閨閣裡什物一應俱全，是當下最時興的講究之物，看得出主家花了大心思，十歌自然是滿意的。

是夜，萬籟俱寂，最是好夢時。事隔兩年有餘，十歌終於又睡上柔軟床鋪。然而，早該進入馨甜夢鄉的十歌，今夜卻翻來覆去睡不著。

前生生得嬌貴，茶來伸手飯來張口，早習慣下人的侍候，只當一切理所當然。重生後卻不然，任何事情只能依靠雙手，又因著年歲小且沒有依靠，每日心驚膽戰防著有人欺負到頭上來，吃的苦真個不少。也正因此方才知曉生活不易，漸漸懂得珍惜當下。

如今忽然做回叫人侍候的閨閣小姐，還真有些不習慣。

十歌又翻了翻身，帶出沙沙聲響，不一會兒便聽到丫鬟秋實的詢問聲。「小姐可是睡不慣？」

垂簾外傳來腳步聲，很快，昏黃的燭光映照出一條細長的身影，搖曳著，秋實的聲音越靠越近。垂簾被掀開，露出秋實柔和笑靨。「小姐稍候片刻，奴婢這就把安神香點起來。」

十歌眨眨眼睛，倒是忘了屋中有丫鬟守夜。安神香她不喜，便連忙阻止秋實。「不必了，現下什麼時辰？」

「約莫亥時一刻。」

十歌想了一想，以往這個時辰哥哥還在練武呢，她若睡不著便會在旁看著。橫豎睡不著，十歌乾脆坐起來，曲著腿，雙手支在腿上捧著小腦袋。秋實見狀，擔心主子受寒，立刻為她披上薄披風。

早在得知即將迎來兩位新小主，夫人便吩咐繡坊送來幾身衣裳。衣裳是照著小主子們的年歲做的，好在都合身。

「唉……」

十歌嘴裡忍不住逸出一聲輕嘆。不知此時的哥哥是否同往常一般，正在月下練武？說起來，閨閣小姐與兄長之間也有許多規矩需講究，她不能再同往常那般和哥哥親近。

唔，有些失落，心裡空蕩蕩的。

正是此時，十歌想起老夫人那張和善笑臉，那是一張叫人想去親近的臉。她打小便希望有這樣一位祖母，疼惜她，寵她，無論自己如何任性妄為，她仍然呵呵笑著，無奈又寵溺。

十歌眼珠子轉一圈，忽然來了興致。她拽緊身上的披風，穿上繡花鞋便小跑出去。

秋實一驚，緊隨其後。「小姐，您要去哪兒？外頭風大，當心受涼！」

「我去找祖母。」

「老夫人已經睡下，咱們明日再去可好？」

秋實畢竟是大姑娘，幾步便追上，她蹲在小主子身前輕哄。哪知小主子不聽勸，拐個彎繞過她，又噠噠噠跑開，留下一句「不好」在風中飄蕩。

一路秋實不知勸了幾回，十歌終究還是成功闖入老夫人房中，知道老夫人已經睡下，她無意驚醒，對守夜丫鬟比了一個噤聲的手勢，便悄悄爬到床上，躺到裡側去……

老夫人一貫卯時便起，今日慣是如此。只不過她剛睜開眼睛便覺不對勁，肚皮處被什麼壓著，身手去摸竟是個小腦袋。心頭不免一驚，立刻掀開錦被，眼前的一幕卻叫她怔了一怔。

怎麼也沒想到會是這個小丫頭，此時女娃兒仍睡得香甜，腦袋擱在她的肚皮上，因蒙在被子裡睡了一夜，小臉蛋紅撲撲的。

老夫人鬆了一口氣的同時，不免輕笑出聲。

小丫頭倒趴著，小手臂環住自己的腰，小腿同樣盤在她的腿上，睡得十分安穩。小小的一隻，全然信任的模樣惹人心生憐惜。

老夫人想到下人所報，丫頭五歲便失了娘親，差點餓死過。或許，她的身世真如查到的那般。

「老夫人？」

齊嬤嬤方才聽見聲響，知曉老夫人已經醒來，卻久久不見動靜，免不了前來查探。誰承想，她剛掀開垂簾，見到的一幕是老夫人半支著身子，垂頭看向趴在肚子上睡覺的小姑娘。

見著齊嬤嬤，老夫人朝十歌方向呶呶嘴，示意她莫要發出聲響。小丫頭睡得香，她不忍打擾。

齊嬤嬤比著手勢，詢問是否要將小姑娘擺正。老夫人尚未回應，少了錦被遮蓋的丫頭先打出一個響亮噴嚏。

皺皺小鼻子，睜開迷濛的眼睛，十歌爬起來，左右看了看，疑惑的歪歪腦袋。見到老夫人對自己笑得和藹可親，她便回以一抹無聲燦笑，接著便尋一個舒適的位置，拉過錦被，將自己蒙在被子裡，蜷縮起來，一下便又睡去。

看小丫頭如此，老夫人搖頭嘆息。這睡姿著實叫人看得心疼，下意識的動作最是能看出她的心境。

看來小丫頭往日的生活當真不盡如人意，膽戰心驚度日才會有此不安的睡姿。

老夫人輕手輕腳起身，並吩咐下人不得擾了五小姐清夢。她有禮佛的習慣，今日已經晚了些許。

許久了，十歌不曾睡得這般安穩過，待她真正醒來，辰時已經過半。老夫人早已禮佛歸來，各院小主均來請安，此時正圍繞在花廳，看似一室和諧。

十歌在丫鬟的簇擁下姍姍來遲，一路走來多少雙眼睛幸災樂禍的向她看來，她卻渾不在意，一雙滴溜溜的眼睛尋找哥哥的身影。

尹暮年已經來了好些時候，一直等不到妹妹，心中難免擔憂，此時見到她，自是鬆了口氣。他知道這些人在想什麼，定是覺得妹妹沒有規矩，過一會兒免不了以此說事。為免妹妹再落人口實，他對妹妹使了個眼色，讓她快些去給祖母請安。

「夫人，五小姐初來乍到，是否該叫劉嬤嬤來教授禮儀規矩？」熟悉的妖嬈聲，一字一句透著嫵媚，聽得人骨頭都要酥了。十歌向她看去，是個風塵味十足的女子，露骨的穿著，極盡豔麗的妝容，如絲媚眼正不屑的與她對視，眼中有嘲笑和鄙夷。

穆尋雁淡漠的聲音響起。「五小姐行為規矩並無不妥。」竟是無視於蓮姨娘，眼睛直直看向十歌，沒有任何表情。

像是為了印證穆尋雁的話，十歌規規矩矩的給老夫人和夫人請安，行為舉止比府中庶小姐還要端莊，儼然就是富貴人家的嫡千金。

老夫人非常滿意，笑著向十歌招招手。「過來，到祖母這邊。」

也不知是不是今晨起來見到小丫頭的緣故，老夫人見著十歌便覺心中十分暖乎。

十歌坐於老夫人身旁，挽著她的手臂，貼上小臉蛋，軟軟的喚了一聲。「祖母。」懶洋洋的，聲似撒嬌，全然依賴。這作派，在老夫人眼裡分外受用，只見她眉眼全是笑意。

府中六個小姐，一個個對她僅有敬意，哪一個也不敢同她親近。她理想中的祖孫就該是這樣的，也不知道為何，竟處得如今這般生疏。

她也曾試圖增進祖孫關係，偏生孩子們見了她就不自在，既如此，她又何必為難他們？

十歌前生沒少參加各種宴請，那會兒最是嚮往祖孫和睦的畫面，曾多少次幻想過，若自己有祖母，該如何撒嬌。沒想到一個重生竟幫她實現不少願望，她很是享受。

原來，這便是有祖母的感覺，真好啊！

無論是撒嬌還是任性妄為，好像都可以。

喜歡。

老夫人笑呵呵問道：「昨夜睡得可好？可有擠著？」

「沒有，今夜我還來。」

十歌貼在祖母手臂上搖腦袋，就是不肯抬頭，像個任性的小丫頭在討糖吃。

也是此時，大家才知曉這丫頭昨夜竟是在老夫人這兒睡下的?!

這丫頭，好重的心思！

瞧瞧把老夫人哄得跟被灌了迷魂湯似的，再這麼下去，家產怕是要被騙光了！

「還沒用過早膳吧，不是要出府嗎？過會兒讓妳大姊帶妳出去逛逛，瀅兒也有許久不曾出府了吧？」

段語瀅是府中嫡長女，原配所出，長十歌兩歲。她素來清冷，對任何事物一向漠不關心，如今話題突然轉到自己身上，免不了一時錯愕。

「嗯。」

待反應過來，僅僅只是輕「嗯」一聲，再無後話。似乎正說著的事情與自己無關，全然置身事外。

老夫人早已習慣長孫女的行為，如今她更記掛十歌未用早膳一事，頻頻催促十歌先行離去。十歌拿起茶几上的桂花糕墊肚子，偏說要出府再吃，正好嚐一嚐這邊的風味。

「好了好了，你們都退下吧。」老夫人拿十歌沒法子，便屏退一干人等，扭頭同穆尋雁交代道：「阿尋，妳派人到帳房支點銀兩給兩個丫頭，咱們段家的姑娘，出去了可不能寒酸。」

穆尋雁自然點頭稱是，立刻便派人去帳房支銀兩。

老夫人這番作派引得幾個姨娘沈下臉，面面相覷。

看來，這丫頭當真是來搶家產的！

這一幕正好被尹暮年瞧了去，他臨走前回頭看了妹妹一眼，誰知她也正看著自己，四目相接，妹妹高興的向他揮揮手。

老夫人對妹妹的喜愛溢於言表，這點尹暮年自然是高興的。妹妹身邊有老夫人撐腰，他便可以放心些。

十歌取了銀兩後，便跟在大姊身邊，一路亦步亦趨。這位大小姐竟可以視而不見，淡漠得像與世隔絕。哪怕乘坐同一輛馬車，她也是一路無言，全當十歌不存在。

十歌對桀城不熟悉，並不知道該去往何處，偏生大小姐她隻字不言，任憑馬夫趕著馬車大街小巷胡亂轉悠。

無奈之下，十歌便讓馬夫將她們帶去食雜街。這種地方大小姐似乎不喜，坐在馬車內連窗簾都不願揭開，自方格取出一本書，便閱讀起來。

十歌回頭望一眼，見她一副「莫要理我」的模樣，便自個兒下馬車去，下了馬車立刻生龍活虎起來。

因為在來時路上她已有了主意，想好在此處該做何營生，今日先把材料買回去！

不過按規矩上來講，閨閣小姐是不得私下搞營生的。所以說，這生意還是得讓它自己找上門來才行。

第四十六章

十歌想到的營生便是——「酒」。

酒不分南北，且受眾廣。

身上揣著萬能錦袋，不好好利用豈不是暴殄天物？若能把酒的名氣打出，將來到了皇城便可輕鬆許多。

既有此想法，十歌開始大肆採買。路邊正好擺了一攤賣葡萄的，十歌見葡萄顆顆飽滿誘人，賣相好極了，當下便把兩筐葡萄全買下。

兩筐她覺得少，若要用來釀酒真不夠看，於是便問坐在矮凳上黑黝黝的農夫。「可還有存貨？」

農夫哪裡經歷過這樣的大主顧，開心得眼眶發紅，稱重的手止不住顫抖。又聽貴人問存貨，當即圓眼大睜，狠狠點頭，直道：「有、有有！園子裡還好多！小主還需多少，我晚些給您送過去！」

十歌豪邁開口道：「有多少便要多少，送到雲隆鏢局後院，就說是五小姐買的。若園子裡有未成熟的，待成熟後也往我們府上送。」

身後兩個丫鬟聽了此言，心下一驚，立刻蹲下身，圍在小主子左右，輕聲細語哄道：

「小姐，葡萄不耐放，過不了幾日便會壞掉，咱們可以再逛一逛別處，興許會有更叫您喜愛的。」

「是呀小姐，聽奴婢一句勸，咱就買這兩筐，好嗎？」

出門前老夫人和夫人特地將她倆喊過去交代，千叮嚀萬囑咐，萬萬要守好小姐。小姐畢竟年紀尚小，不懂思量，手頭有點餘錢，見著喜愛的東西便不能把持，且又是打山村裡出來，見過的世面較少，需得她們多費心些。

這不，小姐一開口就恨不能把人家園子搬回去，就算再喜歡，也不能一口吃成個大胖子呀！

哪怕鏢局人多，也要不得人家一個園子的葡萄吧？

十歌卻是固執得很，嘟著唇絲毫不聽勸。

「是啊，小主，要不您買這兩筐便好。」

賣家收到兩位丫鬟的厲眼，心裡猛的一驚。再想一想，確實是這個理。雖然有些失落，還是憑著良心勸解。

買回去浪費終究不好，他費了好大心血栽種出的葡萄，怎忍心它們受糟蹋。

「沒事，就照我說的做。」十歌邊說邊伸手往身上的斜挎布包裡翻攪，嘴裡繼續說著。「我買葡萄是用來釀酒的，再多也不怕。你身邊若有親朋好友也種葡萄，幫我看看有沒有品相好些的，有的話一併送過去。」

說罷，小手遞出兩個銀疙瘩。「這些你先收著，當訂金。你放心送，銀錢不是問題，但一定要保證品相。」

得知小主買葡萄並非心血來潮，而是用於釀酒，賣家立刻又喜笑顏開，笑著謝過貴人慧眼。

眼見小姐掏出兩個銀疙瘩，估摸著該有二兩重，兩個丫鬟皆有些驚訝。

小姐竟有私房錢？她不是山裡頭出來的嗎？

噢，是了。老爺說過，三少爺和五小姐出山前以走山貨為生。三少爺穩重，頗有些本事，小姐瞧著也機靈，有餘錢倒不奇怪。

莫怪隨便出口便要人家一園子的葡萄。

不過出來前夫人是給過銀子的，有五兩呢！

春實和秋實對視一眼，心頭有些犯難。聽聞小姐廚藝好，可畢竟沒見過，不知真假，更別說釀酒，萬一失敗了呢？

可不還是浪費？

而且再怎麼說，也不能叫小姐自己出錢啊！叫夫人知道了，那還得了？

春實負責掌管錢袋子，五兩便在她身上。見小姐自掏腰包，她趕緊上前去。「小姐，奴婢來付。」

「要不得，今日義母給的銀錢，不得用在這上頭。妳先幫我收好，待到日後需要再用。」十歌伸出小手把春實伸出來的手推回去，又補一句。「過會兒也一樣，我自己付銀錢。」

十歌邊說邊拍拍自己的小繡花布包，頗有幾分得意。

經過近三年的奮鬥，錦袋中光銀票便已有一萬二千兩，散錢更不在少數。其中大部分銀錢自然是賣珍稀藥材得來的，一株七十年分的人參就能賣出一千多兩呢！

錦袋中還養了十幾株，那是為哥哥日後拚前程備下的。無論哥哥有什麼理想抱負，她自然都支持。既如此，人情世故總免不了。

兩個丫鬟不知該說什麼才好，也無法理解小主子的用意。

這邊尚理不出頭緒，那邊又見小姐大肆採買各種各樣的果子。豪邁樣與方才無異，甚至還要更誇張一些，高粱開口就是十石，酒罈幾百個幾百個的下訂。

如此作派，怎麼看也不像一個十歲左右的小丫頭做得出的。瞧她付錢的樣兒，半點不見心疼。

這麼看來，五兩當真不夠用。

她們現在就是擔心，過會兒店家把東西一樣樣送去雲隆鏢局後院，勢必會引起軒然大波。

好不容易等小姐買得盡興了，兩個丫鬟生怕小姐又心血來潮想要採買其他，便趕緊引著小祖宗回到馬車上。

食雜街口車水馬龍，川流不息，唯有一輛華貴馬車獨樹一幟停在街口，顯得格格不入。

當十歌回到馬車上，段語瀅仍保持方才坐姿，認真品閱書籍，絲毫不看十歌一眼。

直到馬車開始緩慢行走，她方才將書籍收回方格裡，轉而閉目養神。

十歌因著買到許多喜愛之物，心中大悅。見大小姐這般對待自己，竟不覺氣悶，反而心生逗弄之心。

這位大姊雖冷淡，卻頗得她眼緣。至少，自她身上感覺不到半點惡意。

只聽沙沙幾聲，十歌挪到段語瀅近旁，睜著大眼睛大剌剌盯著人家瞧。

倒要看看她能忍到幾時。

約莫過了一刻鐘，段語瀅便睜開眼睛，她隻字不言，面無表情回視十歌。

二人相互較勁，最後還是十歌先笑出聲來，一雙會說話的眼睛閃閃發亮，甜膩膩的一連喊了好幾聲。「姊姊、姊姊、姊姊。」

一直喊到段語瀅皺起眉頭，她才惡作劇得逞一般，噗哧笑出來。

「姊姊可有想去的地方？」

十歌知道她定不會作答，不過隨口一問罷了。

哪知，沈默片刻後，大小姐略揚聲，道：「去玉石街。」

這話，自然是對馬夫說的。

桀城的一大特色便是玉石，皇城裡的王孫貴胄最是喜歡來此賭石，盼能賭著好玉，回去大長臉面。

但凡有些家底的，誰不喜歡玉石？從古至今，玉石的銷路只增不減。

桀城也是沾了玉石的光，一舉成名天下知。

忽然間，十歌腦中靈光一現。

錦袋能夠養育藥草和溫養美酒，那是不是同樣能養玉？

玉石可是大買賣啊！若真能如此，那便要賺大了！

思及此，十歌開始有些迫不及待。

過會兒她便隨便買些放錦袋裡養養看，錦袋之神奇，哪怕只養一日也能見真章。

一旁的春實和秋實見自家主子興奮的模樣，心道：壞了，小姐怕是又收不住手了！小姐哪懂賭石呀，這下不知要被騙去多少銀錢！

「兩位小主，賭石頭嗎？咱們這些都是昨兒剛撈回來的，保證顆顆帶料，不信您可以當場切開來瞧瞧。」

一名頭戴灰色巾帽的小伙子見到兩位年歲尚小的姑娘，立刻迎上來，引著小主向自家攤子走去。

兩位小祖宗年歲雖小，模樣倒是嬌俏可人，觀其穿著十分講究，一看就是大戶人家的嬌小姐。

這種人最是好騙。

小伙子取出一塊拳頭大小的純白石頭。「您們快看看，這顆石頭溫潤緊密，最是玲瓏剔透，裡頭可是上好的羊脂白玉啊！」

十歌哪懂玉石，只覺石頭挺好看，不由多看了幾眼。小伙子機靈，當下便覺有戲，喜孜孜道：「小主不妨拿去仔細瞧瞧，這石頭也不貴，就二兩銀子。您想想啊，二兩銀子買回去一塊上好的羊脂玉，當真划算極了！」

耳邊是攤主孜孜不倦的熱情介紹，手上則是手感不錯的漂亮石頭。十歌想著，若真有玉石，二兩倒是不貴。但看攤主熱絡模樣，反而覺得不靠譜。

抬頭向大小姐看去，她依然連個眼角餘光也不給自己。十歌心中沒把握，心知開口問大小姐，定也得不到回覆，便心生一計。

十歌盯著段語瀅瞧，脆嫩的聲音說著。「那行，我要了。」

幾乎是她剛說完，段語瀅便微不可察的皺了皺眉。認真盯著她瞧的十歌自然沒有錯過她的表情變化。

「好！小的這就幫您收起來。」

攤主喜不自勝，誰想，剛接過石頭，便聽小丫頭嘻嘻笑道：「我騙你的。」

反正她還小嘛，調皮一些也無妨。

見攤主立刻垮下臉，十歌便知自己賭人賭對了。

看來她這個大姊對玉石真有些研究。

正是此時，段語瀅取出一塊掌心大小的暗黃石頭，問道：「這塊怎麼賣？」

攤主沒勁的瞥了一眼，隨口道一個數。「四錢。」

段語瀅付了四錢銀子後，指著石頭邊緣的地方，道：「從這裡切開。」

攤主照著她的指示切開，誰想，竟然真的開出玉來了！

是塊和闐黃玉。

十歌同攤主一樣看傻了眼。她倒不是因為玉石材質好得傻眼，而是覺得稀奇。平平無奇的石頭，竟真能切出玉來。

原來玉是這麼來的啊！

似乎挺好玩。

行，她也要賭！

「姊姊，妳幫我挑幾塊吧？」

十歌拽著段語瀅的胳膊搖晃，見她不理會自己，撒嬌道：「好嘛，好嘛，幫我挑挑！」

實在不行，她便只能回去好好惡補賭玉知識。

總要試一下養玉之法行不行得通嘛！

在十歌幾乎不抱希望，垂下腦袋的時候，段語瀅無言指向一塊墨黑石頭，石頭有鵝蛋大小，灰暗且有雜紋，看著並不顯眼。

段語瀅出手相助，讓十歌大喜過望，一雙眼睛比夜空星辰還要耀眼。

這位大小姐果然外冷內熱！

經歷過方才一事，十歌決定相信大小姐的眼光，買它！

不過方才店家也見識到大小姐的眼光，自然想著那塊石頭沒準兒真有玉呢？那麼一定要開高價才行！他雖開石頭鋪子，對於玉石卻不甚了解，攤子裡的石頭全是隨意撿來的。真要說，他的鋪子賭的是人的心理，不是石頭。

店家正欲開口，誰想，小丫頭滿臉嫌棄的捧起石頭，道：「可是這塊石頭黑乎乎的，好醜。縱使有玉也不會是什麼好玉，更何況還是姊姊挑剩下的，不喜歡。」向攤主看去，見他眉頭皺起，十歌施捨一般，思索片刻，道：「唔，這麼著吧，三錢你看賣不賣？橫豎方才騙你是我不好，權當致歉吧。」

攤主正糾結著，十歌又道：「不賣便算了，反正也不是很喜歡。姊姊，咱們換一家看看。」

說罷，毫不留戀的放下石頭，轉身便要走。

攤主急了，立刻道：「賣賣賣！」

三錢就三錢吧！

十歌在心中暗笑。

呵，跟她玩心眼？美的你！

這邊很快結束交易，十歌也不管段語瀅願不願意，不由分說牽起她的手，軟軟的聲音說道：「姊姊，咱們到下一攤看看！」

兩道小身影在玉石街上穿梭，婀娜輕盈，如彩蝶一般優游自得。

卻不知，雲隆鏢局後院正因接連不斷送入府中的貨物而手忙腳亂，下人們慌亂不堪，各院姨娘疑心生鬼，覺得這野丫頭敗家來了。再這麼下去，家產會被敗光的！

思及此，幾名姨娘夥同府中公子小姐們，相約前往老夫人的思淨院討說法去。

第四十七章

一日逛下來，十歌買了不少玉石，怕露出破綻，有的石頭特地放在碎花布包裡。鼓鼓囊囊的布包重量不小，壓得十歌直不起身板。

秋實見狀，趕緊接過。

花幾十兩買一堆石頭，秋實不由得一陣心疼，這些小石頭哪能開出什麼像樣的玉呢？小姐並非行家，純粹買著玩，要不怎麼說還是孩子呢？根本不聽勸。

縱使再多銀錢也不能如此揮霍呀！賭玉十賭九輸，多少人為此傾家蕩產。

唉！只待回去後，看老夫人能不能勸住主子。

回到雲隆鏢局，十歌剛踏入連接後院的月亮拱門，便有小廝滿目愁容迎上來，指著堆得滿滿的院子。「五小姐，您可回來了！您看，這……這……」

院子裡各種果子均二、三十筐，還有高粱、新米，以及大小不一的酒罈，各幾百個。

壯觀場面見所未見。

聽聞，這些全是五小姐買來的。

也不知五小姐買這些回來做啥，數量也太多了！

十歌探頭看了看，喜孜孜跑去巡視一圈，卻發現不太對，便道：「好些數量不對，應該還有未送達的，你們幫我留意一下。」

又看向另一個小廝，道：「你找幾個人幫我把這些搬到思淨院。」

前生家中一應事務全由十歌作主，如今她吩咐起下人也是正色敢言，不減當年威儀。

只不過……

搬去老夫人院子？

這……不太妥吧？若老夫人怪罪下來，誰擔待得起？

小廝們面露苦色。

十歌吩咐完便舉步離開，留下面面相覷、不知如何是好的下人們。趕巧梁總管打此處經過，幾人像見到救命稻草般，轉而向梁總管討主意。

梁總管想起老夫人對五小姐的寵愛模樣，便讓他們照著五小姐的吩咐去做，順便再次叮囑下人——老爺有令，任何人不可對三少爺和五小姐不敬，需對三少爺和五小姐唯命是從。

離開院子，十歌往老夫人的思淨院行去，一蹦一跳，開心得緊。

對生活有新的指望，做什麼都愉悅。

「祖母！」

十歌人未到聲先到。

提著裙襬進花廳，沒想到抬頭卻見各院主子均在此處，一雙雙厲眼像要將她凌遲處死。

見此陣仗，十歌放下裙襬，昂首挺胸，走得一派端莊。

十歌回來前，花廳內氛圍一度沈悶，老夫人繃著臉盡顯威嚴，底下人大氣也不敢喘，尤其幾個姨娘，站在邊上瑟瑟發抖。

她們不就是慫恿自己的孩子前來找老夫人告狀，說那野孩子敗家，拿著府裡的錢出去胡鬧，莫要因她敗壞了雲隆鏢局的名聲才好。

誰知公子小姐們一開口，老夫人便繃著臉呵斥眾姨娘，偏說她們挑撥煽動，惹得家宅不寧。

這叫她們怎麼服氣？

野丫頭胡鬧到家裡來了，老夫人反來訓斥她們？

這一切全是這死丫頭惹的禍！

當然，對於各院主子的敵視，十歌渾不在意。她規規矩矩向老夫人和夫人行禮，儼然就是富貴千金的作派。

禮畢，十歌立刻變回俏皮模樣，嘻笑著坐到老夫人身旁，一雙眼睛忽閃忽閃，喊了句。

「祖母！」

老夫人收起怒相，放輕聲音，笑呵呵問道：「玩得可盡興？」

十歌重重點頭。「嗯！」

老夫人將丫頭的小手放在手心捧著，瞇眼笑著問：「怎麼想著買果子和糧食？」

「我要釀酒呀！」

「我看妳買了不少，阿尋給妳的銀錢都花完了吧？」

「沒有，我用自己私房錢買的，義母給的五兩都還在呢。」

說罷，十歌向春實看去，春實立刻站出來，取出荷包裡放著的銀錠子，畢恭畢敬道：「是的，今次出門五小姐花用的全是私房錢。」

早在見到花廳內景象，春實便大概猜出發生何事。她先前便是在思淨院侍候，如此陣仗不少見。

難道五小姐早先便料到會有此陣仗，故而才會分文不用？

倒是夫人有先見之明，出門前當眾人面給大小姐和五小姐銀錢，如今原封不動取出，眾人自然不好在此作文章。

老夫人淡掃一眼銀錠子，發寒的眼睛向眾姨娘掃視一圈，一個也不放過，回頭又是慈愛相，看向十歌。「怎麼不用阿尋給妳的銀錢？」

十歌比出一個大圈。「我有錢呀，好——多錢！以前生意可好了。」

都說錢財不外露，可十歌一點也不擔心。錦袋用法有講究，尋常人就是拿著它也定瞧不出乾坤。

今日她不用義母給的五兩銀子，自然有所打算。最怕待她將酒釀好後，招人惦記。如今這般，酒釀好後便是她的私物，誰也別想打主意。

老夫人拍拍十歌手背。「縱然如此，妳也要記住妳已是閨閣千金，是要享福的，祖母可不許妳再勞累。」

十歌此時表現出乖巧樣，正色道：「自然記得，所以要找義母借幾個人幫幫忙。祖母放心，我定不會讓自己受累。」

她知道自己若是做得太過，怕是會影響府中聲譽，叫有心之人給他們安一個凌虐義女的名聲。

如今他們兄妹與雲隆鏢局共存亡，豈能做此不義之事。

見小丫頭是個懂分寸的，老夫人欣慰不已。像是想到什麼，她忽而探頭向穆尋雁看去。「阿尋，我尋思著過些時日給年哥兒和十姐兒舉辦一個收養禮，到時廣宴賓客，一應事宜還需妳多操勞。」

十歌微愣，沒想到老夫人這般重視他們兄妹。

聽了這話，姨娘們各個紅了眼睛，在心中咒罵這對野娃兒。

他們好大的本事，輕易便蠱惑老爺和老夫人為他們花大錢。家裡頭的正經公子和小姐，哪一個有過這般待遇？

穆尋雁淡漠的聲音響起。「還是母親思慮周全，這事我回去便著手去辦。」

「我知妳往日事務繁多，不過府中小輩們的管教也不得疏忽，近些時候府中規矩是不是有些散了？」

說罷，老夫人視線向底下一圈人掃去。

按照規矩，姨娘們不可與所出子女走得近乎，孩子們生來便該由當家主母管教。往常老夫人都睜隻眼閉隻眼，橫豎讓她們自己內鬥去，不要擾她清靜便可。多少年下來，也不曾出過太大的亂子。

如今卻是不同，家裡認了兩個義子義女，姨娘們竟團結起來，同仇敵愾，一致對外，成天到她這頭來鬧，成何體統？是該好好管管。

穆尋雁道：「是兒媳疏忽，日後定當嚴加管教。」

「如此便好。」老夫人點了點頭，又道：「明日叫繡娘進府，給年哥兒和十姐兒裁幾身衣裳，得趕在儀式之前製好才行。」

「是。」穆尋雁回應一聲，立刻差人去傳話。想了想，道：「其他孩子們也許久不曾裁製新衣，不如給孩子們各裁兩身。」

老夫人輕笑道：「這事妳自個兒作主便罷。」

姨娘們得知自己的孩子也有新衣穿，這才緩了臉色。方才她們真嫉妒得滴血，心想老夫人偏心得太離譜。

想想也是可笑，正經的公子小姐竟然要託兩個野孩子的福，才能裁製新衣。到時衣裳料子要是差得太多，她們定不會同意。

姨娘們各懷心思，想著如何才能為自己的孩子爭取材質好些的布料。

看來還是得去夫人院子走一趟。

正是這時，段昌飛嘹亮的笑聲響起。「哈哈哈！歌姐兒在嗎？」聽這聲音，似乎離了有一段距離。一整個花廳的人靜默不語，只等著老爺進門來。

段昌飛健步如飛踏入花廳，帶來一陣勁風。只聽「噗」一聲悶響，立刻自地上響起一陣動物叫聲。放眼望去，竟是一、二十隻野味，正在地上撲翅膀掙扎，嘴裡發出尖銳亂叫。姨娘們被嚇退至一旁，擠到一塊兒去。野味翅膀帶出的勁風有一股腥臭味，讓姨娘們捂鼻乾嘔。

「母親！」

段昌飛向老夫人行了禮，便哈哈笑著坐到椅子上，眼睛發亮的看向十歌。「丫頭，明日我便要出門走鏢，估摸著得個把月才能回來。妳給義父做些乾糧好路上吃，再幫我們做些肉乾。喔，對了，過會兒還有野菜送來，野菜餅子也幫我們做一些。」

說罷一番話，正好丫鬟送來熱茶，段昌飛接過便仰頭一口喝完。

老夫人聞言皺起眉頭，尚未發話，膽大的蓮姨娘便開口。「老爺，您怎麼把野味帶到這邊來，髒死了。」拍拍胸口，又乾嘔一聲，繼續道：「五小姐矜貴，哪能做得這些。您把五小姐領回來，可不是讓她來當廚娘的。老夫人說得對，五小姐得嬌養。」一番話說得酸溜溜。

段昌飛撓撓頭，覺得自己真是糊塗，只想著丫頭的好廚藝，卻忘了自己曾經說過的話。

如此想來，確實不妥。

可他真的很想念丫頭的廚藝。

老夫人繃著臉。蓮姨娘的話無疑是在暗諷，若十姐兒不做，便是她偏寵；做了，豈不承認她便是撿來當廚娘的？日後下人該怎麼看待十姐兒？

「妳算是說了一回人話，這事十姐兒不能做，我的小嬌嬌只能用來寵。」

小丫頭不僅討喜，還是飛兒的救命恩人，她偏寵又如何？怎麼也不能叫人看輕了去！

十歌倒是沒有旁的心思，若能夠下廚她也高興。眼睛看著跟在段昌飛身後進來的哥哥，問道：「這趟鏢哥哥也一起去嗎？」

「那是自然。丫頭放心，路上還有發哥兒作伴，義父也定會護他周全！」

暮年畢竟是第一次出門走鏢，他知道小丫頭定不放心哥哥，故而出言安撫。

無論如何，暮年得走出去歷練才成。

十歌轉而勸解老夫人。「祖母，走鏢時常風餐露宿。義父和哥哥這一去就是個把月，我不放心。旁的我出不得力，吃食方面正好是我所長，我想多少為他們做些什麼，如此方才能安心。」

一番話說得誠懇，老夫人卻不肯鬆口，一句「不妥」便駁回她的話，拍拍小丫頭的背，勸道：「丫頭，哪裡有嬌小姐去當廚娘的？妳再大的本事也給我藏起來。」

「可百善孝為先呀！趕巧義父嚐得慣我的手藝，我若將手藝藏起來，那便是大不孝，為了義父累一些值當。而且，只有吃得好才有力氣走鏢嘛！」

十歌將下廚一事歸於孝道。她一片孝心，難道還有錯？

方才義父口中的發哥兒便是府中大少爺，真要說擔心，十歌最擔心的還是同行的大少爺。於他而言，一個被自己父親重用的義子，便是絆腳石。

只盼他不要在路上給哥哥使絆子才好。

第四十八章

最終，老夫人還是被十歌勸動。為此，她特地多派了些家丁前去幫襯，無論如何也不能叫五小姐累著。

自打來了雲隆鏢局，尹暮年便再沒有機會好好與妹妹相處。他便趁此機會自動請纓，要與妹妹一同準備膳食。

老夫人憐惜他們，也想讓兄妹二人聚一聚，便允了。

這會兒老夫人正站在灶房院子裡向灶房裡頭張望。如此做法，自然有她的考量——一來，因她真的不放心，兩個半大的孩子一下子要做那許多吃食，可是太難了。二來，她要叫那些姨娘們知道，她稀罕兩個孩子，容不得任何人輕看。

「你們動作都麻利些，萬不能給三少爺和五小姐添亂。」

老夫人不放心的在院子裡指揮，見到一個便說一句。被她這般盯著，一眾下人更是手腳並用，慌亂不堪。

「母親，您就放心吧。年哥兒和歌姐兒厲害得緊，當初我們三十幾人的膳食都是他們兄妹準備的。」

母親都親自蒞臨灶房，段昌飛自然跟隨。見母親這般，他倒是淡定自如，一番話說得好不得意。

他不說還好，一說老夫人就來氣。「你這渾小子，竟敢讓年哥兒、十姐兒給那許多弟兄做膳食?!你這不是在作踐他們嗎！」

說罷，一枴杖下去，直直打在段昌飛腿上。段昌飛自知理虧，也不躲不閃，心知母親不忍下重力，只嘿嘿笑著討好母親。

沒多久，灶房內漸漸飄出食物香，段昌飛大口吸氣，瞇著眼睛享受般，陶醉說道：「是了，就是這味兒，太香了！」

嘴巴不住動了動，好似美食已經在口中。

一旁的老夫人也覺得這味兒香得不可思議，忍不住向灶房走去。誰承想，到了灶房門口她便再也動彈不得。

灶房裡，尹暮年挽著袖子揉麵團，十歌在灶前攤餅子，二人動作駕輕就熟，甚至還能分心說笑。

兄妹二人說說笑笑，好似灶房內就他們二人，且默契十足，只消一個動作，便可意會對方想做什麼，馬上便能回應。

老夫人看得紅了眼眶，似乎能見到二人在鄉下時，是如何過日子的。這番動作哪裡裝得出來?也不知做了多少回才能有這般熟練和默契，兩個孩子是真受過苦啊……

先前還有疑心，生怕二人是其他鏢局派來的細作。如今看著兄妹二人，老夫人的心頭大石是徹底放下了。

「哥哥，明日你第一次走鏢，一定注意安全。任何時候牢記宵哥哥的話，戀戰是大忌，打不過便跑，留得青山在，不愁沒柴燒。」

上回在巫陰山上剛經歷過劫鏢的事，十歌擔心會再遇劫鏢，自然要多叮囑幾句。為讓妹妹安心，尹暮年自是一次又一次點頭應允，無論妹妹反覆說了幾次，都不覺煩。

十歌知道鏢局走鏢帶的乾糧都是以雜糧為主，可以充飢，卻難以下嚥，她不想哥哥受這等苦，故而儘量備足易存放的口糧。

因著製作肉乾耗費時間，又需趕著翌日鏢局出發之前完成，這夜兄妹二人一直到子時方才忙完。

老夫人熬不住夜，其間好幾次差人來請十歌回思淨院，硬是沒請動，氣得她把段昌飛叫去罵了一通。

翌日醒來，老夫人見小丫頭在自個兒身邊睡得安穩，忍不住伸身手捧著丫頭半邊臉，仔細看著，看著看著便看得入神。

這丫頭越看越順眼，真真是個可人兒。

老夫人手上的動靜雖輕，還是擾了十歌清夢。事實上十歌心裡裝著事，也不敢睡得太沈。

她要去給哥哥送行的！

見小丫頭睜開睡眼迷濛的眼睛，老夫人輕哄道：「時辰還早，妳再睡會兒。」

「昨兒夜裡，我給祖母藏了幾罐肉乾，過會兒祖母嚐嚐，可好吃呢！我家的肉乾在冉呂鎮生意可好了，供不應求呢！昨夜我還順手做了糕點，糕點甜而不膩，祖母一定要吃。往常我做的糕點，一個可要十文錢呢！」

十歌剛睡醒，聲音仍有些沙啞，她醒來便同祖母講起自己的過往，一雙尤帶睡意的眼睛看向頂方，思緒回到冉呂鎮，講起自家的生意，笑得很是得意。

末了，嘆口氣道：「唉！」離開冉呂鎮好些時日，真真有些想念。

十歌又講了許多，老夫人靜靜聽著，卻是越聽越心疼。

那麼小的孩子，天天上山為生計奔波，可憐啊……

小丫頭說著說著，竟又睡著了。看來她是思鄉了，估摸著再醒來該忘了自己曾說過這許多話。

思及此，老夫人淡笑搖頭。

雲隆鏢局有個傳統，出鏢前需擺起供桌，上一桌好物，再祈求保佑一路平安順遂。鏢局內有一風水師坐鎮，每一趟鏢均要事先算好吉時。

這一趟鏢吉時在巳時，故而，哪怕十歌起得晚還是趕上了上香時辰。

只見供桌上擺放的全是十歌昨兒做出的吃食，就連她心血來潮做出的糕點也在上頭。

上香完畢，王會慶拿起一塊糕點便往嘴裡塞，含糊其辭道：「頭兒，賞咱們一塊糕點！」

其他人見狀欲仿效，哪知眨眼工夫糕點便不翼而飛，段昌飛的笑罵聲隨後傳來。「走開！回去叫你們媳婦做去，這些是我的！」

「不礙事，我的分你們。」

尹暮年在旁分著自己的糕點，得到義父一句。「你這小子，胳膊肘往外拐！」

一行人笑笑鬧鬧，甚是愉悅，唯獨十歌笑不出來了。她的眼睛一直盯在大少爺身上，故而那人看哥哥時的陰毒面相，盡數被十歌收入眼中。

好在昨日已提醒過哥哥，任何時候一定要提防此人。只是明槍易躲暗箭難防，怕就怕他出陰謀。

尹暮年前腳剛走，十歌便開始憂心忡忡，瞬間整個人沒精打采的，老夫人好生勸解也不得用。

為了讓小丫頭恢復精神，老夫人甚至主動喊她去釀酒，發動半個府邸的丫鬟小廝去幫襯。其間花了五日建造一座頗為壯觀的酒窖，酒窖的鑰匙只十歌一人擁有，未經允許，任何人不得入內。

這番大動作又引來姨娘們不滿，今次她們學聰明了，不敢去找老夫人，轉而找掌管中饋的夫人。

既如此，穆尋雁便當面同她們算起帳。「五小姐有言，一個月後的認親喜宴所用酒水由她一人承包。建造酒窖不過花費二十兩，以雲隆鏢局在棨城的地位，酒水品質自有要求，一場喜宴的酒水往少了說也要一百兩。」

向眾人看去，穆尋雁又道：「依照妳們的說法，咱們還占了五小姐便宜，是不是得把八十兩補給她？」

此話一出，眾姨娘面目猙獰。

補野丫頭八十兩?!

不行，不可以！

「夫人，丫頭僅用一個月釀出來的酒能喝嗎？可不要因此失了雲隆鏢局的臉面。」不知哪一個姨娘不服氣，仍試圖阻攔。

夫人淡淡回應。「怎麼，妳是覺得我坐在這位上僅是擺設嗎？五小姐既包攬酒水，她的酒能不能用何須妳來操心？」

姨娘被嗆了一嘴，不敢再多言。事實上酒水能不能用，她們心中有譜。這才幾日光景，府中各處便酒香滿溢，那香氣醉人得緊，比往年宴會上用的酒還要宜人。

正因如此，她們才怕到時又叫野丫頭出風頭，這不才想從中阻攔。

未能討著好，姨娘們心中憋屈，又怕再說下去，夫人真補銀錢給野丫頭，她們只好作罷。

本想著在酒水上作文章，偏生酒是在老夫人院子裡釀製，且每一道工序都專人看管，做不得手腳。

釀製好的又都被野丫頭藏進酒窖，酒窖只她一人才能進。如今她們是黔驢技窮，只能等宴請那日再見機行事，定不能讓這丫頭再出任何風頭，否則這個家就要成他們兄妹的了！

十歌花了半個月來釀酒，酒的數量多到可以填滿偌大的酒窖。只不過尋常時候，酒窖空空如也。不用說，十歌自然盡數將酒收入錦袋中溫養，僅在酒窖需要通風時，才會打開酒窖大門，也僅有那時候新釀製的酒才會被取出。

每當這一日，雲隆鏢局後院便會隨風飄出陣陣酒香，沁人心脾，其香氣一次比一次濃郁，總能引得途經此處的大老爺駐足停留。

十歌可以隨意差遣府裡頭的丫鬟小廝，故而釀酒工序很快便完成，餘下便是讓時間來溫養。

如此一來，十歌便又閒下來，在老夫人的思淨院窩了幾日，十歌心想著，玉石是時候取出來看看了。

不過她不懂玉石，只覺得石頭似乎通透許多，旁的什麼也看不出，只得前去請教大小姐了。

她也可趁此機會好好學一學賭石本事，若養玉法子奏效，日後便可多買些玉石養著。

嗯，感覺真的要賺大錢了。

「五小姐安。」

十歌剛踏入大小姐居住的院子，便有丫鬟行禮問安，她風一般飄過去，只留下一句。

「我找大姊。」

待到丫鬟們站直身子，哪裡還看得見五小姐的影子。

「姊姊！」

十歌也不客氣，扯著嗓子到處找人，最後在樓閣上尋到人。此時段語瀅正坐在案桌前，手上拿著不知名工具，正在雕刻一塊石頭。

段語瀅全神貫注盯著石頭，哪怕桌子對面突然多出一顆小腦袋，她仍無動於衷。

「姊姊，這是咱們上次買的玉石嗎？」

十歌拿起桌上幾顆尚未雕刻的小石頭，只覺有些眼熟。再往旁邊看去，許多小小的玉首飾安靜躺在桌面上，一下便吸引了十歌的注意。

吸引她的不是玉石品質，桌面上的玉首飾材質甚至還屬於次品。然而，它們卻被雕刻成各種各樣極精緻的飾物——有盤著雲紋的玉指環，有開得栩栩如生的玉花片，也有含苞待放的玉耳墜。

因著玉塊較小，能夠做出的花樣有限，但十歌敢發誓，這些絕對是她兩世為人見到的玉飾中，雕刻勝過鬼斧神工的！這樣的雕刻技藝若放在絕好的玉石上，豈不是更加精妙絕倫？

十歌驚呆了，沒想到大小姐還有這本事！

震驚歸震驚，十歌沒有忘記此趟過來的目的，她自斜挎布包中抓出五、六塊石頭，道：「姊姊，我若說我會養玉，妳信不信？」

大小姐仍然認真雕刻。

十歌既怕自己耽誤大小姐，又想知道錦袋養玉法奏不奏效，便攤開手掌，捧著六塊石頭，不抱希望的開口。「不信姊姊瞧瞧，可有不同？」

許久得不到回應，十歌默默的收回手。忽然間，一隻素白纖細的小手伸過來，一下抓走她手上的玉石。

十歌愣愣的向大小姐看去，見她目瞪口呆的盯著玉石看，心想著：或許，成了？

第四十九章

段語瀅愛不釋手捧著幾塊石頭，一遍又一遍反覆觀看，輕手輕腳的模樣，好似手上拿著的是什麼稀世珍寶。

十歌第一次見大小姐眉宇舒展的模樣，她一雙眼睛熠熠生輝，整個人鮮活起來。看樣子，她真的很喜愛玉石。

不知看了多久，段語瀅輕輕撫摸石身，看著石頭開口道：「妳……養的？」

十歌知道她是在同自己說話，便應了一聲。「是呀！」

段語瀅終於抬頭向十歌看去。「如何養的？」

「母親生前所教，獨門技藝，不能為外人道，不過我可以幫姊姊養玉。」

說話間，十歌已經把段語瀅放在桌上的石頭收進布袋中，抬頭笑嘻嘻說道：「姊姊，咱們來做筆生意吧！」

一雙大眼睛明晃晃寫著「狡黠」二字，卻又不會叫人生厭，段語瀅與其對視，靜默不語，等著小姑娘的下文。

「日後我幫姊姊養玉，姊姊幫我雕刻，我給姊姊工錢。」

十歌小眉毛飛揚，眼中盡是憧憬。

大小姐雕刻技藝獨特，若將玉飾拿去皇城賣，一定能賣出高價。尤其距離去皇城還有幾年時間，她把玉養著，到時候品質只會更佳。

接下去還要大肆採購一些玉石回來養，有了玉石生意，再也不必擔心娶不起皇城嫂嫂。有錢能使鬼推磨，到時想要找回爹爹，也能多一些助力。

段語瀅與十歌對視，仔細斟酌，靜默片刻後，點頭應道：「好。工錢不必，妳養玉，我雕刻，各司其職。」

十歌歪腦袋想想，如此也不是不行。玉的品質與價格相輝映，好玉價格能百倍千倍漲，橫豎大小姐不會吃虧。

「那行。姊姊，妳這些雕刻好的玉飾我也幫妳拿回去養養。」

十歌自行將玉飾收入錦袋，又將大小姐手上的玉石取出，放在桌上，轉而牽著她的手便要走。「咱們再去買些玉石，姊姊教我賭玉好不好？」

段語瀅被強行拉著走，因不放心幾塊玉石而頻頻回頭，最後只得吩咐丫鬟仔細收起來。

二人風風火火跑去找夫人請示，彼時夫人正為宴請一事忙碌。

夫人倒是好說話，不多過問便允了，還派兩名小廝隨身保護，又一人給了五兩銀子。

因為段語瀅的樓閣不輕易讓人入內，只有貼身丫鬟偶爾能上去打掃，故而春實和秋實並不知曉兩位小姐要去玉石街。待知曉目的地後，二人只得在心中叫苦。

小姐怎的又想起來賭石？還以為她已經將這事給忘了。上回小姐回家便將石頭玩丟，再買還不是浪費？還不如釀酒實在呢！

先前她們還擔心小姐說要釀酒是在瞎胡鬧，沒想到小姐手藝是真的好。而且，自打老爺那日讓小姐一展身手，僅聞食物香氣，府中再無人懷疑小姐廚藝。

老夫人和夫人尤其喜歡小姐做的糕點，直道是人間絕味。

春實試圖哄勸道：「小姐，不若咱們去逛食雜街如何？」

小姐還是釀酒吧。昨兒開酒窖通風，香氣便把隔壁大老爺給引來，他藉故拜訪，實則饞酒，硬是賴著吃了午膳才回去。

沒想到小姐的酒不過釀了不到一個月，竟然讓隔壁老爺喝得酩酊大醉，覥著臉討要一罈才肯回去。豈料今兒又下了拜帖，被老夫人以老爺不在、女眷多有不便為由駁回去。如今老夫人既為五小姐手藝欣喜，又擔心酒太吸引人，日後恐會帶來麻煩。

面對丫鬟的哄勸，十歌正色搖頭。「酒不是剛釀了一批嗎？不著急。」

十歌與大小姐傳遞一個眼神，養玉一事僅她們二人知曉便可。

段語瀅話本就不多，哪裡會說三道四，她撇過頭望向窗外，無意言語。

兩個丫鬟勸了小姐一路，竟是勸不動，只能眼睜睜看著小姐又敗家一回。

這次更誇張，石頭越買越大，拿不了便叫店家往府裡送。一下子花去百來兩，竟眼也不眨一下。

這不打緊，回家後，小姐命人把石頭往酒窖裡搬後，便是再也不去理會，反而每日往大小姐院子跑。

大小姐喜靜，尋常時候從不與人往來。也不知為何，對五小姐卻十分寬容，就連五小姐要留下過夜，她也不曾出言拒絕。

為避免五小姐閒下來便操心三少爺走鏢一事，老夫人對五小姐賭玉之事也甚是縱容，直道錢能解決的便都是小事。

好在，小姐並不像那些上了賭癮的，許久才會出去一趟。

小日子就這麼一天天過去，十歌在雲隆鏢局暗地裡為日後前程做準備時，尹暮年一行人也已交完鏢物，正在返程途中。

段昌飛和一干兄弟如今有個喜好，那便是走山路、摘野菜、抓野味。

「父親，附近有山賊，咱們還是避開為好。」

眼看一行人就要往山上行去，大少爺匆忙上前阻攔。他最不喜的就是山路，而那野小子本是山野出身，最擅長此道，不能讓他有發揮所長的機會！

這一路鏢局絕大多數弟兄對野小子關懷備至，尤其父親，說上兩三句便要將那人誇上一嘴，看得他一肚子火氣。

段昌飛不疑有他，拍拍長子胳膊。「有爹在，怕啥！」

在武藝方面段昌飛一向自信，他好歹也是江湖中排得上名號的。而且山賊就算要劫，也斷不敢劫雲隆鏢局。

段昌飛說完便逕自離去，大少爺看著父親離去的背影沈默不言。漸漸的，視線轉向尹暮年，變得猙獰。這時候他的親信走過來，壓低聲音道：「大少爺，咱們進山吧。您想想啊，山路凶險，誰知道會遇上什麼事情，不是嗎？」

大少爺瞇眼向山上看去。

或許，這是一個機會。

他壓低聲音對親信下令。「找機會把旗幟取下。」

說罷，他行至父親身旁，與其並肩行走。

一行人走了半日山路，他們已經抓了好些野味和摘了好些野菜，不出意外再一個時辰便可出山。

偏生，意外來了。

大夥兒本因採野菜和抓野味分散開來，忽然間，四面八方湧出一批山賊，他們舉著大刀，露齒笑得張狂。

「大少爺和三少爺呢?!」

早在山賊發出動靜時，段昌飛便命弟兄們圍聚到一處。大家雖四散開，但他事前有令，大夥兒需時刻警惕，不可離得太遠。大家都是練家子，耳力自要比常人強，聽到動靜早已有所反應。

只不過巡視一圈，卻不見長子和義子，不免在心中暗道一聲糟。

段昌飛偏頭向左邊幾個道：「速戰速決，一會兒你們幾個尋到機會去找大少爺和三少爺。」

「是！」

山賊頭子見狀，向他們搖搖頭。「嘿，說什麼悄悄話呢！今天遇著我們羅峰寨算你們運道好，來吧，自覺點把東西留下，興許還能留你們一條活路。」

嘿，好幾口大木箱，也不知裝的是什麼好傢伙，好些時候不曾遇到如此大的肥羊了！

段昌飛冷笑一聲，揚聲向面前一夥人道：「你們好大的膽子，我雲隆鏢局也敢劫！」

誰想，他剛亮出身分，對方竟然一愣，當即一巴掌拍在旁邊人腦袋上，只聽響亮的「啪」一聲，山賊頭子怒吼道：「雲隆鏢局?!你們不是說這是一群普通人嗎？」

「三當家，不能怨咱們啊！你看他們……他們就不張旗，我們哪裡曉得嘛！」

這些話這邊聽得一清二楚，段昌飛訝然向一旁看去，怎知，旗桿不知何時斷成兩截，雲隆鏢局的旗子早不見蹤跡。

只聽山賊頭子呸一聲，一雙三角眼向對方的幾口大箱子看去，想了片刻便道：「管他什麼鏢局！咱們人多勢眾怕啥，給我上！」

隨著山賊頭子一聲令下，雙方進入混戰中。殊不知，山賊頭子覬覦的幾口大箱子裡頭，裝的是野味。

而雲隆鏢局之所以能夠在江湖中聲名遠播，除了是百年傳承老字號鏢局，更因雲隆鏢局注重內訓，所有鏢師在武藝上均有嚴格要求，故而能走出去的全是精挑細選過的，身手個頂個好。

哪怕對方人手是己方的兩倍之多，但真止抗打的就那麼幾個，段昌飛這邊很快便占上風。

再說另一邊，尹暮年被大少爺引至遠處，此時他們二人也正與山賊纏鬥。

尹暮年先前混跡在山中，無論山路多崎嶇，於他而言均猶如平地，他能夠快速判斷出怎樣的山勢需如何行走。故而，哪怕對方有七、八人，而自己這方才三人，尹暮年仍覺得有勝算。

但是他千算萬算卻沒算到大少爺不同自己配合，這便罷了，大少爺和他的親信甚至故意放水，有意讓他打得焦頭爛額，偶爾還會故意將他推向刀口。

尹暮年忽然意會，原來大少爺想借刀殺人。

既看清現實，尹暮年便不再與那二人為伍，自己殺出一條路。

少了尹暮年的幫襯，兩個有異心的人只得認真應戰，但他們仍有意將戰鬥引向尹暮年。

好在尹暮年擅走山路，總能迅速拐道，讓那兩方措手不及。

尹暮年終於解決掉圍攻自己的幾人，他向大少爺方向看去，有三、四個正與他們纏鬥。

尹暮年知道，那二人武藝不差。山賊人數雖多，功夫卻不如何，完全應付得來，不過就是吃力一些罷了。

見此狀，尹暮年雙手環胸，冷眼旁觀，沒有幫襯的意思。

你們對我不仁，便休怪我不義。

他無論如何絕不能受傷，否則妹妹會哭。

「臭小子，你竟然見死不救！」

大少爺親信向他吼來，尹暮年仍不為所動。

這二人想要他的命，他是傻了嗎？跑過去找死？

「快，大少爺和三少爺在這裡！」

隨著一聲驚喜大叫，段昌飛一行人立刻出現。映入他們眼簾的是一名兄弟和大少爺正在艱難應敵，三少爺則站在不遠處看著。

第五十章

段昌飛隨意派兩人前去幫襯，兩三下便將餘下幾名山賊解決掉。戰鬥將將結束，大少爺親信立刻跑過去向段昌飛告狀。「頭兒，方才大少爺危急關頭，三少爺卻見死不救！」食指指向尹暮年，說得咬牙切齒。語畢，便見所有人向他所指的方向看去。

尹暮年長身而立站在原地，輕嘆一聲。「是。兄長仁愛，不忍下重手，故而拖延至此。我……」停下來看看躺在自己周圍的幾名山賊，搖搖頭，又道：「慚愧，我當向兄長學習才是。」

大家再順著尹暮年的視線看去，好傢伙，他小小年紀竟能以一敵四，出息了啊！

段昌飛自然也看見了，笑得尤其大聲。「哈哈哈！你小子長進不少！」

看得出段昌飛頗為得意，他走過去爽快拍拍義子肩膀，轉頭便喊來長子，沈聲問道：「你可知，習武之人最忌婦人之仁。」

大少爺一副受教的模樣垂下頭，藏去眼中殺意。「是，孩兒知錯。」

總不能否認，如此便是能力問題。

因方才一戰逃走幾個山賊，為免他們捲土重來，一行人迅速整頓後，便即刻出發。又行了一日有餘，終於回到雲隆鏢局。

望。

老夫人早已帶領一大家子守在正門口候著，十歌站在大小姐身旁，腦袋不斷向遠處張望。

終於見到一群人後，十歌站在原地不斷張望，焦急等待一行人靠過來。待他們停下步子，十歌這才不管不顧衝過去。

待她跑至近前時，尹暮年已經躍下馬背，十歌站在三步遠的地方，昂著頭，紅著眼眶喊道：「哥哥！」

尹暮年伸手揉揉妹妹腦袋，笑得一臉溫和。這是十歌最熟悉的笑，懸著的心這時候才終於落下來。

哥哥平安無事，太好了……

她有好多話想同哥哥講，想告訴他關於錦袋的新發現，又做了怎樣的打算。

不過現在不是時候，待到閒時再找機會同他說吧！

好在這一趟鏢有驚無險，既回到雲隆鏢局，自要休整些時候。趕巧兩兄妹的認親儀式馬上到來，段昌飛便不再親自出鏢。

這一日老夫人和夫人正在研究請帖，十歌在旁看著。其中有張帖子吸引了十歌的目光，忍不住拿在手中觀看。

帖子中的宴請之人她認得。

是桀城的知府大人，他每年會去皇城述職，每次述職定要去她家酒樓點一道烤斑鳩，後來父親偶爾會送他幾道小菜，二人還算聊得來。

老夫人見十歌看請帖看得認真，湊過去一看，竟是給知府大人的帖子，忍不住道：「也不知能不能請動知府大人，若能請動，三個月後的皇鏢或許還有指望。」

十歌當然知道皇鏢的重要性。如此難得的機會，所有鏢局定都蠢蠢欲動，所以此次知府大人能不能來至關重要。

十歌趁此機會獻策。「前些時日出府，我正好聽聞知府大人喜愛一道叫烤斑鳩的菜，這菜我會做。不如這次認親儀式的膳食由我來準備，如何？」

「不妥！」

老夫人聽罷，當即出言拒絕，就連平素面目無多餘表情的夫人也皺起眉頭來。

「那日本便是為你們兄妹舉辦的認親儀式，怎可讓妳去做廚子？況且知府大人也不一定會過來。妳給我把心思收起來，我定不同意。」老夫人板著臉，此事沒有商量的餘地。

十歌絲毫不氣餒。「想引知府大人過來不難的，我有法子，試一下便知。」一小壺回春釀便夠了，這是除烤斑鳩之外，他必點的一款酒水。

「祖母想想看，此事關乎雲隆鏢局未來，咱們要從長遠來打算，我們兄妹二人與雲隆鏢局未來相比，自然無關緊要。」

十歌有七成把握知府大人會前來赴宴。

理由當然不是一壺酒，酒不過就是引子，最重要的還是雲隆鏢局在江湖上的聲譽及地位。十歌相信，哪怕眾多鏢局同時爭取皇鏢，雲隆鏢局定也是優先考量的一家。若能叫知府大人切身了解雲隆鏢局，皇鏢便十拿九穩了。

老夫人思索片刻，最終本著為鏢局著想之心，老夫人決定試一試。只不過宴請那日幾十桌席面，豈不是要把十歌累壞了？

「這樣吧，留五道菜給你們準備，餘下的交給廚子們。」

最終還是夫人想出折中的法子，這件事情便這樣定下了。

之後幾天，十歌每日為宴席之事忙碌。除五道菜之外，她還向夫人提議糕點由她來備。十歌做出的糕點夫人自身便喜歡得緊，想著那日出席的夫人小姐不在少數，便答應了。

到了宴席這一日，主子們忙於接待賓客，十歌則在灶房裡有條不紊的忙碌著。如今均有專人來備菜，十歌做起菜來分外輕鬆。

另一邊，遲遲不見知府大人到來，老夫人一顆心沈到谷底去。想想也是，此時正值風口浪尖，知府大人哪敢輕易赴宴。

一直到宴席將將開始前，下人突然來報知府大人駕到。得知消息的段昌飛自然迅速領著大少爺前去迎接，前院的客人因知府大人的到來而沸騰。

更多人則因為知府大人的到來而陷入沈思。

知府大人從不輕易赴宴，自己幾次三番請不來，今日怎的赴了雲隆鏢局的宴？難不成，皇鏢已經花落雲隆鏢局？

在眾人的猜忌下，宴席很快開始。第一道菜餚上桌後，各桌紛紛拆開酒罈，就想著尋機向知府大人敬酒，為自己討個眼熟。

哪知，酒罈剛打開，瞬間飄出一股濃郁酒香，沁人心脾。一時竟讓他們忘了敬酒一事，紛紛給自己滿上一杯酒，直接便仰頭飲下。「好酒！段兄打哪兒覓來如此好酒？」

隔壁桌的一位大老爺隔空發問，說罷，又仰頭飲下一杯。

「哈哈！便是我那義女自釀的，丫頭小小年紀，本事大著呢，過會兒喊過來給大夥兒見見禮。」

段昌飛早料到大夥兒飲過酒後會有此反應，他剛走鏢回來也被丫頭的酒驚豔一番，真嚐不出這是僅釀了一個月的酒。

方才他見知府大人眼中光亮，便知他對此酒甚是喜愛，過會兒便讓他帶幾壺回去。

「說起來，你的義子呢？不是說認了一對兄妹？」

同桌的一位老爺左右瞧瞧，未見生面孔，不由發出疑問。

正說著，便見遠處走來一個半大的孩子。他身上的玄色竹葉雪白滾邊直裾與頭上竹形清雅羊脂玉簪相輝映，讓少年看起來宛若不染世俗的矜貴公子，尤其他臉上淡淡笑意，叫人看了如沐春風。

遠遠看去，真真是一位超然絕俗的非凡公子。

「晚輩暮年，給諸位叔叔伯伯見禮了。」

尹暮年一一行禮，接著便命下人將托盤上的羹湯仔細放在桌上，一人一盅。

「此為不乃羹，空腹飲酒易醉，各位叔叔伯伯不妨先喝下墊墊肚子。」

尹暮年見主位上坐著一位氣派大老爺，此人雖不言不語，卻自有威嚴，想來便是知府大人。既有此猜測，尹暮年便親自為他揭開盅蓋，笑得溫和，道：「您嚐嚐。」

而後，尹暮年坐在大少爺身旁的位子，見段昌飛尚未動筷，便道：「義父您也是，別光顧著喝酒。」說著，為段昌飛挾菜。

「嘿，老段，他真是你自山裡頭撿來的？看著不像啊！」

「是啊，你老實說，打哪兒拐來的？」

有人扯嗓子笑言，立刻有其他人附和。

段昌飛也不客氣道：「還不是我段某福氣大！」

除知府大人外，能上得主桌的全是幾十年交情的老友，說起話來也都灑脫不羈。

正在大家笑談時，知府大人突然抬頭道了句。「嗯，不錯。」抿抿唇，又喝下一口不乃羹。

片刻寂靜後，其他人紛紛低頭品嚐起不乃羹，一口下去，各個瞪圓了眼睛，什麼話也未說，便接著第二口、第三口。一直到羹湯見底，方才意猶未盡的舔舔唇。

「這不乃羹絕了！」

「咱們桀城何時出了如此了不得的廚子?!」

「快，快將廚子喊出來我們認識認識，改明兒家中有宴席也請他。」

震驚之餘，大夥兒紛紛求引薦。只有知府大人皺眉細思，不多久便開口問道：「廚子可是來自皇城？」

段昌飛回得恭敬。「大人，這道不乃羹是我那義女的手藝，她擅廚藝。」

說罷，段昌飛差人去請五小姐。

大夥兒均覺不可思議，猶自沈浸在美味中，只覺口中餘香未退，真想再來一盅！

唯有尹暮年注意到，知府大人在聽聞廚藝並非來自皇城後，眼中閃過失落。

妹妹說得不錯，知府大人對皇城第一樓頗有些懷念。

大家的注意力仍在酒菜上，故而無人注意到娉婷而來的小姑娘，直到脆生生問候的聲音響起，大夥兒才向她看去。

十歌不過十歲，眉目尚未長開，臉上尤帶著稚氣，粉嘟嘟的，俏麗可愛。尤其一雙會說話的眼睛亮晶晶的，格外引人注目。

是個頂頂討人喜歡的小姑娘，難以想像，如此美味的膳食和仙釀，竟出自這小丫頭之手？

「不乃羹真是妳做的？小姑娘真有這本事？」

不知是誰發出一句質疑，大家好奇的向小姑娘看去，只見小丫頭噘著嘴，好似受到冒犯一般，凶凶的回道：「我可厲害了！不信你們等著，我去做一道烤斑鳩給你們嚐嚐！」

說罷，十歌轉身便離開，離去前眼角餘光見到知府大人一臉錯愕。

尹暮年這時站起身，雙手舉杯道：「今日承蒙諸位叔叔伯伯賞臉，雲隆鏢局榮幸之至，晚輩敬各位一杯。」

在尹暮年的招呼下，大夥兒注意力又回到酒水上，再次感嘆美酒的神仙滋味。

「令妹這一手廚藝師出何處？」

僅知府大人的注意力不在酒上頭，他似乎對這個問題的答案有著某種渴望，眼睛直勾勾盯著尹暮年看。

「是家母生前所教。」

這個答案出乎意料，知府大人頗有幾分失落，他仰起頭飲下杯中酒，而後便頻頻搖頭，直道：「可惜啊可惜。」

一句話說得大家一頭霧水。

尹暮年卻是知道，知府大人惋惜的是皇城第一樓裡，那位消失不見的天下第一廚。

「晚輩認為，遺憾能使人頹喪，倒不如珍惜眼前，一切便將豁然開朗。」

尹暮年意有所指，卻是無人聽得懂其意。

知府大人只覺少年郎的話語頗有幾分玩味，便笑問：「哦？你倒說說，豁然開朗後當如何？」

「踔厲奮發，篤行不怠，乘勢而上，不愧己心。」

尹暮年知道知府大人並未解其意，便轉了話頭。他目光堅定，回得鏗鏘有力。

知府大人朗聲大笑道：「段老爺果然好福氣。」

在知府大人的朗笑中，氛圍輕鬆許多。一餐下來，知府大人竟對段老爺家的義子另眼相待，二人相談甚歡。

旁人只道，看樣子皇鏢非雲隆鏢局莫屬了！

皇鏢最終確實花落雲隆鏢局之手，原因無他——雲隆鏢局勢大業大不說，鏢局人品均數上乘，尤其小一輩小小年紀便行事嚴謹可靠，這樣的鏢局自然不會差。

自此，雲隆鏢局內便有一說法——老爺撿回來的是兩個福娃娃。因為自打他們來了以後，鏢局便一路順風順水，想啥得啥，運道好得叫人咋舌。

十歌在府中有老夫人寵著，夫人護著，小日子別提多滋潤。

一晃眼，四年過去了，再過半年，十歌便及笄。

此時的她卻心中鬱鬱寡歡，總有說不出的煩悶。不為別的，正是為去皇城之事。

哥哥答應過她，待他過了成人禮，他們便動身前往皇城，可如今她已經等不及了。

距哥哥的成人禮還有三年，然而以哥哥如今的能力，已經完全可以獨當一面。

且這幾年她還在老夫人的授意下開了一家酒莊，雖與府裡五五分帳，但生意興旺呀！現如今她身上揣著的銀兩已經足夠他們兄妹二人的餘生生活無憂。

所以，她按捺不住了。

尹暮年如今正在走鏢，臨行前答應妹妹，待這趟鏢走完，便向義父提出辭行。

倒不是十歌對雲隆鏢局沒有感情，她只是想早些去皇城尋找父親。時間拖得越久，她便越不安，這幾年她沒少打聽皇城之事。父親也好，害死她的人也罷，每次打聽結果別無二致。她只得自我安慰，沒有消息便是好消息。

當然，與雲隆鏢局的關係自然不會因為他們的離開便斷掉。

故而，十歌日日盼、夜夜盼，盼著哥哥早些歸家。

殊不知，天有不測風雲。十歌沒有等到哥哥歸來的消息，反而等來義父的死訊。

第五十一章

一下子，好似天要塌下來一般，雲隆鏢局亂成一團，老夫人不知哭暈幾回。當屍首被運回來，老夫人終日以淚洗面，終究扛不過，一病不起。

好在十歌略懂醫術，身上又揣著絕無僅有的好藥，這才保住老夫人一條命。

整整一個月，雲隆鏢局仍走不出陰霾。沒了主心骨，鏢師們萎靡不振，哪怕大少爺即刻接手，仍改不了現狀。

十歌又何嘗不是呢？

幾年下來，義父待他們兄妹無微不至，十歌早已習慣義父的大嗓門，甚至覺得大嗓門很能叫人心安。她喜歡看義父同別人介紹他們兄妹時，每每總是眉飛色舞，眼中宛若有星辰的模樣。

再也聽不見義父的朗笑聲，見不到他得意忘形的模樣，心裡空蕩蕩的，有諸多不捨。

十歌已經不知第幾次對著星辰發呆，耳邊是丫鬟元雙哽咽的聲音。「小姐……已經亥時三刻，您該歇息了……萬不能傷了身子啊。」

十歌坐於雕窗前，頭靠窗櫺，眼睛失去靈氣，被空洞取代，透過窗櫺看著沈黑的夜色，兩隻手抱著微曲的雙腿，一動不動。

語調輕輕，透著些許無力，輕緩道：「妳們先下去吧，這邊不用擔心。」聲如鶯啼，稚氣不再。

「小姐不睡，奴婢也不睡。」

元桃為主子攏好輕紗斗篷，說得堅定。

片刻靜默後，十歌輕嘆一聲，這才挪動身子，由著兩個丫鬟攙扶下去，被仔細侍候著躺下。

十歌早廢了守夜的規矩，待丫鬟們退下她便起身，環抱住曲起的雙腳，頭枕在腿上繼續發呆。

殺害義父的兇手，是幾年前劫過雲隆鏢局的羅峰寨。那次羅峰寨三當家命喪義父之手，隨後羅峰寨便潛伏雲隆鏢局內外，用了四年時間，終於尋到時機下毒手。

早該押鏢歸來的哥哥得知此消息，命一眾兄弟先行歸來，自己獨身前往羅峰寨，勢要報仇雪恨。

一個月，義父走了一個月，如此漫長的時間，哥哥他……可還安好？

背地裡所有人皆言哥哥怕是已經殞命，可她不信，她堅信哥哥一定能夠平安歸來，就好似以往無數次走鏢那般，毫髮無損的回來。

哪怕回來就要面對大少爺的發難也無妨。

如今大少爺當家，他一口咬定義父之死是因哥哥而起，若哥哥回來，還不知會如何編排。

至於她這邊，大少爺尚不敢輕舉妄動，因他正覬覦自己名下的酒坊。酒坊沒了她，是再難運作的。

又過了十來日，整個雲隆鏢局已認定尹暮年再無生還可能。偏生，他卻在風雨交加的這一夜回來了。

電閃雷鳴中映出一道細長身形，步履蹣跚，向靈堂走去。

「三少爺回來了，三少爺回來了！」

有下人認出來人，立刻扯嗓子吆喝，接著便找來油紙傘，仔細護著主子去到屋簷下。

十歌得知消息趕來時，哥哥一身狼狽，正跪在靈堂前看著義父的靈位，笑得苦澀。「孩兒已經手刃仇家為義父報仇，義父一路走好。」

說罷，重重磕了三個響頭，一下重過一下，疲憊不堪的臉多了一道見血的紅印子，接著便又無言看著靈位。

好不容易盼到哥哥歸來，懸在心頭的大石終於落下，不知何時，十歌已經淚流滿面，她不忍上前打擾，只在旁靜靜候著。

然而，各院皆已收到三少爺歸來的消息，沒多久，大少爺領著一幫人闖入靈堂，將尹暮年團團圍住。

「你還有臉回來？若不是你，父親便不會與羅峰寨有所糾葛，更不會慘死！就是你害了他，來人，把這掃把星給我抓起來！」

說罷，即刻有人上前。

十歌趕在他們之前衝過去護在哥哥身前，哥哥如今頹廢喪志，竟然紋風不動跪著，十歌憂心之餘，腦中想著應對之策。

若有必要，她不介意當眾使用錦袋，把這喪心病狂的人收進錦袋中。

大少爺雙目赤紅，狠戾決絕，透著血腥之氣，刻薄的唇角高高揚起，宛若鬼魅，他惡狠狠看著尹暮年後背。

這人怎不直接死在外頭？回來還得逼他動手！不過幾年時間，鏢局內已有過半兄弟對這人唯命是從，雲隆鏢局斷是再容不得這小子！

若非自己繼任得早，雲隆鏢局怕是要落入他手中！如今他還憑一己之力鏟除羅峰寨，無論如何定要在弟兄們出面擁護他之前，將他除之後快！

思及此，大少爺揚聲道：「父親，孩兒今日便替您清理門戶。既是他害您殞命，我便叫他下去陪您。」

言罷，又是一聲命令。「殺了他！」

「我看誰敢！你這個孽障，你父親屍骨未寒，你竟聚眾滋事，我段家怎生得你這樣一個孽障！」

老夫人匆匆進到靈堂，好不容易養回一點的精神，此時又被氣得面目發白。

她舉起枴杖朝一干弟兄指過去。「你們可知我飛兒最見不得兄弟相殘，你們就這般同他胡鬧？」

老夫人不減威嚴，喉底發出的聲音帶著寒氣，讓一干人等面面相覷，不敢再有任何動作。

大少爺咬牙切齒。「祖母，您當明辨是非，當年父親便是因他才改走山路！」

「我縱使一把年紀，可我門兒清！你們還不快給我退下，莫要擾我飛兒清靜！」老夫人不欲再多言，想起兒子，忍不住哽咽。又見大家不肯動彈，她便拿枴杖敲打地面，怒聲道：「怎麼？還想氣死老婆子嗎？還不快退下！」

一時氣血逆流，老夫人踉蹌幾步，幸得齊嬤嬤上前攙扶。

老夫人連連嘆氣，向門口揮手，不願再多看他們一眼，道：「把他們給我趕出去，我暫時不想見到他們。」

大少爺瞇眼看著尹暮年背影，咬緊牙根道：「走！」

既然回來了，還怕治不了你？橫豎都在他的掌控中，躲得了一時，躲不了一世！

像是想到什麼，大少爺停步吩咐道：「你們幾個留下看著。」

安排妥當後，大少爺方才離開院子。

大少爺離去後，靈堂大門立刻被關上。十歌正為老夫人把脈，生怕她怒氣攻心，有個好歹。

「孩子，你們快些讓齊嬤嬤為你們易容，衣裳我也為你們準備好了，快些換上，馬車已在偏門外候著，我怕那孽障再對你們不利，你們需儘快離開這裡，另謀生路。」老夫人忽然反手握住十歌的手，說得急切，又塞幾張銀票在十歌手中。「日後沒了雲隆鏢局庇護，一切當小心，照顧好自己。」

老夫人伸手撫摸十歌的臉，一雙眼睛早蓄滿淚水，卻倔強得不肯讓其落下來。

「祖母……」

十歌沒想到竟是以這樣的情勢離開雲隆鏢局，她知道此時離開才是上策。然而看著老夫人，心中卻有萬千不捨。

祖母真心疼了自己幾年，真的不放心留她在此龍潭虎穴，就怕那人發起狠來，六親不認。

「祖母，待我們在他處站穩腳跟，便來接您共享天倫。」

十歌跪下，叩了三個響頭。再抬頭，芙蓉面上淚珠滾滾。

事不宜遲，十歌轉身欲攙起哥哥，他卻仍然不動如山，十歌只好正顏厲色道：「哥哥，再不走我也將葬身於此。」

她知道自己是哥哥的軟肋，如今只有自己的安危方才能喚醒哥哥。

果不其然，尹暮年猛的一怔，終於自悲傷中抽回神，向妹妹看去。

方才他一直處於出神狀態，並不知祖母已為他們兄妹做好打算，臨行之際，尹暮年忽而轉身跪下，無言磕頭。

眼睜睜看著兩個孩子自面前消失，老夫人視線早已模糊，任由淚水滾落。

這輩子，怕是再也見不到這兩個孩子了。只盼他們能有個好前程，身體康泰，無病無災。

屋外電閃雷鳴，時而照亮漆黑的夜。細長的閃電像利劍，在空中耀武揚威。滂沱大雨有越下越大的趨勢，任何一個正常人都不會選在這種時候外出。

為躲避追查，老夫人準備的是一輛簡陋馬車，並吩咐景初和元雙、元桃一起追隨兩個小主子，此時景初負責駕車，窄小的車廂內擠著四個人。

老夫人早先派來侍候的春實和秋實，十歌僅讓她們侍候半年便遣回去，如今的元雙和元桃是她親自調教而出，對她忠心不二。

元雙接過十歌遞來的錢袋，顛顛重量後打開一看，不由驚訝道：「大小姐該不是把所有積蓄都給了您吧！」

袋子內約莫有七、八十兩銀子，是臨出門前，大小姐差丫鬟送來的。

大小姐平時雖不喜言語，但對她們家小姐是真心好，往日但凡小姐有個頭疼腦熱，大小姐一定前來親自看護，無言，卻無微不至。

今夜變故來得突然，十歌一路回憶四年點滴，只覺身體好似被抽走一部分。無論是分離，還是生離死別，都如此叫人心傷。

要是能一生順遂，不經歷這些該多好？

十歌輕嘆一聲，回頭向哥哥看去，見他無精打采，便道：「哥哥，你需得快些振作起來，這一路怕會有不少追兵，我們只能指望你。」

尹暮年聞言，只輕點一下頭，應和一聲。「嗯。」卻是再沒有後話。

他知道自己需振作，可義父待他如親子，這幾年又隨義父走南闖北，早習慣了義父的存在，有義父在，自己便無須故作堅強，義父是他的榜樣，是他的後盾。

再讓他緬懷幾日吧，他不想輕易收起這份心傷。

十歌哪裡不知道哥哥需要時間面對，起初她也是心傷得連話也不肯說。不過有件事還是得跟哥哥說一聲。「哥哥，去皇城之前，我想先去一趟玄劍宗看看宵哥哥，也得回冉呂鎮看看大家。」

尹暮年略一思索，微點頭。「嗯，也好。」

大少爺無論如何也不會知道他們會拐去玄劍宗，縱使追去，有義兄在自不必畏懼。

事實上，只要出桀城便再無所畏懼。雲隆鏢局中，會聽從大少爺命令對自己不利的，也就那麼些人。

身在雲隆鏢局，他或許沒有勝算，出了桀城便大不同。一旦出桀城，便存在各種變數，哪裡是大少爺能掌控的。

聽得小姐的打算，元桃不無擔憂，忍不住提醒。「小姐，老夫人雖說會為咱們爭取三日的時間，但大少爺終究會發現。待大少爺發現公子和小姐已離開鏢局，定會派人追去冉呂鎮，您若回去，豈不是把自個兒往虎口送？」無論如何，她定要護好小姐才行！

十歌淡然開口。「無妨，冉呂鎮他作不得主。」

此事十歌並不憂心，冉呂鎮是閆老爺的地盤，閆老爺自會護他們周全。

只是，有一點不明。

幾年來，無論他們發出多少書信，仍得不到回音，像石沈大海一般。

為何會如此？

十歌哪裡會知，他們送出的書信全被府中幾個少爺半路攔截。冉呂鎮中，沒有一人知曉兄妹二人的去向。

第五十二章

幾人連夜離開桀城，向玄劍宗的方向行去，路上換過一次馬車，馬車配置比先前在雲隆鏢局時用的還要華貴許多。若說這是哪戶王公貴族家的馬車，誰也不敢懷疑。

如今世道，多的是慣會看形勢辦事的人，加之十歌捨得花銀子打點。故而幾人一路暢行無阻，到玄劍宗僅用半月時間。

玄劍宗位於駱青峰，受玄劍宗庇護，駱青峰山下幾個村落百姓安居樂業，一片欣欣向榮。

對於村道上緩緩行駛的華貴馬車，大家早已見怪不怪，心想不知又是哪個大戶人家前來叨擾玄劍宗。

駱青峰山下有一批守門弟子，約莫三十人，分三支隊伍就近巡邏。眼見一輛陌生馬車駛來，幾支隊伍排列有序，守在門外等候馬車停步。

馬車止步，景初躍下行至眾人跟前，行了一個江湖禮節。「諸位安，我家主子乃冉呂鎮人士，求見玄劍宗主。」

說罷，自懷中掏出兩枚形狀特異的金葉，捧於手心遞至眾人眼前。這是方才少爺給他的，說是玄劍宗的人見了此物便會放行。

金葉一現出，眾人皆是一驚，紛紛單膝跪地抱拳行禮。整整三十人，動作整齊一致，齊聲高呼。「宗主千秋萬代！」

如此境況，著實嚇了景初一跳，尚未回神，為首弟子已經做好安排。他先派一人迅速上山通報，又另派兩支隊伍護於馬車兩邊，朗聲道：「我等有失遠迎，萬望小主恕罪！」

話音剛落，只聽低沈渾厚的聲音自車廂內傳出。「無礙。」

「我等這便護送小主上山。」

說罷，為首男子恭敬請來景初駕車，兩支隊伍分別護在兩側，步伐一致護送馬車上山。有百姓途經此地，見此情形不由在心中咋舌。除宗主之外，他們還從未見過有誰得過這般待遇！

奇了，馬車內到底是什麼金尊玉貴的人？

其他下山的弟子，見此陣仗紛紛靠邊站好，待一行人過去方才敢移步。

駕車的景初目睹一切不免驚嘆，這架勢，好生威風！

約莫過了三刻鐘，一行人終於到達山頂。山頂上一塊巨石雕有「玄劍宗」三個大字，另有幾排小字則刻著玄劍宗規矩。

巨型石拱門外早已候著幾十號人，待馬車停穩，他們便朗聲高呼。「恭迎小主歸來！」

景初躍下馬車，迅速安好馬凳，車廂廂門打開，兩個丫鬟先下馬車，恭敬候著。

本可以一躍而下的尹暮年，今次卻穩步踩著馬凳下去，步履平穩，從容不迫，舉手投足間盡顯矜貴之氣。

十歌貓著腰走出車廂，立於馬車上先向巨型拱門投去一眼，壯觀景致直叫人眼前一亮。再回頭，哥哥早已伸手，只待扶她下馬車。十歌蓮步輕移，儀態萬方的下了馬車。

「小的趙無，主管玄劍宗內務。宗主有令在先，若兩位小主尋來，定需好生侍候。」前來迎接的人群中，為首之人上前幾步行了一個禮，又道：「兩位小主舟車勞頓，請小主隨我來。」

趙無畢恭畢敬領著兩位小主子向宗內行去。玄劍宗是江湖第一劍派，其規模自然不容小覷，趙無一路向兩位小主介紹。

尹暮年觀察玄劍宗內部的同時，不忘詢問。「宵大哥可在？我們當先去拜會才是。」

「不巧，宗主幾日前剛外出，不過小主儘管放心住下。小主們的院子是宗主特意命人建造的，幾年來一直有專人負責灑掃，只等小主歸來。」

聽聞此言，尹暮年沈默不言。確實不巧，也不知他們能否等到宵大哥歸來。

踏入院子的那一刻，十歌終於見識到宵哥哥的用心，此處院子全然照著她的喜好建造，就連侍候的丫鬟也是比著她的性子特意調教。

別說，住起來還挺舒心，絲毫沒有生疏感。

宵哥哥一直將他們放在心上啊！這想法叫十歌心窩暖暖的。

只是等了幾日仍未等到宵哥哥，十歌不免心急。當趙宵飛鴿來信，言說還需一個月方能歸來，十歌便同哥哥商量，不如他們做一些醃鹹菜和肉乾放著，給宵哥哥留一些念想。他們還需先行離開，回冉呂鎮恐怕還得耽擱一段時日，她想去皇城之前，先將巫陰山山上的山珍盡數收入囊中。

既有此打算，兄妹倆便開始忙碌，臨行前給趙宵留下不少醃鹹菜和各種肉乾，以及美酒五十罈。

在趙無一而再再而三的挽留下，兄妹二人仍然選擇離開，又用近一個月的時間回到冉呂鎮。

這一日，終於踏入熟悉的冉呂鎮，十歌遠遠便掀開簾子，看著越來越近的城門，一顆沈寂已久的心開始澎湃。

熟悉感讓她倍感親切，有一種終於歸家的喜悅。

馬車停在同祊堂門口，無論何時，這裡總是門庭若市。下馬車前，十歌忽然心血來潮戴上帷帽，進了藥堂便排起隊來。

無須多言，尹暮年已經猜出妹妹意圖，只得無奈在旁候著。待到他們問診時，時間已經過去半個時辰。

十歌壓著嗓子訴說自己病狀，說得有氣無力。「大夫，近些時日我總胸口發悶，食不下嚥，甚至呼吸困難。」

這是因義父離開，傷心過度，又時刻記掛哥哥安危所致。

停下來歇口氣後，十歌繼續道：「今日則不然，胸口躍動比往常快了許多，也重了許多。我……」緊張、高興、興奮。

十歌聲音哽咽，帶著不安和彷徨，掩面而泣。然而藏起來的唇角卻偷偷揚起，眼睛透過紗簾向邊上的老者看去。

「聽聞田大夫醫術最為精湛，故遠道而來求醫，不知能否請田大夫親自為小女子看診？」

一番話說得情真意切，儼然就是不諳世事的富家千金為求醫不遠千里而來，不惜散財續命。

是頭肥羊啊！

田顯最喜碰上這等「病患」，一下便來了精神，他示意徒弟離開位子，自個兒坐上看診席，面容嚴峻道：「坐過來，手伸出。」

十歌乖乖坐下，伸手讓其把脈。如此近距離，十歌偷眼觀察田爺爺。幾年下來，他還是這般模樣，這會兒她是真有些鼻酸了。

田顯有模有樣把脈，面容越發嚴肅，卻在心中冷笑——嘖，無病呻吟，欠宰！

很好，丫頭幾年前採的人參有著落了。他的丫頭苦啊，為生活受的累著實不少。哪像貴家千金打小用金貴之物養活，養得金尊玉貴不知人間疾苦。

宰她，不帶商量！

「無礙，能治。給妳開一帖藥，到前堂取藥去。」

田顯收回手，開始下方子，一連寫了好些名貴藥材，不外乎是補氣血的藥，女子無病喝著也能養身。

他的丫頭不能白忙活，他的丫頭也該被金尊玉貴的養活，他的丫頭啊……消失得好慘。不行，多宰她一些，否則意難平！

待田顯停筆，已經寫完滿滿兩張紙的藥名。十歌將它們拿在手中細看，終於忍不住噗哧一聲笑出來，不再壓著嗓音，道：「原來您的錢都是這麼來的啊！田爺爺，您不厚道！」

軟軟的一聲田爺爺出口，田顯怔住，忽而站起身死死盯著面前戴著帷帽的女子。

只有他的丫頭才會這般甜膩膩的喊他田爺爺，暖乎乎，撒嬌一般討人喜歡。雖然聲音少了稚氣，可田顯就是能確信，面前的嬌千金便是他的丫頭！

十歌取下帷帽，元雙接過。抬眼向田爺爺看去，不知何時十歌已經紅了眼眶，卻依然笑得開心，漾起的小梨渦好生醉人。

只聽她又喚一句。「田爺爺。」

田顯看著這張熟悉嬌顏，哽咽的聲音，睜圓的眼睛帶著水氣，好生無辜，委屈的咬著唇，要哭不哭的。

他的丫頭已經長大，是個十足招人憐惜的嬌丫頭啊！

尹暮年這時上前幾步，面帶微笑，輕喚一聲。「田爺爺。」

田顯再向他看去——清朗少年溫文爾雅，已是七尺男兒，神采英拔，奪人青眼。

沈默了好一會兒，田顯紅著眼眶盯著二人來回看，忽而大喊道：「老婆子，老婆子快來！」

白香芙以為發生何事，急沖沖跑來，正欲詢問，轉眼卻見兩張熟悉面孔，不由怔住，眼中映出二人規矩行禮的身姿，一句「白大夫」喚回她的心神。

「你……你們……」

卻是說不出其他話來，還是十歌接口道：「我們回來了。」

白香芙聲音有些發顫，她抓著十歌的胳膊，道：「走，我們換個地方。」

幾人去到二樓接待貴客的雅間，田顯一巴掌下去，吼聲隨之而來。「臭小子，幾年了你自己說！你這死沒良心的，既沒死怎能音信全無！」

這話著實叫兄妹二人怔了一怔，相視一眼，皆有些不明所以。

哪怕從未收到回信，他們仍然堅持每月寄回書信。難道說，田爺爺他們竟一封也未曾收到過？

等不得回應，田顯又一連問了好幾個問題。「幾年時間倒是混出人樣了，說吧，到底怎麼回事，當年為何忽然消失不見？這幾年都是怎麼過的？」

二人自知沒少叫田爺爺和白大夫操心，這便將當年之事一五一十道出，包括他們為何忽然回來，以及後頭去皇城的打算。

聽罷，白香芙輕嘆。「難為你們了。」

縱然受到善待，但終究寄人籬下，哪裡比得上在自己家中自在。若所有人均善待他們倒還好，偏偏疼惜他們的也就那幾個，其餘哪一個皆需提防，這樣的日子能好過到哪兒？

「既然回來了，這次便把儀式補上。嗯……就明日吧！」

田顯一句話說得沒頭沒尾，幾人面面相覷，不懂其意。

見到他們這般模樣，田顯瞪圓眼睛，凶巴巴道：「拜師儀式！怎麼，有意見?!」

聞言，十歌笑著搖頭，俏皮道：「遵命，師父！」

上前挽著白香芙胳膊，眨眨眼睛，道：「師姐。」

一句師父很是受用，田顯樂呵呵點頭。忽而又聽一句師姐，氣得他暴跳如雷。「臭丫頭，沒大沒小！」

邊上妹妹正同田爺爺笑鬧，尹暮年思索片刻便上前一步，道：「既然大家均未收到書信，我們兄妹二人當親自去請罪才好。師父放心，我們晚些再回來，定不會耽誤明日的拜師儀式。」

「是該如此。」

白香芙讚許的點點頭，面前少年已經越發沈穩，不再是那個少言寡語，時刻警惕的小少年。他如今已經懂得藏起心緒，安靜做一隻蓄勢待發的笑面虎。

接下來兄妹二人便去了一趟閆府，與田顯夫婦不一致的是，閆老爺夫婦見到心心念念的兄妹，當場便喜極而泣。

尤其許素，斷斷續續哭了好些時候。她如今已是三個孩子的母親，卻依然多愁善感，全因幾年前消失不見的兄妹。

拜別閆府，二人又馬不停蹄回大坑村。幾年下來，村裡頭依然沒有哪戶人家購買馬車。當華麗的馬車出現，村裡頭那些調皮的娃兒便全跟在馬車後頭。

馬車停在海叔家的院子，彼時已經聚集了好些村人。當丫鬟侍候貴人下馬車後，看清來人，大家震驚不已。

如此富貴逼人的貴家公子千金，竟是尹家兄妹?!

「年哥兒……十姐兒？」

正在餵養牲畜的林香嬸愣在原地，好些時候才回神。

自打十歌醒來，一門心思護著自己的便是林香嬸，故而見到林香嬸，十歌滿眶熱淚便收不住。

林香嬸臉頰凹陷，臉上多了幾條皺紋，比幾年前真真老了許多，想來這幾年沒少受氣，看得十歌心生不忍。

這趟回來，要想將巫陰山上的寶貝盡收囊中，恐怕得花用一、兩個月的時間，趁著這段時間，她得多幫襯林香嬸一些才好。

十歌想到做到，兩個月的時間雇林香嬸幫忙醃製鹹菜，並將手藝傳予林香嬸，有這門手藝在手，日子便再不會清苦。縱使不分家，一大家子仰仗她的手藝過活，自然也沒人敢待她不好。

至於食鹽與鹹菜的銷路問題，兄妹二人也為林香嬏安排妥當，日後閆老爺也將成為海叔和林香嬏二人的靠山。

當一切安排妥當，再沒有什麼需要掛心的，兄妹二人才依依不捨告別。

皇城啊，時隔近七年的時間，終於要回去了。

第五十三章

皇城位北，每到入秋便轉涼，此處氣候十歌最是熟悉，一行人尚未踏入北地，她便為幾人各添置幾身冬衣，一應防寒物品早早準備齊全。

一路行來雖暢行無阻，卻也遇見幾批有不軌心跡之人。他們見尹暮年年紀尚輕，又通身矜貴之氣，溫文儒雅，看著像讀聖賢書的，都以為是軟腳貓，誰承想他竟身手了得?!

偶有幾個無賴漢，甚至無須尹暮年親自動手。景初出身雲隆鏢局，打小便習武，身手雖不及主子，對付幾個無賴漢倒是綽綽有餘。

越靠近皇城的地方，官道上的行人和馬車便越發多起來，故而他們只得緩慢行駛，以免誤傷人家。

此時車廂內多了一名婦人，此人已到不惑之年，微微有些發福，但那雙眼睛倒是精明得很。在得知入皇城後，一行人均要入住客棧，婦人便再不能淡定，勸道：「姑娘，咱們這許多人住客棧可得花不少銀錢，不若先租個院子再打算。」

這個婦人名喚何映音，是個寡婦，家中叔伯為了霸占她家田地，便尋個由頭將她趕出家門，如今隻身一人了無牽掛。

幾人在一處茶寮結識，當時一夥人正巧遇見慣偷，何映音親眼目睹一切，便站出來指責那偷兒。何映音是村婦出身，頗有幾分潑辣勁兒，又不畏生死，當下便嚇跑那賊偷。

十歌想著待到皇城便要安家立戶，還要開酒鋪呢，正是需要用人時。正巧這位嬸子有意去皇城尋活兒，倒不如便雇傭她。

這位嬸子辦事索利，又懂察言觀色，還喜歡護犢子。多了她後，所有雜事她都能打理得井井有條，十歌再不用操多餘的心。

元雙跟隨主子多年，自然知道主子的心思，便笑著安撫何映音。「何嬸放心，住客棧的錢咱們還是有的。臨時租用院子哪裡那麼容易，到了皇城咱們得先休整一下，小姐受不得累。」

這一趟行程已經走了一月有餘，小姐早已疲憊不堪，到了皇城自然要先歇下的。

聞此言，何映音張口訓斥。「小丫頭不諳世事。姑娘已到及笄之年，本便不該拋頭露面，客棧那種地方龍蛇混雜，怎能輕易下榻。」

既然姑娘已是自己的主家，那麼無論做什麼事都需為主家著想才是。

是了，十歌尚在冉呂鎮時便行了及笄禮，按照閨閣禮儀是不該拋頭露面。可她兩世為人均活得灑脫，哪裡會注重那許多。

「無礙的，過會兒下馬車我便戴上帷帽。尋到客棧後，哥哥便需外出拜訪叔叔的友人，咱們先休整一日，明日開始託牙行尋宅子。我尋思著咱們人雖然不多，還是得買二進院的宅子。」

最好是有重樓那種。

僅四年嬌千金的生活，她又把自己養嬌氣了。更何況現在人數雖不多，可等哥哥娶嫂嫂回來，到時候還是得多添幾個侍候的。

他們無親無故本就容易叫人看輕，宅子再不住好些的，只怕嫂子難尋。更何況他們不缺這點銀子，有些錢該花就得花。

「那便聽姑娘的，不過姑娘要切記，不可隨意掀開面紗。」

無論尋住宅還是院子，均需男子出面，既少爺事忙，自然只能延後。何嬸早看明白，主家兄妹二人全是有主意的，但凡他們出口的話，那便全是定數。

何嬸發現，越臨近皇城，兄妹二人的話語便越少，每日發呆的時間越來越長，像是壓著多重的心事。今日姑娘難得開口說這許多話，怎麼也不能違逆才是。

十歌言罷便扭頭向掀開的簾子外頭看，事實上她恨不得一到皇城便尋父親去。十歌自己藏著心事，故而並未注意到哥哥同她一般心事重重。

兩個時辰後，他們終於踏進皇城城門，皇城內車水馬龍川流不息，放眼望去，入目所見皆是黑壓壓的人頭。

回來了啊！

七年時間，似乎並沒有多大改變，然而她的世界卻早已物是人非。

罷了，至少已經回來，回來便是希望，既有希望便應該開心才是！

十歌在心中為自己暗暗打氣，至少撈回來不少精神氣，總要打起精神才能好好尋找父親。

一行人很快在客棧中安頓好，尹暮年馬不停蹄外出，他要去尋閆老爺的友人，那人同是鹽商，據說與閆老爺有過命的交情。

閆老爺為他們寫有一封舉薦信，並讓他們到皇城後，務必第一時間去尋他。

果然，當尹暮年報出閆老爺大名，守門家丁立刻放行。這戶主家姓譚，譚老爺是個光頭大佬，個頭不高且中年發福，銅鈴般大小的眼睛配上自然下垂的唇角，讓他看起來一臉凶相。

尹暮年走鏢幾年，見過的世面不少，自不會以貌取人。眼見譚老爺出現，他便禮數周到的行禮問安。

譚老爺虛扶尹暮年一把。「賢姪不必多禮。你既是閆兄的姪兒，便也是我的姪兒！」

譚老爺縱使笑著，仍壓不住凶相。

聞得此言，尹暮年再次拱手作揖，喚一句。「譚叔叔。」

這句「譚叔叔」，譚老爺大方收下，朗笑著拍拍尹暮年臂膀，直道：「好、好、好！」又道：「閆兄信上說你們是初到皇城？那便要先安家才是。此事我已交代章管事親自著手辦理，你看看想找什麼樣的宅子，儘管同他說。章管事辦事你放心，明日一準能幫你們找到滿意宅子。酒鋪的話，最好開在西街，這個時候西街鋪子不好尋，我已派人去打聽，不日便能有消息。」

尹暮年深深一拜。「煩勞譚叔叔和章管事費心了，譚叔叔恩情小姪無以為報，請受小姪一拜！」

初到皇城便得貴人相助，他感激於心。

譚老爺在皇城之中算得富戶，有他相助自然事半功倍。

譚老爺豪爽笑言。「這算不得什麼，你記著，日後若遇到什麼難事儘管來找我。」

二人又寒暄幾句，尹暮年留下贈禮，便拜別譚老爺。

既然要開酒鋪，自然得送譚老爺幾罈。待酒鋪開業，還需請譚老爺幫忙引薦貴客，若他曉得酒的滋味，介紹起來也才更有信服力。

除此之外，尹暮年還留下一些醃鹹菜和果乾、肉乾等物。那都是長年攢下的，如今倒是可以拿來當贈禮。雖不是什麼金貴之物，但勝在滋味好。

章管事果然辦事靠譜，當真翌日便尋到一處二進且有重樓的宅子，宅子年前剛翻新，所以要價高一些。加上家中原有家什，一共四百五十兩。

得虧宅子是章管事幫著尋到的，若託牙行尋宅子，還得多花個幾十兩。

章管事不僅幫他們尋到宅子，還為地契一事忙前忙後，甚至還抽調幾名譚府下人前來幫忙灑掃整頓。

此事雖是譚老爺授意，章管事卻是真個為他們忙了幾日。故而，十歌也為章管事備了一份厚禮。
僅用三日，兄妹二人便住上新宅子。
宅子上偌大的門匾刻著龍飛鳳舞的「尹府」二字。昂頭久久看著門匾，兄妹二人均鼻頭發酸。
這是他們在皇城的家啊！
住進來這一日，自然是喬遷新居，按照規矩，得辦喜宴。
尹暮年請來譚老爺一家及章管事一家，十歌則親自下廚，他們在院中支起兩桌。
「要我說，你們應該開酒館。這手好廚藝不去開酒館，真真是浪費！自打第一樓歇業後，我便再沒吃過如此美味的膳食。」
酒過三巡，譚老爺紅了兩邊面頰。他看著桌上空空如也的菜盤子，頻頻搖頭嘆息。回首過去，皇城內多的是懷念第一樓的人。可惜啊，可惜！
「我們兄妹初來乍到，只得先從小小的酒鋪開起。日後若有機會，開酒樓倒也不是不可能。」
「賢姪放心，你家這酒在皇城定能大賣！待你們酒鋪開張，我定要第一個捧場！」譚老爺拍拍胸脯保證。
「譚叔叔若喜歡，過會兒再讓您捎一些回去。譚叔叔於我們有恩，日後只要您一句話，我們親自給您把酒送過去，只當我們孝敬您的。」

「那不行，一碼歸一碼！」譚老爺二話不說搖頭拒絕，他向來豪爽，且不缺那幾個錢。聽聞兩兄妹生活多有不易，他自當多照顧一些。

「過會兒你們要送我酒，我便不推遲了，回頭喊上我那群酒友到家品嚐，待到酒鋪開業，也叫他們去捧場。生意歸生意，到時你們該怎麼賣便怎麼賣，別管人情不人情。」

尹暮年一副受教模樣。「姪兒知道了！日後生意方面還需多多向您討教才是。」

這話於譚老爺而言十分受用，只聽院子裡全是他的朗笑聲。「別的不敢說，生意之道問我就對了！」

這一餐，一直到圓月高掛時才散去。

酒鋪地段講究，一連幾日下來仍尋不到鋪子。十歌藉著尋鋪子的名義，每日均要跑一趟父親最喜歡去的地方。

曾經的第一樓已成茶樓，原先的家則長期關門閉戶，但凡父親有可能去的地方，無論十歌去過幾趟，總是無功而返。

這一日，兄妹二人相攜外出尋找，歸來時途經衙門。不知何時，衙門口竟支起招兵點，此時已經排了好長一支隊伍。

十歌因好奇停步看了幾眼，正欲離去，卻見哥哥目光炯炯盯著招兵處看，再移不開步伐。

「哥哥？」

十歌一連叫喚幾聲均得不到回應，忍不住細思——莫非，哥哥想從軍？

記得她曾好幾次見哥哥品閱兵書，當時並未多想。看來，她對哥哥尚有諸多不解。

思及此，十歌默默走向隊伍末尾。整支隊伍就她一名女子，又是一個亭亭玉立花顏月貌的女子，故而她一出現，便頻頻收到注目禮。

十歌不予理會，只專心排隊。

哥哥以前受過不少累，餘生只想讓他做自己想做的事。

尹暮年回過神後，便見妹妹排在隊伍中，周圍男子全盯著她看。

「歌兒，做什麼？回去了。」

心下一驚，尹暮年快速去到妹妹身邊，想將她拽出，她卻鐵了心似的，幾度掙扎。

尹暮年很後悔，今日出門未堅持讓她戴上帷帽。她雖僅用彩繩簡單綁了條辮子，仍難掩月貌天姿。

妹妹已經及笄，日後定當注意才是！

隊伍有了間隙，十歌上前幾步，不忘回頭說服哥哥。「哥哥，你的這身好本事不去從軍才是浪費。」

尹暮年堅決道：「不妥。我若從軍，家中便僅剩妳一人，我斷不會去的。」

妹妹一向不喜束縛，怎會乖乖藏身閨閣，又生得花容月貌，若他不在身邊，妹妹遭人欺負該如何是好？

「哥哥你想想，若你能闖出一番成就，便再無人敢欺咱們。錢財賺得再多，無權無勢也只能任人宰割。」十歌知道哥哥在憂心什麼，只能盡力安撫。「哥哥放心，待你從軍，我便大門不出二門不邁，一應事宜均交給下人置辦。你把景初留下，他習武，能護我們周全。再者，只有哥哥登上高位，才更方便我們尋找皇城第一廚，了卻老神仙的心願，不是嗎？」

尹暮年無言，妹妹說得有理。可他哪裡放心留下妹妹一人？這裡不是雲隆鏢局，哪怕他去走鏢也還有祖母及義母護著。

見哥哥說不通，十歌乾脆耍無賴。「反正我不管，今日你要是不把名報了，我就不回去！」

之後任憑尹暮年好說歹說也無用，十歌鐵了心的事，十頭牛也別想拉得動。

最後自然是尹暮年妥協。

只是誰也沒想到，尹暮年不過才從軍兩月有餘，邊關突遭鄰國突圍，皇上命皇子羿正王帶兵征戰，而尹暮年所在的兵營則需隨軍征戰。

第五十四章

征戰消息一經傳出，猶如晴天霹靂。

十歌後悔了。

她清楚應當視家國安危為首，可古往今來，於戰爭中死傷的人還少嗎？

十歌本欲叫哥哥帶上錦袋，他卻如何也不肯答應。

今日大軍出征，十歌戴上帷帽前去送行。街邊被同去送行的人圍得水泄不通，寸步難行。

她乾脆花點銀子疏通，去到茶樓之上。然而同樣想法的人只多不少，雅間均已被王公貴族訂去，她只得在樓閣上尋地方相送。

茶樓上的情況比街上並未好上多少，十歌好不容易才擠到前方。只不過她剛站穩，馬上又有人擠上來。為免掉下去，十歌一隻手用力抱著梁柱，將前身探出去尋找哥哥身影。

隊伍剛剛行經此地，也不知哥哥在哪個方位。十歌撩開面紗，只想看仔細一些。也不知被誰碰了一下，帷帽忽然向下掉去，伸手想抓卻沒抓住。

好在掉下去的只是帷帽，十歌心驚膽戰的收一收臂膀，越發用力抱著梁柱。這模樣若是叫哥哥瞅見，免不了又是一通訓斥。意識到這點，十歌悄悄向梁柱後躲了躲。

也不知是不是她的錯覺，她發覺大軍有片刻停留，十歌乘機探頭找尋。底下大軍黑壓壓一片，將士們統一行軍裝束。待大軍已經遠離視線，十歌仍未尋到哥哥蹤跡，十歌瞬間有些失望。

只盼哥哥能平安歸來。

大軍離去後，樓閣上的人群也隨之散去。十歌就地坐在橫梁上，支著腦袋向大軍消失的方向看。

「小姐！」

「小姐，您怎麼把帷帽拿下了？」

元雙和元桃跑上來，見到自家小姐終於鬆口氣。店家有言在先，丫鬟小廝不得上到樓閣，也不知上頭是何境況，可把她們擔心死了。

小姐怎的把帷帽取下來了？少爺臨行前千叮嚀萬囑咐，但凡小姐出門，無論去哪兒都得戴上帷帽或面紗。

看看，少爺這才剛出城，小姐便把帷帽拿下來了！

十歌保持原有姿勢，說得有氣無力。「掉了。」停了好一會兒才接著道：「妳們去給我買一個新的過來。」

如若不然，回去叫何嬸見著，又該小題大做。

元雙得令匆匆買帷帽去，元桃留下來侍候。

「小姐，今日還釀酒嗎？」

自打住進新宅，小姐每日均會釀酒，為酒鋪開張做準備。前些時日譚老爺好不容易幫著尋到一處不錯的鋪子，如今正在休整。鋪子伙計已招，且規矩也已調教好，只等吉日一到便開張。

十歌想了一想，強自打起精神。「釀。」

橫豎無事，倒不如找點事做，省得一顆心總牽掛著哥哥。

待哥哥凱旋歸來，定要開始著手找嫂嫂才行。父親尚不知下落，總不能一直糾結於此，哥哥的終身大事不能耽誤。

鋪子開張吉日是十日後，為了這一日，他們做足了準備。

開張這一日，譚老爺及其友人並未出現，是因景初事先知會——酒鋪開張這一日不賣酒，所有酒品一律大放送，見者有分。

得知此事的譚老爺氣得跳腳，直道便宜了那些人！

他們根本無須這般，酒罈一打開，自有人會來買。縱觀整個皇城，沒有哪一家的酒能比過他們家的。

十歌卻不這麼想，誰不想生意做得大一些呢？她就是想把聲勢造得響亮些，興許她的酒能把父親引出來呢？

經贈酒這一齣，酒鋪開張第二日生意好得不像話，因著酒有限，大夥兒便用搶的。未到午時，便被搶購一空。伙計們僅上工半日便無事可做，著實有些不知所措。一旦閒下來，再回想先前險些控制不住的場面，伙計們只覺後怕。

「長這麼大還未見過如此境況，著實嚇人！」

「可不是嘛！」

「東家的酒是好酒，大夥兒都識貨，又是實誠價，尋常百姓也買得起，莫怪如此。」

「放心吧，再新鮮幾日就過了。」

本以為如此境況維持不了幾日，卻不知，一個月下來均是如此，甚至有越來越熱鬧的跡象。鋪子每日上午亂成一團，午後便歇業，任誰來敲也不開門。

十歌心想著如此也不是辦法，時常有人買不到酒，反生怨氣。她便做了一個決定——每人限定購酒。

為避免遭同行眼紅，十歌囑咐伙計們賣酒的同時也為其他酒家說說好，且需同購酒主顧說句——飲酒傷身，請勿多飲。

這家鋪子成了第一家把客人往外趕的，偏生客人們很吃這一套，回去逢人便將酒鋪誇得天上有地上無。鋪子好不容易才恢復可控狀態，大家皆會排隊購買。

只不過如此還是許多人買不著酒，許多大戶人家會差好些奴僕來排隊。思來想去，十歌便增加滷味生意。

酒賣完了才將滷味取出售賣，酒與滷味不可兼得。十歌手藝好，做出的滷味別提多搶手。到最後，依然需採用限購之計。

不過三個月的時間，酒鋪的名聲便被打得響亮。一提到酒，誰不先想到西街的「雲夢居」？

不知何時起，誰能夠買到雲夢居的酒，那便是最有臉面的事。

這不，今日十歌剛到茶樓坐定不久，隔壁便說起雲夢居。

「雲夢居的酒，滋味真是美極。今日巧兒卯時便去排隊，好不容易才買到。這不，我馬上便將諸位姊妹請來一聚。趕巧昨兒進宮，蕙妃娘娘賞了些柳御廚的糕點，我便一併帶來與諸位分享。」

鶯聲細語婉轉動聽，縱使壓低音調，仍藏不住得意。

諸如此類的話，十歌聽多了。今日卻是不同，那人的話一出，十歌飲茶的動作便頓住，緩緩眯起眼睛。

柳御廚柳卿怡？

呵。

近些時日，每到申時十歌便會去舊時第一樓小坐。此處雖改為茶樓，裡面的陳設倒是沒變，十歌甚至懷疑，東家會不會還是父親？

所以她堅持每日報到，風雨無阻。哪怕雅閣僅一個時辰便要花去十兩銀子也無妨，若能與父親一見，這點銀錢算什麼？

只聽隔壁又傳來聲響，是幾名女子的恭維聲。「還是姝柔大方，迄今為止，咱們僅聽說雲夢居，卻從未品嚐過。今日便沾姝柔的光，長長見識。」

「不過僥倖買到罷了，妳們快嚐嚐，這酒聽說能養顏。」

一番曲意逢迎後，便是另一名女子的聲音，聲帶不屑。「酒確實是好酒，糕點麼……差強人意。」

「是，潯蓉是見過大世面的，柳御廚的手藝怕是嚐膩了。」

「這妳倒說錯了，柳御廚的手藝我向來看不上，自不會去品嚐。」

「潯蓉，妳說話當心些。柳御廚的手藝可是深受宮中娘娘們的喜愛，妳這麼說，豈不是在說娘娘們未見過世面。若叫娘娘們知曉……」

一個恰到好處的停頓，只聽那名喚潯蓉的女子輕笑著接口，道：「妳倒是會編排，說說看，我何時說過這話？妳們可否聽到？」

片刻靜寂後，又聽她冷笑一聲，拔高音調，道：「妳若想去說道也無妨，我看不上柳御廚的手藝，就是皇后娘娘也深知此事。」

聽到這兒，十歌微揚唇。喚來元桃，與其低語幾句，便見元桃走出雅閣。再回來時，身邊多了景初，景初手上抱著一個不小的酒罈，元桃手上則多了一個籃子。

十歌對他們點點頭，二人便轉身去到隔壁，敲了敲門，不請自進，說道：「諸位小主安，不知哪位是潯蓉姑娘？」
「我便是。」
「這是我家小姐自製的糕點，不知能否博得姑娘的意，您請嚐嚐。還有這酒，是我家小姐所贈，萬望您能喜歡。」
說罷，二人放下東西便退出雅閣，回到十歌身旁。十歌愜意的飲下一口茶，坐等隔壁傳出話來。
「這……不是雲夢居的酒嗎？好大一罈！」
眾人驚嘆之餘，只聽一道軟音輕揚。「諸位當心有詐，雲夢居的酒限購，誰也買不來這麼許多。」
「無妨，打開看一看便知真假。」潯蓉不以為意的應和一聲，便是開酒罈的聲音。
重重的吸氣聲此起彼伏，忽有一人道：「是錦寒春！我見父親喝過，就是這個味兒！」
「錦寒春?!」
「那可是雲夢居最上等的酒！」
「嘿嘿，還是咱們潯蓉好福氣，我們姐兒幾個要沾妳的光了！」
「咦？好生精緻的糕點！我們可以嚐嚐嗎？」
短暫靜默後，又是一片吸氣聲，接著便爆出大片讚美。「難怪郡主看不上柳御廚的手藝，這些糕點真的是絕了！」

「柳御廚的糕點真個沒法比！」

阿諛奉承的聲音此起彼伏，此時，許久未聞的輕柔女音開口。「潯蓉，妳不覺奇怪嗎？咱們在此處吃茶，怎的有人莫名其妙送來美酒？這人好似知道妳的喜好，還特意送來糕點，莫不是對妳……」稍停頓，又道：「妳要當心些才好。」

「窈窕淑女，君子好逑，這有啥好奇怪。還是咱們潯蓉最有福氣，錦寒春可遇不可求啊！潯蓉，妳快嚐嚐糕點，可好吃呢！」

十歌邊吃茶邊聽著隔壁動靜，雖並未親眼所見，卻恍若看了一齣戲。

一番舉動並非心血來潮，那些人口中的柳御廚便是當年毒害她之人。能給那人添堵的事情，她很樂意去做。

至於那位叫潯蓉的姑娘，沒記錯的話，她是長公主府中的靈雙郡主。她還在世時，這位姑娘不過才八、九歲，最是喜歡跟著她跑，是個極有靈氣的丫頭。

她被毒害後，也只有靈雙郡主紆尊降貴前來弔唁。那一日，小丫頭眼含熱淚，兩隻小拳頭握得緊緊的，倔強的盯著靈堂，小聲嘟囔。「我不信姊姊會輕易死去，定是遭人暗算！」

那會兒十歌便覺奇怪，她小小丫頭，怎會生此想法？後來想想，小丫頭年紀雖小，卻生得尊貴，宮中骯髒事還見得少嗎？會如是想也不奇怪。

十歌正回憶過往，雅閣的門忽然被推開，「砰」的一聲，著實嚇人一跳。

放下茶杯，十歌起身對闖進來的幾人行禮，不解道：「可是我的酒或糕點冒犯了姑娘？」

抬起笑眸，見諸位仍然癡癡看著自己，十歌輕笑出聲。「讓諸位見笑了，可惜我不是男子，對姑娘們無意。不過是隔板太薄，不意聽聞諸位貴人閒聊。正巧妳們想要的我都有，想著，與其獨樂樂不如眾樂樂。若有冒犯，實在抱歉。」

十歌眼睛放在為首女子身上，她一眼便認出此人就是靈雙郡主白溽蓉。小丫頭長大了，也長開了，桃腮杏臉、皓齒朱唇，是個美人兒啊！

白溽蓉不知此時心中是何滋味，有些懷念，有些失落。全因方才吃過的糕點，那糕點與幾年前那位姊姊的手藝出奇一致，於是忍不住問道：「糕點是妳做的？」

十歌回笑道：「是我。」

「那酒？」

「我釀的。」

第五十五章

皇城之中，十歌雖總有操不完的心，整體倒還算滋潤，活得隨心所欲。

遠在邊關的尹暮年卻不然，今日他正好被派去巡山，為之後的大戰做準備。

巡山他最是擅長，不多久便將附近山勢查探得一清二楚。再回來時，手上還多出幾隻野味。

狩獵已成習慣，怕是改不掉了。

衛統領遠遠瞧見巡山歸來的幾人，不由瞪圓眼睛，吼聲大得整個營區都能聽見。「不是讓你們去巡山嗎？怎的還狩獵上了！一群毛小子，找死嗎?!」

「衛統領少安勿躁，尹兄早早便勘察完，你且放寬心。」

原本站在尹暮年身旁的花副統甩掉手中的野味，吊兒郎當來到衛統領身旁，一隻手搭在其肩膀上，說得雲淡風輕。

衛統領簡直要氣炸。「胡鬧！一個個都不上心！現在什麼時候，哪容你們如此散漫行事，一不小心都是掉腦袋的事！」

吼得口水四濺。

花副統擦擦臉，一臉嫌棄。

「老衛悠著點，噴我一臉！都說已經勘察完，動什麼肝火嘛！」

花副統位低一級，說話卻不客氣。他乃戶部尚書嫡次子，因整日遊手好閒，被打發從軍。

身邊放著這樣一個人物，衛統領著實左右為難。此人頗不受教，偏生又打罵不得。瞧瞧，把好好一群人都給帶歪了！尋座山一個個扛著野味回來，有的甚至拎一麻袋野菜！

不知道的還當軍營揭不開鍋，擾了軍心當如何是好？

花副統再次嬉皮笑臉的湊上去。「嘿嘿，老衛，尹兄說晚上給咱們加菜！」

見他這副德行，衛統領忍無可忍，乾脆將他推開，順便賞他一腳。「加你的頭！」轉頭面對尹暮年，瞬間緩和語氣。「暮年你也是，怎麼同他這般瞎胡鬧！」

面前少年一向沈穩，前些時日的一戰甚至還救了自己一命，是棵好苗子，好好培養定能成氣候。

一定要阻止花家小子把他帶歪！

誰想，尹暮年上前一步，行禮道：「衛統領誤會了，此事是屬下的意思，與花副統無關，請統領治罪！」

衛統領一臉錯愕。「你……你看你辦的糊塗事，你讓我如何說你才好！」

尹暮年跪地不起，朗聲道：「屬下願領罰！在此之前，請容屬下先行畫出山勢圖。」

「山勢圖？你當真能畫出？」
不是才出去幾個時辰，且還打獵去了，莫不是胡來？
可這小子不像會做糊塗事的呀！
莫非是真的？
「是！屬下故鄉四面環山，自小便靠山討生活，故而對山勢較為熟悉。」
尹暮年據實以告，他的過往並無見不得人之處，無須隱瞞。
衛統領不疑有他。「好、好、好！你快去畫，快去！」
嘿，這小子果然靠譜！
「尹兄，你慢慢來不著急，我們先幫你把野味處理好啊！」
花副統面向尹暮年時，立刻現出討好相。
這人實在叫尹暮年不知所措。不知何故，自打從軍後，這人便一直黏在自己身邊，各種討好。
據聞此人身分尊貴，官職又在自己之上，他卻是這般行徑，實在震驚不少人。
故而，許多人背地裡猜測，都以為自己有另一身分。
尹暮年輕嘆，恭敬行禮謝過。「多謝花副統！」
恭敬又疏離，行為舉止恰到好處。可惜有人看不懂似的，嘻嘻哈哈往上湊。「自己人，客氣什麼！」

多說無益，尹暮年轉身自去畫山勢圖。待他畫完呈上後，衛統領看著山勢圖，震驚得久久合不上嘴。

好傢伙！

這畫得也太完整了！連如何布兵都標得一清二楚，且布兵之法頗耐人尋味。

若將此畫呈給羿正王，那可是好大一份功勞！

衛統領專心研究山勢圖，連尹暮年何時出去都毫無所覺，還是被一陣奇特肉香勾回心神。抬眼望去，竟是尹暮年端來的一托盤食物。

半隻烤野兔和半隻滷野雞、幾張野菜餅子、一碗野菜粥。

衛統領吞吞口水，眼睛都看直了。

眼珠子一轉，忽然有個想法。「你把這些給王爺送去。」

尹暮年怔了一怔。「我……」

他可以嗎？

早年走鏢期間，時常聽聞羿正王大名，知其英雄事跡後，更是敬仰莫名。大軍出征那日，他也只敢在遠處偷瞧幾眼。

那日羿正王騎於馬背上，英姿颯爽，威武之氣光芒四射。僅一句「將士們」就叫他熱淚盈眶，心中激盪久久不息。只覺「將士們」三字既親切又振奮人心，瞬間有了歸屬感。

羿正王的不世之姿至今仍縈繞腦中，那便是他想要成為的樣子。

見小伙子傻愣愣的，衛統領只覺好笑，忍不住催促。「快去，當心涼了。」

一向穩重的尹暮年，忽然得此任務，心中既緊張又激動，一路行去倍加小心。

待到羿正王營帳前，尹暮年止步，正色道：「煩請通報，衛統領命屬下前來送膳。」

守門衛兵去了又來，尹暮年得以入內，待深吸一口氣後，方才舉步前行。

尹暮年縱然見過不少世面，可如今面見之人是他景仰多年的羿正王啊！他強自鎮定，出口的話仍然帶著顫音。「王爺請用膳。」

久久得不到回應，控制不住抬頭看去，入目是羿正王不凡英姿立於沙盤前，專心一志看著沙盤，偶爾擺弄幾下。

就是這個男人，想出各種奇招，出奇制勝。無數次勝仗中，死傷人數少之又少，屢創奇跡。

羿正王的戰術被編製成冊，廣而流傳，他所珍藏的兵書，全是羿正王的戰術。無論研讀幾回，總能有所收穫。

尹暮年的目光越發熱血，這道視線終於引來羿正王注意，向他瞥來，留下一句。「放下吧。」沈黑鷹眸又看向沙盤。

「……是。」

尹暮年好一會兒才回神，自覺窘迫，迅速將膳食放下。出去前忍不住偷偷向沙盤看去，非常迫切的渴望知道羿正王的新戰術。

這一看，他便站在原地動彈不得，腦中迅速思考每一個部署的用意。

殊不知，自打他進入營帳開始，他的一舉一動均被羿正王身旁的孟護衛看在眼中，如今他又這般舉動，自然被視為細作。

孟護衛二話不說，抽出腰間軟劍向尹暮年刺去。尹暮年一驚，立刻跳離原地，使用輕功一再躲閃。

對方咄咄相逼，不得已之下，尹暮年只得抽出佩劍應戰。幾回合下來，孟護衛面容越發嚴峻。「果然是細作！」

尹暮年這才意識到自己鬧了怎樣的誤會，他想解釋，卻不得機會。

「孟淮，不可魯莽。」

觀戰許久的王爺開了金口，孟護衛立刻收手。「王爺！」

此人不過一名小卒，身手卻如此了得。且早先已有人送來膳食，他卻打著衛統領的名義前來，還頻頻關注王爺和沙盤。如此只有兩個可能——刺客或偷戰術的細作。

明知此人身分，王爺是何意？

羿正王祁知衍抬眸向尹暮年看去，唇角自帶笑意。「玄劍宗劍法。」

柔和的聲音低沈醉人，修長鷹眸深邃無邊，在他的注視下，尹暮年不自覺垂頭跪下，做出請罪姿勢。

王爺看似無害，其壓迫感卻不容小覷。

尹暮年額前冒汗，據實回答。「是，宵大哥是屬下義兄。」
「哦。」卻是未再問下去，沈默片刻後又道：「雲隆鏢局踏雁攻。」
尹暮年訝然，沒想到僅用幾步的輕功也叫王爺看出。
「是，雲隆鏢局前總鏢頭是屬下義父。」
「羅峰寨你滅的。」輕飄飄卻又十分篤定。
沈默片刻，尹暮年憤憤開口。「……是，他們於我有殺父之仇。」
「起來吧，這身本事倒是委屈你了。」
尹暮年依言起身，卻仍保持作揖姿勢。「能夠上陣殺敵便是屬下幸事。」
「兵書可看過？」
「是，略懂一二。」
「過來看看，說一說你的見解。」
尹暮年大喜過望，朗聲道：「屬下遵命！」
忽而抬頭，卻見王爺已經坐於一旁交椅上，正吃著他送來的膳食。尹暮年心中波濤洶湧，卻並未表露於形，他默默行至沙盤前，認真研究起沙盤中的部署。
不一會兒便聽身後傳來王爺的讚美聲。「膳食不錯，你做的？」
尹暮年萬沒想到王爺連這點也能猜到，止住激盪。「是屬下。」
「倒是多才。」

孟淮一雙眼睛仍然不肯自尹暮年身上移開。「王爺，屬下好奇野味打何處而來。」堂堂男兒，有諸多本事卻甘願當個無名小卒？是為博信任故意為之？

祁知衍順勢向尹暮年看去，仍然面帶笑意，等待他作答。

尹暮年再次跪下請罪。「屬下有罪，野味是屬下利用巡山之際獵得。」

正在這時，守門衛兵來報。「王爺，衛統領求見。」

「讓他進來。」

衛統領匆匆進到營帳，請安之際迅速搜尋尹暮年蹤跡，見他跪於地上，便試著詢問。「王爺，可是這小子冒犯了您？」扭頭便是一通訓斥。「你小子，不就讓你送個膳食，怎的還冒犯了王爺！」

聽聞還打起來，可把他嚇壞了！

祁知衍起身行至沙盤前，薄唇輕揚。「無妨，起來吧。」

擺弄幾下沙盤，似乎想到什麼，回頭問道：「巡山可有結果？」

衛統領大手猛的一拍，「啪」的一聲，極為響亮，迅速自懷中掏出一張牛皮紙，朗聲呈上，笑道：「有、有、有！王爺請過目。」

將牛皮紙攤開，看了好些時候，祁知衍抬頭看向尹暮年，笑問：「你畫的？」

「屬下不才，讓王爺見笑了。」

尹暮年是真羞澀，他沒想到自己的山勢圖會被王爺看到，王爺何等人物，自己的拙作當真不入眼。

沒想到王爺卻搖頭，讚道：「不錯，頗有想法。你既了解山勢，便過來幫本王看看。」

尹暮年受寵若驚，但絲毫不放過能夠親身同王爺學習的機會。

這一日，尹暮年在王爺營帳中待了一夜。

當天邊泛起魚肚白時，幾人終於研究出一套方案來。臨行前，王爺授命尹暮年參與此戰。

尹暮年激動不已，迅速跪地謝恩。

若這一戰成功，他們不日便可班師回朝！

第五十六章

最終確認下來的戰術並無特別之處，不外乎是調虎離山和突襲。擒賊先擒王，只要拿下敵方將軍首級便可不攻而破。

關鍵在於如何突襲。

殊不知，當兩軍交戰時，敵方並未中計，彼時羿正王已經帶領麾下八員大將隻身闖入敵方陣營。

想當然，被敵方來了一個甕中捉鱉，幾人被團團圍住，弓箭手準備就緒，鋒利箭尖指向幾人，嘲笑一般，閃出刺眼光芒。

敵方將軍的朗笑聲尤為刺耳。「羿正王，你也有今天！」

尹暮年全神戒備，只聽背後傳來祁知衍溫雅低笑，其聲醇厚悠長，帶著些許愉悅。「本王有今天，甚好。猜猜看，你會不會有？」

「既知死到臨頭便無須嘴硬，興許還能留你全屍。」

「哦，那便謝過向將軍。」

說罷，只見祁知衍上前一步，行了一個君子之禮。只一個眨眼工夫，忽不見身影，唯聽向將軍錯愕之聲。「你?!」

原來祁知衍已閃至向將軍身後，匕首在他的脖子上帶出一道血痕。

「傳聞羿正王一身鬼魅功夫，老夫也算長了見識。」將軍朗聲大笑，忽而拔音道：「將士們，我已傳書上報皇上，無論何人，只要取下羿正王首級，便賞金百兩！眾將士聽令，無須顧慮我之生死，若想安然無恙回去與妻兒老小團聚，便速戰速決，殺了羿正王，領……呃……」

話尚未說完，便被喉間劇痛分去心神，再想張口，已然發不出聲，唯有羿正王柔和輕快的笑聲。「你猜，貴國皇帝能否收到你的書信？」

此言一出，向將軍瞪圓眼睛，不敢置信的瞪著那張勝過謫仙的天顏。

「放心，本王沒劫，不過是將百金改為萬金。將軍著實小看了本王，本王矜貴，哪怕萬金也是折辱。」停下略有所思，又道：「我猜，貴國國庫怕是拿不出萬兩黃金。」

祁知衍無限惋惜的搖搖頭。「窮，真窮。你們猜，你們在此作戰，你們的家人真完好等待你們歸來？」聲量不大，卻生生傳進所有人耳裡，餘音繚繞，甚為動聽。

將軍眼眸轉暗，沒想到這個羿正王竟連此秘事也知之甚詳。為免此人說出更多擾亂軍心的話，將軍伸手發力將匕首向脖子按去。

若他的死能讓將士們發起攻擊，一舉拿下羿正王，便不枉他費盡心思得來的今日。

卻不知，羿正王像早料到他會有此一舉，手腕微轉便掙出箝制。

「將軍當惜命才是。本王不想你死，你便死不了。回頭本王再找人將你的喉嚨醫治好，將軍此等英雄豪傑斷不能成為啞巴。」

說著，便拽著將軍移步，向自己幾員大將行去。「速戰速決，好叫本王回去歇歇。」

羿正王麾下八員大將以他為中心，護著他緩緩移動。忽然間，北面射出一箭，緊接著便下起箭雨。

羿正王一手托著將軍，一手應對箭雨，甚至分心安撫將軍。「放心，本王定護你周全。」

好在，箭雨不一會兒便消失，原來友軍已到達，雙方就此陷入混戰。

在此期間，尹暮年腦中不停運轉，思索為何會陷入如今境況。按照部署，敵軍不可能不中計，一切僅有一個可能——我方有敵軍潛伏，且就在幾名大將中。

尹暮年時刻警惕，他一直護在王爺身側，生怕那人忽然轉手刺傷王爺。

敵方將軍哪肯讓羿正王稱心如意，雖負傷在身且受制於人，他仍不放過任何機會給羿正王下絆子。

四面八方湧入敵軍，加之手上有負累，哪怕祁知衍武藝再高強，也覺吃力。

尹暮年僅專心護著王爺，他想殺出一條血路，先行帶王爺離開。王爺萬不能有閃失！

他也確實殺出重圍，誰知前方暗處忽然射出一枝利箭，像是等候多時，又快又狠，竟叫人無力躲閃。尹暮年顧不得許多，一把推開王爺，剎那間，利箭射入他體內。

劇痛傳遍四肢百骸，腦中忽然閃過妹妹哭泣的臉。尹暮年搖搖頭，緩了緩心神，生怕還會有暗箭射出。等了片刻，好在並無動靜。

尹暮年忍著劇痛，本欲繼續護著王爺躲進深山，卻忍不住踉蹌幾步，幸得王爺相助。只要入山便好，能多些勝算。

憑著對山勢的熟悉度，尹暮年將王爺帶至隱蔽之地，此時才發現王爺臂膀處受了劍傷，此時仍在淌血。

也不知是何時受的傷，王爺一直是那副雲淡風輕的模樣，他竟毫無所覺。

尹暮年心想，是不是沒有任何人事物可以影響王爺，他任何時候都是這般模樣，完全令人琢磨不透。

安頓好王爺及敵方將軍，尹暮年自去尋藥。尋到藥便為王爺療傷，手法嫻熟。好在妹妹為他準備不少藥，他一直隨身攜帶，如今倒是派上用場了。

只聽王爺饒有興致的聲音傳來。「哦，還懂醫術？」

尹暮年並未回答，待為王爺包紮完畢，方才咬牙取下自己身上的箭矢，立刻噴出血來。縱然如此，也只能忍痛為自己處理傷口。

一直到處理完傷口，緩過氣後，尹暮年方才面向祁知衍，正色道：「王爺，屬下斗膽問一句。您……是否早知有內奸？所謂調虎離山不過是計中計，一切全在您的掌控之中。」

王爺笑道：「不錯。」頗有讚賞之味。

耳聽羿正王祁知衍親口承認，敵方將軍驚愕得瞪大眼睛。

這人，真如傳聞所言，鬼魅出身，所向披靡。這世間，沒人能與之匹敵。

敵方將軍躺在地上，眼中再無光彩。

得到肯定答案的尹暮年並未鬆口氣，反而皺起眉頭，不贊同的向王爺看去。「屬下覺得，王爺行為有欠妥當。」

祁知衍劍眉輕揚。「哦？」

「王爺當以保全自己為己任。若王爺之命有所損失，小則影響軍心，重則關乎家國安定。屬下懇請王爺三思後行！」

一番諫言情真意切，卻足夠掉腦袋，尹暮年眼裡滿是堅定。

之後便是死一般的寂靜。

尹暮年回視王爺探究的目光，視死如歸。

終於，深山中爆出祁知衍綿延不絕的朗笑聲。直到幾名將士押來一名大將，王爺輕掃那人一眼，道：「他的位置是你的了。」

邊關大捷，大軍即將班師回朝的消息很快傳至皇城。得知消息的十歌大喜過望，立刻命人放鞭炮慶賀。一連三日，酒鋪裡的酒與滷味均可無限量購買，此舉可是美了好些人。

日日盼夜夜盼，終於盼到大軍凱旋歸來這一日。這一次十歌倔脾氣上來，天未亮便整裝而出，無論大軍何時入城，她偏要提前去占位置，誰來勸也沒用！

這一次十歌學聰明了，不再去什麼樓閣雅間，那些個地方根本找不著哥哥，她就要在大軍邊上盯人！

「十歌妹妹，這就出門了嗎？等姊姊，我隨妳去！」

十歌剛出院子，隔壁家的門戶「正巧」打開，一個身穿鵝黃衣裙的姑娘小跑出來，腳步凌亂，慌慌張張的邊跑邊繫斗篷。

見著此人，十歌朝天翻翻白眼，對其多有不客氣。「姊姊剛起床吧，何必如此焦急。橫豎大軍不知何時入城，姊姊不妨回去好好休整一番，以免遭人笑話。」

來人叫莊蕙雪，是隔壁莊家三小姐，長十歌一歲。聽得十歌之言，眼中閃過怒色，馬上又笑道：「無妨，姊姊容顏再如何打扮也是這般模樣。」

是，妳天生麗質難自棄！

十歌不願再理她，自個兒向前行去。

元雙、元桃見莊三小姐幾欲上前挽住小姐胳膊，便靠著小主子行走，一人一邊，仔細攙扶小姐前行。

這架勢，遠遠看去，十歌宛若一位嬌貴公主。

十歌一向不喜與人結怨，但這個莊蕙雪實在沒有自知之明。她搬來之前，這人算得上這條巷子裡容貌較為出眾的，故而頗有些眼高於頂。

這本沒什麼，偏生這人覬覦她的哥哥啊！

覬覦不打緊，可哥哥瞧不上她呀！

十歌自認自己不是那食古不化之人，她相信哥哥的眼光，若品行不端之人，絕對瞧不上眼。故而她敢保證——但凡哥哥看上的女子，無論是街邊乞兒還是王公貴女，她都敢去求娶，門第之說在她這裡算不得什麼。

這個莊蕙雪自打他們搬過來，就隔三差五來串門子，見到哥哥便恨不得貼上去。好幾次家中來人，她便擺出女主人的架勢來招呼客人，對家中下人頤指氣使，不聽令還當眾指責，一度引得客人尷尬不已。

後來莊蕙雪真把自己視為長嫂，對她諸多挑剔，就連酒鋪的事也要插手，言語間總要提醒她，待到出閣後，她便與酒鋪無關。

實在煩不勝煩。

最後，十歌乾脆下令，不許這人再踏入院子半步。

想來，那邊一直關注這邊動靜，才會製造今日偶遇。

得快些給哥哥找個嫂嫂才行，絕了這人的心思。

很快，幾人尋到一處不錯的地點，十歌乖乖戴著帷帽，賴在那兒便不動了。

像是知曉十歌的用心，一到辰時大軍便入城，此時十歌已經望眼欲穿。

大軍入城，鑼鼓喧天，震得人激盪不已。

十歌撩開面紗後，兩隻手緊緊捂在心口處。探出身子，伸長脖子向城門方向看去，嚇得兩個丫鬟在身旁緊緊拽著她的胳膊。

終於，遠處的黑點逐漸變大，大軍越靠越近。一眼望去，馬背上行於隊首的羿正王尤為惹眼，其威武英姿與那一身王者之氣相輝映，只消一眼便能叫人一眼萬年。

唯獨十歌，她越過隊首不斷向後張望，只盼著隊伍行得快一些，她想找尋哥哥，迫切想知道他是否康健。

偏生，隊伍似要與她作對，待臨到近前便止步不前，此舉讓百姓們的吶喊聲更熱烈。

十歌這才抬頭向正前方看去，目光恰恰與羿正王相接。

第五十七章

十歌早早便感受到不少視線向她看來，她一心想找尋哥哥，故而對此渾不在意。哪知，視線中有個羿正王。

四目相接時，十歌微愣，想著或許是巧合，她識趣的挪開視線，繼續向後尋去。

忽聽邊上的莊蕙雪高喊一聲。「暮郎！」

十歌隨她的視線看去，果真是哥哥！

他竟騎在馬背上，就在羿正王後方不遠處！

十歌立刻展露笑顏，開心的朝哥哥揮舞雙手。彼時哥哥正抬頭向各家商鋪的樓閣搜尋著什麼，並未注意到她。

他似乎並不知那句「暮郎」喊的便是他，絲毫不以為意，還是邊上一名將士喜孜孜地戳戳他的胳膊，朗聲道：「尹兄快看，是你家妹妹！」

尹暮年一怔，向那人所指的方向看來，見到妹妹後便鬆口氣，與她送去柔和微笑。

見此笑臉，十歌鬆下心，眼眶隨之發熱，她迅速放下面紗掩去淚眼。

「怎麼了？為何停下？」

「可是出了什麼事？」

隊伍好些時候停滯不前，百姓疑問聲剛起，忽聽羿正王渾厚聲高揚。「累得鄉親們牽掛，將士們不負眾望，大勝而歸，他們都是英雄！」

瞬間，此起彼落的吶喊聲再起。

是啊，英雄也包括哥哥！

思及此，十歌舉手隨百姓一起吶喊，偶然抬頭，視線又隔著面紗與羿正王相接。

眉宇飛揚，他在笑。

對她。

十歌默默收回手，攏了攏面紗，不敢再輕易抬頭。

隊伍稍停片刻，十歌被灼熱視線看得無所適從。

這羿正王怎麼還是跟從前一樣，這般好生無禮？如今都是最受皇上認可的王爺了，如此實在有失妥當……

他難道不該速速進宮面聖嗎？

好一會兒，隊伍終於離去，十歌大大鬆了口氣。

她知道如今的自己面容姣好，但對於初次見面的女子便這般肆無忌憚盯著，他還真是頭一個。

就因他是羿正王？

可……來到皇城的路上，她聽聞民間都誇羿正王是謙謙君子呀！

原來，傳聞終究是傳聞啊……
或許，她該遵照閨閣禮儀行事才是。不過今日這般境況，許多閨閣千金都走出來與民同樂，她的行為也不算太出格。
待到再也見不到大軍隊伍，十歌方才戀戀不捨移步。自街上回來，十歌決定親自下廚做一桌哥哥喜愛的膳食，舉辦一場接風宴。
「莊姑娘，府上今日不便待客，您請回！」
身後傳來守門小廝的聲音，原來是莊蕙雪直溜溜欲進到府中。十歌回頭看一眼被阻隔在外的姑娘，笑道：「為免莊小姐飽受非議，您還是請回吧，我們府上畢竟有外男。」
說罷便舉步進入院中，獨留莊蕙雪一人在門前咬牙切齒。「等著吧，總有一天把妳趕出去！」
另一邊，羿正王已領著幾員大將前去面聖領賞。羿正王慣是惜才，將勝仗歸功於他的將士們，並為他們爭取豐厚獎賞。
尤其尹暮年，於羿正王有救命之恩，此事在大殿中引起一片譁然。不過大臣們多為慶幸，讚頌羿正王福澤深厚，遇事均能逢凶化吉。
皇上當下便賜封尹暮年為仁勇校尉，賞金五百兩。
如此一來，人人皆知尹暮年得羿正王青眼，不日定能有大作為。故而，早朝散去便有不少官員前來套近乎。

位高權重的則不屑此道，不過看少年郎一身正骨，甚是喜人，若能結一門親事，再由自己親自培養倒也不錯。

然而他們心中雖有想法，卻沒有付諸行動。原因無他，如今局勢尚未明朗，不可輕舉妄動。稍有不慎站錯邊，連累的可是整個家族。

「多謝諸位大人抬愛，只是下官家中至親久候多時，還需先回去以平憂心。他日得空，下官再宴請諸位大人。」

尹暮年規規矩矩行禮，不驕不縱，禮數到位。這些人為何與自己套近乎，他心中有數，且他是真急著回去。離家多時，妹妹定寢食難安，如今當是在家備好酒菜，只等他回去團聚。

拜別諸位大人，尹暮年便馬不停蹄前去領取官服。

詡馨宮內，玥貴妃思子心切，羿正王剛入殿門她便迎出去，圍著愛子好一番查探。

「母妃不必憂心，兒一切安好。」

祁知衍深知母妃脾性，張開雙臂，任由母妃查探。他眼眸深深，帶著些許笑意。確定兒子康健，玥貴妃方才安心，一雙美目盡是哀怨。「我如何能放心？」

正巧此時一排宮人整齊有序進到殿中，手上舉著托盤，上方是各類珍寶。

「此次多虧仁勇校尉，這是我命宮人備的禮，你看看可需再添置些別的？」

祁知衍輕掃一眼賞賜，並未多言，一直到攙扶玥貴妃進到殿內，才不緊不慢道：「仁勇校尉孤兒出身，與妹妹相依為命。」

聞此言，玥貴妃止步向兒子看去，輕笑一聲。「想來，這位妹妹當是楚楚可人。」

美目笑看兒子，竟沒有移開的打算。祁知衍略微思索，點頭讚道：「是不錯。」

玥貴妃興致勃勃點頭。「行，本宮知道該怎麼辦了。」說罷，立刻命宮女添置許多女子飾品及珍稀布料。

準備齊全，正欲傳公公送去賞賜，便聽羿正王正氣凜然道：「既仁勇校尉於兒臣有救命之恩，自當兒臣親自走這一趟。」

尹暮年受封仁勇校尉一事，很快便傳遍大街小巷，包括他的英勇事跡，廣為流傳。各坊間說書人講的均是此番戰事，其中以羿正王的計中計及仁勇校尉英勇護主居多。

當十歌聽聞哥哥受封仁勇校尉時，面上並無喜色。

這是哥哥拿命換來的。

只要思及此，十歌便面色蒼白。她是不是險些見不到哥哥？

迫不及待想看哥哥傷勢，奈何他遲遲未歸，十歌便去到門前等候。

隔壁莊三小姐與其母親同她一樣眼巴巴候在門外，十歌不予理會，只一門心思盼著哥哥快些歸來。

終於，巷子口出現一偉岸男子，他急速前行，身旁一名笑臉的小廝兩手捧著一套軍服，在男子身旁有說有笑的行來。

元雙喜道：「小姐，是少爺！」

兄妹二人遠遠對視，一切盡在不言中。

尹暮年途經莊府，忽然衝出一名女子，拽著他的胳膊，含情脈脈低喊道：「暮郎。」

甩開纏人的手，尹暮年向邊上移一步。「姑娘請自重。」面容嚴峻，臉上笑意早已收去。

見此女又要靠過來，尹暮年迅速回到自家門前，見到妹妹便恢復笑意。「歌兒，我回來了。」

「暮年升官啦，恭喜恭喜！這下咱們臉上也有光了。」

莊蕙雪的母親牛氏見女兒遭到冷落，便自己上前來賀喜，只是她後面那句就耐人尋味了。

早先便料到這對母女會有此行徑，十歌冷言道：「牛嬸大可不必，您臉面的光當由莊家少爺們那處得來才是。」說罷，徑自轉身離去。

景初機靈，早早堵住牛氏母女，叫得二人伸長脖子望眼欲穿。

十歌心知哥哥為人，且戰場上刀劍無眼，一旦選擇從軍便要有心理準備。她也不是沒想過重傷的可能，只是真發生後，又忍不住氣惱，當初是她自己幫哥哥報名的啊！

「哥哥，這些藥你放身上。」

十歌取來十幾個小瓶子塞到哥哥手上，一一介紹藥效。裡面好些是師父師娘熬製成的藥丸及藥粉，有幾瓶則是她在哥哥從軍期間熬製。

既無法改變事實，便只能儘量做一些力所能及之事。

「好。此次多虧歌兒的藥，救了好些兄弟。」

尹暮年照單全收。若非身上揣著藥，且正好對症，他的傷便無法好得這般快。那日突襲後，好幾名將領身受重傷，都好在救治及時，免遭許多罪。

「我已經給師父去信，告知你從軍一事，找他要了些藥，往後我要你藥不離身。」

「好。」

尹暮年哪敢不從，仔細收好藥後便開始關心妹妹。「哥哥不在期間，家裡一切可好？」

「那是自然。哥哥，酒鋪生意可好了！我還加了滷味生意，明日你可以去看看。」

一說到自家的酒鋪生意，十歌便眉飛色舞。

尹暮年點頭。「嗯，我信。」

酒鋪生意興隆全在意料中，幸得有此事可以讓妹妹分分心。

「唐老闆可有消息？」

十歌搖頭，思及此事忍不住嘆氣。「我尋思著，他是不是躲到哪個王公貴族家裡，尋機報復。」

殺女仇人尚在皇城中逍遙法外，父親不可能離開皇城。可所有地方她均巡遍，竟沒有半點線索，如今只能如此推算。

只有王公貴族方能接觸到仇家，也才方便他出手。

既如此，便給她增加不少難度。皇親貴族家裡哪是那麼容易進的，哥哥雖有了一官半職，可他畢竟官小，尚人微言輕。

該如何才能靠近那個圈子呢？

正是這麼想的時候，家丁突然來報。「少爺，小姐，羿正王駕到。」

兄妹二人對視一眼，有些錯愕。迅速放下剛拿在手上的筷子，剛起身便見羿正王祁知衍踏入膳廳。二人迅速離開位子，尚未行禮便聽他溫聲道：「不必多禮，是本王來得不是時候。」一見二人排排站好，不由發笑。「坐下吧，正巧本王尚未用膳，介意多一雙筷子嗎？」

「能與王爺共餐是屬下的榮幸。」

尹暮年在羿正王身旁坐下，並傳下人添碗筷。

十歌只覺頭大。

王爺可真會挑時間過來，這下她該如何是好？進退兩難了不是？

王爺畢竟是外男，她不適合留在此處，可她若此時離去，便是駁了王爺面子。

十歌正思索如何委婉離去，便聽祁知衍溫潤的聲音帶著些許笑意。「怎的不坐下？若妳因本王而有所不便，那麼本王便去德寶樓應付一下，稍後再來。」

王爺如是說，十歌哪還敢離去，她微微福身，道：「王爺不嫌棄，小女子便叨擾了。」

不想，言罷便聽見一聲低沈輕笑。

十歌以為自己有何不妥之處，悄然抬眸，立刻迎上那道熟悉帶笑的灼熱視線，其眸光悠長，能叫人陷入無邊星海。

溫潤的聲音帶著磁性和強勁誘惑力，道：「怎會嫌棄。」

第五十八章

無雙玉顏伴著洋洋盈耳的磁性聲音，十歌有剎那晃神，然而也就眨眼的工夫便醒過神。柳眉輕皺，十歌心想著——這位王爺怕不是妖精，勾魂的那種。

正是這時，尹暮年舉杯邀飲，正巧阻去王爺視線。「王爺，屬下敬您一杯，謝王爺提拔之恩。」

祁知衍向置於一旁的酒罈掃去一眼。「並非本王提拔，你武功卓絕，能征敢戰，如今功績是你應得的。」

言罷，仰頭一飲而盡。入口的醇美滋味讓他忍不住發出一聲讚嘆。「雲夢居果然出美酒，妙哉。」

眼睛卻是看向那個埋頭用膳的姑娘。

十歌暗暗點頭，如今功績是哥哥拿命換來的啊！

哥哥最棒！

尹暮年再為王爺滿上一杯酒，敬道：「是王爺慧眼識才，王爺於屬下有再造之恩，屬下先乾為敬。」

一口酒入肚，面前菜碟上已多出一塊玉子蝦仁。尹暮年為妹妹挾去一塊三杯羊肉，而後才吃下菜碟中的菜。

尹暮年與王爺相互讚許，酒一杯接過一杯，不知飲了幾罈，二人竟都面不改色。十歌打小便開始訓練哥哥酒量，雖不致千杯不醉，倒也不是那麼容易倒下的。只是王爺酒量也旗鼓相當，無論飲下幾杯，仍好似在飲茶一般。

飲酒期間，尹暮年每飲下一杯酒，十歌便已為他挾好配菜。而尹暮年每每總要先為妹妹挾好菜，才會吃下碟中菜。

終於，王爺醇厚的聲音略沈，道：「你們兄妹二人手足情深，著實讓人羨慕。」一說到妹妹，尹暮年止不住驕傲，他昂起頭，帶出明朗笑意。「是，歌兒是屬下這世上唯一至親之人。」

二人繼續飲酒，桌上各菜盤菜色已經被一掃而光，十歌便尋機躲到灶房。這一餐一直吃到未時過半方才停歇，停下的原因是尹暮年喝倒了。而羿正王仍清醒的坐於主位上，一隻手不疾不徐抽出尹暮年拽在手上的兵書。

這本兵書所講述的，便是羿正王以往作戰戰術，方才尹暮年便乘機將過往心中所惑指出，當面求教。

兵書上有許多標記，並附上心得。此書似乎頗有趣味，羿正王看得專心致志。

哥哥喝多，總不好連個招待的人都沒有，十歌只好自灶房出來，只盼王爺快些回去才好。

院子裡站著兩排宮人，他們手上舉著托盤，托盤上是大小不一的精緻錦盒，十歌大概猜出王爺來意，只不過他至今尚未言明，自己這邊也斷不能開口去問。

趕不得，問不得，著實犯難。

十歌微福身。「哥哥不勝酒力，讓王爺見笑了。」

十歌的出現，使得祁知衍放下手中兵書，轉而饒有興味的看著面前姑娘，不再有其他動作。

被看得不知所措，十歌強自鎮定，喚來景初，讓其將哥哥揹回屋中歇息，只是哥哥一離開，她就後悔了。

這下子，膳廳除下人之外，便僅剩他們二人。王爺的視線越發灼熱，神態自若，似笑非笑，等著十歌的下文。

十歌總有一種被戲耍的感覺，她喚下人清理桌面，變相下著逐客令。

可他，仍無動於衷！

此舉讓她很氣。

雖氣在心頭，十歌仍綻放笑靨，露出甜美小梨渦。「王爺飲酒頗多，不妨至客房歇息一番。」

十歌眉宇飛揚。

這下總該識趣離開了吧？

有種即將打勝仗的得意感。

祁知衍略微思索，片刻後方才站起身。

「也好，還是尹姑娘善解人意。」

嗯？

他是不是不懂何為客套？

十歌只覺臉頰火辣辣的疼，喚來何嬸，讓其帶王爺去東廂房歇息。

如此也好，至少無須同他單獨相處。過會兒她便躲進閨房，這人離開前絕不出屋！

十歌垂頭默默將王爺送出膳廳，卻不知為何，王爺忽然止步，轉身之際向後退了一步，以至於十歌一時不察，迎頭撞上。

好在王爺眼疾手快扶住她，避免她唐突，真給撞上去。

十歌心中有些著惱，總覺得王爺算準了，故意退的那一步。

偏生，這個虧她得吞下去。

十歌屈身行禮。「謝王爺。」

被算計還要同人家致謝，好生憋屈。

「無妨，尹姑娘身子羸弱，本王不過舉手之勞。」

十歌但「笑」不語。

看看，這不就是得了便宜還賣乖嗎？

十歌悄悄向後退一步，隔開距離。好在王爺並未追上，令她大大鬆口氣。

不知為何，她總覺得王爺會再次靠過來。

看來是她多心了。只是，他此舉到底是何意？就為了逗她？

祁知衍解了十歌的困惑。「本王記得大軍出征那日，姑娘曾去送行，站於樓閣之上探著身子搖搖欲墜，好生危險。」

十歌迷茫抬眼。原來自己那一日的行徑被王爺撞見了，所以今日大軍入城他才會這般盯著自己看？

祁知衍斂去溫雅笑臉，忽然正色道：「往後心知危險的事便不要去做。」

自懷中掏出一支通體透亮的玉簪，向前跨出一步，親自將它戴在十歌髮髻間。「今日這玉簪便還與妳，日後當妥善保管。」

二人距離比先前還要近，近到十歌的鼻尖幾乎要蹭上祁知衍的衣領，她甚至能聞到一股淡香，腦子忽然又不聽使喚了。

十歌木訥的點點頭，完全沒有意識到祁知衍方才的姿勢有多親密，一番動作有多自然。心中僅有一個想法——原來她丟失的玉簪是被王爺拾去了啊！

「母妃聽聞仁勇校尉英勇事跡，感念於心，故而讓本王送來賞賜，過去看看？」

祁知衍邊說邊走下階梯，言罷已經站在階梯下，回頭望著十歌，伸出一隻手等著接她下階梯。

十歌後知後覺反應過來，盯著那隻高舉的手，堅決不願伸手。王爺的手，怎好牽？

十歌微福身，小心走下階梯，就怕一不小心又著了道。

十歌跪下磕頭。「民女代哥哥謝過娘娘賞賜。」

頭尚未著地，已經有人抓著她的胳膊，將她帶起身，王爺微帶惱意的聲音傳來。「無須多禮。」

十歌直起身子，暗想著——賞賜既送出，事情已經辦妥，便沒有留下的意義，這回，總該走了吧？

然而這位羿正王從不按牌理出牌。他不僅沒有離去，還在他們小家小戶裡歇到酉時三刻。

這人也太隨遇而安，他是何身分，怎能這般放心外住。這要是傳出去，朝中大臣們不知該如何看待他們家？

確實，王爺此舉引來各方勢力關注。

自打羿正王入得尹府，消息便已傳出。如今已人盡皆知——仁勇校尉是羿正王的人。

既然王爺都親身蒞臨仁勇校尉家中，尹暮年的軍中友人哪有不拜訪的道理。翌日，花副統便約上三五好友前去尹府。彼時十歌正在院中釀酒，下人來報後，她便迅速躲回西廂房樓閣中。

哥哥能多些友人也好，行軍打仗時，也能多些照應。

思及此，十歌命人好生款待來客。

「尹兄，你家中好香的酒氣！」

一行人進到院中便開始卯足勁吸氣，方才在來時路上便隱隱有酒香飄出，還當是哪一戶人家一大早在飲酒。這酒香實在令人未飲先醉，好生饞人！

萬沒想到這股香氣竟出自於尹府？

花副統吸了又吸，越吸越覺不對勁，忍不住道：「不對，我怎覺得這股酒香有些熟悉？像極了我昨夜飲的酒？」

又發力吸了吸，越吸越肯定的點點頭。

「沒錯，就是雲夢居的酒！香，太香了！據聞雲夢居的酒十分難得，怎的尹兄此處的酒香如此醇厚濃香？莫不是尹兄也購了此酒？」

花副統伸長脖子吸氣。昨日他剛得勝歸來，父親為他辦了接風宴，其中便有一罈雲夢居的酒。聽聞那一罈酒是花了好幾日攢下來的，一家幾口人，每人僅能飲上幾杯，實在意猶未盡，好想能夠豪飲幾罈。

昨日他囑咐下人今兒定要早些去排隊購買，他出門前下人仍未歸來，也不知買著沒有。

聽得此言，尹暮年笑著搖頭。「花兄若喜歡，過會兒便多飲幾杯。」

今日他本打算去鋪子轉一圈，誰想出門前便有來客。聽聞軍友對雲夢居如此盛讚，尹暮年只覺與有榮焉。

「當真?!」

花副統喜極，一雙眼睛頓時發亮，湊近尹暮年，在他胳膊上揮去一拳。「尹兄果然爽快！」

竟敢出此豪言，看來尹兄這兒有許多雲夢居的酒！敢這般說，他是真不知雲夢居的滋味啊！

其他幾人只覺酒香饞人，並不知道其滋味。雲夢居他們是有耳聞，不過尚沒機會品嚐。花副統乃為尚書之子，能喝到也不奇怪。想必仁勇校尉此處的酒便是王爺昨日送來的，否則就憑他，哪能得來那許多雲夢居的酒？

幾人自是留下享用午膳，十歌待在自個兒閨閣中，故而午膳是叫廚娘做的。此人廚藝是經十歌測試過的，又得她偶爾傳授，其手藝算得上精湛，招待哥哥的幾位友人綽綽有餘。

「尹兄，就……咱們幾個嗎？」

入座後，花副統幾次三番向外張望，似乎在找尋什麼。事實上他自打進了宅子便賊眉鼠眼頻頻向東西兩處廂房看去。尹暮年老早便覺奇怪，昨日歸城，此人是如何知曉歌兒便是他的妹妹？

尹暮年犀利目光看在花副統身上。「不然呢？」

「沒……沒什麼。」

花副統賠笑，心中覺得好生可惜，來尹府許久，竟是連一眼也見不到妹妹身影。尹兄報名從軍那日，自己正巧打邊上經過，彼時妹妹正排於隊尾。驚鴻一瞥，便再難相忘。他默默排在妹妹身後，聽得兄妹二人所有對話，只是這二人不曾看他一眼。故而行軍之後，他動用關係來到尹暮年營區。為美人，他決心討好這個少年郎。只是時間處得久了，他便慢慢為此人的能力折服。

這兄妹二人果真都不是凡人。

只聽「啵」的一聲，瞬間酒香四溢，一下便拉回花副統的思緒。放眼一看，是雲夢居的酒罈沒錯，好大一罈啊！

見大家露出一副饞相，尹暮年便速速為各位滿上酒，率先起身舉杯。「難得今日相聚，尹某先敬諸位一杯。」

一杯酒下肚，驚豔得眾人讚美聲四起，尤其花副統，他重重拍了一下桌子。「好傢伙！這酒比我昨日喝到的還要醇美許多！」

尹暮年吃下一口下酒菜才道：「諸位喜歡便好，只望諸位日後多多光顧小店，不勝感激。」

一番話說得謙虛，卻是驚呆了在座所有人。

什麼意思？

酒鋪是他仁勇校尉家開的？
問題是，他們很想光顧，卻沒機會啊！
這下好了，有了這層關係，他們是不是可以走走後門？

第五十九章

除這幾人之外，羿正王府中，祁知衍也正品著美酒，此酒是得仁勇校尉相贈。

飲下幾杯後，祁知衍忽而開口。「傳唐老闆。」

沒多久便見一衣冠楚楚的中年男人出現，抱拳作揖行了一個禮。「王爺。」

「本王昨日偶得一罈好酒，唐老闆你且嚐嚐，是否像極了貴千金的手藝？」

乍聽王爺提及已故的女兒，唐清德眼微瞇。他本不是少言之人，但自從女兒遭奸人所害，他便越發沈默。尤其當他深入調查後才發現，夫人的死竟也有蹊蹺。

至於王爺所說的酒，唐清德不以為意。他的楹兒一手釀酒的好手藝，無人能超越。她走後，這手藝便斷絕了，他不信會有人的手藝能與楹兒相匹。

不過唐清德還是沈默的拿起酒杯，一飲而盡。待酒液入到口中，唐清德倏地睜圓了眼睛，飲酒的動作頓了好一會兒。

像！

真的像極了楹兒的手藝！

只不過此酒要更醇厚一些，世上竟還有人的手藝能超越楹兒?!

收回手，唐清德愣愣的盯著酒杯看，神思已不知遠遊到何處，還是王爺的聲音將他拉回。「西街雲夢居。」

似是看穿唐老闆的疑惑，祁知衍說得不疾不徐，言罷使了眼色，命下人為唐清德再滿上一杯。

「唐老闆請坐。」

眼見唐清德坐在對面位子，祁知衍向桌上的滷味看去。「唐老闆再嚐嚐滷味。」

唐清德向滷味看去，不由為之一愣。滷味色澤與食材竟同女兒做出的別無二致！女兒做滷味的手法與常人不同，其味自然也特殊，挾來一筷，聞其味竟是那般熟悉。

怎會……有這般相似的？

唐清德的手開始打顫，甚至害怕去品嚐，若非王爺一直盯著自己看，他定不會將之放入口中。

是了，便是這個味兒。

若非親自為楹兒下葬，他真要懷疑，他的楹兒回來了……

唐清德知道王爺在等他回話，可他不想談。像又如何？他的楹兒終究再也回不來，他終究只能獨自傷懷。

唐清德默默舉杯飲酒，一杯又一杯。

經此一事，更加堅定復仇的決心，可惜一直尋不到機會。他發誓，終有一天，一定要那群人血債血償！

相聚不過十日，很快的，尹暮年便要去軍中報到，今次他是以仁勇校尉的身分出現。原先的仁勇校尉是敵軍細作，故而對待下屬非打即罵，軍營中人早已怨聲載道。如今換來一位頗得羿正王青眼的年輕校尉，大夥兒心中甚喜。

羿正王是所有人的楷模，誰人不對他敬仰萬千。既仁勇校尉是羿正王的人，那麼羿正王是否會愛屋及烏？他們是否更有機會追隨羿正王？

有此想法的人不在少數，故而尹暮年上任後，將士們皆服從命令，操練起來格外認真。

十歌這邊酒鋪已經步入正軌，哥哥也已遠征歸來，終於有閒心著手準備她的另一門生意。

玉鋪。

與酒鋪不同，玉鋪必須開在最繁華的地段，且店面要又大又敞亮。如今錦袋中存著的玉石，隨便取出一塊，那質地絕對比尋常店家的還要好上不知凡幾。

鋪子得快些開起來才好，如今她已經開始物色嫂嫂，多一門生意，求娶時自然多些底氣。

開玉鋪之前，得去探查一下行情，臨行時十歌特地拐道，先去酒鋪看一眼。

十歌今日選擇步行出門，帷帽必不可少。遠遠望去，酒鋪之外大排長龍，排列有序，對於每一位客人，伙計們均熱情招待，這便是雲夢居的規矩之一。

一切看起來井然有序，十歌便放寬心離去。殊不知，唐清德正坐在鋪子旁停下的一輛馬車中，遠遠望著鋪子發呆。

十歌沒有四處觀望的習慣，她直直向前行去，故而並不知曾與父親擦身而過。

君玉坊是皇城中最大的玉器行，是許多達官貴人喜歡去的場所，任何時候都門庭若市。十歌進來時，根本沒有伙計有空上前招待，她便不緊不慢的逛著。

正逛著，忽聽見幾道熟悉的聲音。「潯蓉妳看看這個如何？」

白潯蓉隨意掃去一眼，興致缺缺道：「太豔。」

「怎會？我還覺太素了一些。妳看這個呢？我覺得這個適合妳。」說罷，那女子便將玉簪插入白潯蓉髮髻間，甚是滿意的點頭。「這個好。」

幾個小姑娘立刻跟著點頭稱好。「還是姝柔好眼光。」

白潯蓉對著銅鏡照來照去，面上並無多少喜悅。「也就馬馬虎虎。」

「姑娘，這可是咱們店新到的貨，好些人看上咱都不捨得出，硬是幫姑娘留到現在。」

幾人身邊圍著兩三個伙計，輪番獻殷勤。這幾位姑娘可是大客戶啊，從沒有一次空手而回。看其架勢，可是極尊貴的嬌小姐呢！

聽聞伙計這般說，白潯蓉道：「難為你們這般用心，那就……」

在白潯蓉被迫買下之前，十歌笑著出聲。「潯蓉姑娘的臉型更適合俏皮一些的。」在一應玉飾中挑中一款，道：「這款不錯。」

也不管人家願不願意，徑自幫她將方才的玉簪取下，換上自己挑的那款，將銅鏡遞給她，由她自個兒去看。

「哎，妳誰啊！誰要妳多管閒事！」

有個看不下去的站出來欲推十歌，元雙、元桃怒眼一瞪，護在小姐身前。她們可不管那許多，想欺負她家小姐？門兒都沒有！縱使官家千金又如何？她們少爺也是一方豪傑，誰怕誰！

白潯蓉不去理會邊上那群人的叫囂，猶自看著鏡中的自己，越看越滿意，由衷讚道：「尹姑娘好眼光。」

既人家猜出自己是誰，十歌便掀開面紗，送去一抹柔和淺笑。

也是此時，大家方才發現原來此人便是那日茶樓中偶遇的女子，那位雲夢居的東家。是個挺無禮的女子。

那日此人亮出身分後，便當著眾人的面允諾靈雙郡主，日後她可隨時無限量購酒。於其他人卻是隻字不提，讓她們好生眼紅。

原以為認識雲夢居的東家，於她們多少能有些好處，若能走後門購著酒，那也是挺有臉面的事，哪知這人小氣至此。

今日又這般與她們作對，怕不是故意的吧？

十歌還真不是故意的，她還尚未無聊至此，純粹覺得小姑娘不該花那個冤枉錢。且她也沒有讓店家受到損失，如今是兩全其美，不是嗎？

「那日散去，我去過幾次酒鋪，均不見姑娘蹤影，今日難得偶遇，我請姑娘吃茶？」爽快買下玉簪，白潯蓉拽著十歌的手，歡快邀約，不再是面對幾個小姊妹時那副死氣沈沈的模樣。

十歌向另外幾個姑娘看去一眼。「如此好嗎？」

白潯蓉立時向幾個姊妹看去。「今日我便不奉陪了，咱們下次再約。」說罷，逕自抓著十歌的手臂向茶樓行去。

十歌被拽著走，心中略有感觸。這丫頭，還跟小時候一般，喜歡這般拽著人走，霸道得可愛。

腦中靈光一閃，十歌忽然有個想法。

靈雙郡主如今比自己還要大一歲，也就是比哥哥小兩歲，這麼看來倒很是相配。這丫頭沒有什麼壞心思，甚至喜歡打抱不平。不過她乃長公主府的郡主，想要求娶怕是不易。

果然還是要快些開設玉鋪啊！家中產業要再添一添才行。

雖然手頭上已有足夠風光求娶的銀錢，但後頭還有許多需要要花錢的地方。

白潯蓉只覺和面前女子有種相見恨晚的感覺，和她在一起，自己總能展現最真實的自己。

二人落坐後，竟有說不完的話題。正巧十歌想開玉鋪，白潯蓉又熟悉各家玉鋪行情，故而向她討教許多。

得知十歌想開玉鋪，白潯蓉便自告奮勇要幫她找鋪子。二人相談甚歡，十歌乾脆邀請她到家中小坐。

橫豎哥哥不在家，無外男在場，她也能自在一些。更何況哥哥在也不怕，正巧讓二人先認識一番。

只是十歌剛靠近歸家的巷子口，便見巷子口站著幾名婦人。其中以隔壁牛氏為首，她不知在跟其餘幾人說什麼，說得眉飛色舞。

遠遠見十歌走來，她睜圓了眼睛，激動不已道：「妳們看，就是她，她回來了！」

幾名婦人隨她所指的方向看來，被女子容貌驚豔到，幾人眼睛倏地發亮，頻頻點頭。

「不錯不錯！」

十歌本不欲理會，正欲繞過去，牛氏卻跑過來擋在她前頭，笑得一臉諂媚。「尹姑娘回來啦！」

瞇眼向牛氏看去，十歌冷聲道：「牛嬸慣會擾人清靜。」

「哎喲，說的什麼話！妳看妳已經一把年紀卻尚未婚配，這不，嬸嬸幫妳找了個門當戶對的！」

十歌冷笑道：「我尹家與莊家非親非故，甚少往來，便不勞您費心。莊三小姐更年長一些，您當先給她相看才是。」

看來這些人是被逼急了，什麼招都敢用。就這麼迫不及待想嫁進來？

想想也是，如今哥哥身分大不同，想要結親的大有人在，尤其是一些官家之女。

這幾日時常有媒婆上門，想來她們是被逼急了。而自己就是最大的絆腳石，只有把她趕走，她們才好進行下一步。

誰知聞得此言，牛氏頗得意的昂起頭。「我家蕙雪哪需我操心。相信我，嬸嬸這是為妳好！」

「大可不必。」

說罷，十歌便帶著白潯蓉打幾人身邊繞過去。誰想，那牛氏突然拽住十歌不放，臉上也沒了笑意。「今日這人妳看也得看，不看也得看！」

變臉跟翻書似的。

這架勢，像極了逼良為娼的老鴇。十歌被氣笑了，並不欲與她糾纏。「元桃，去報官。」

報官，一了百了。什麼人，敢在她面前耀武揚威，她算老幾？

哪知牛氏早有準備，只聽她一聲吼，周圍立刻跑出一群手拿棍子的小廝，將她們團團圍住，這些人行動整齊一致，看起來像極了練家子。

見此陣仗，另幾名婦人面露譏笑，一副勢在必得的嘴臉。

十歌恍然大悟，看來這女人當真喪心病狂，要逼良為娼啊，或許她已經籌劃許久。

看她們志在必得的模樣，若她今日真落入這些人手中，只怕哥哥再難尋到自己。

這些人之所以選擇白日動手不難猜測，定是因今日哥哥去了軍營，夜晚自己又從不外出，故而只能選擇白日動手。其他地方人多眼雜，行動多有不便，最佳地點便是此處。

可惜自己離府門前遠了些，家丁見不著這邊情況，自然無法為她們搬來救兵。

如此陣仗，卻未見十歌驚慌。她想著，實在不行便只能使用錦袋了。至於白濤蓉麼，到時候便跟她實話實話，自己便是她小時候的那位姊姊，這丫頭還是值得信任的。

「把她們都給我帶走！」

幾個婦人一聲令下，包圍她們的圈子越來越小。

白濤蓉怒瞪一群人。「我看誰敢！」

「小丫頭脾氣挺大的，沒事，到了我那兒，保管把妳調教得乖乖的！」

算她倒楣，誰讓她恰巧今日同那美人兒一道，這丫頭白白嫩嫩，看著也很是不錯，真是大豐收啊！

白濤蓉並未多言，只拍了幾下手，立刻有幾名暗衛出現，他們半跪於地，等候指示。

白濤蓉瞪視幾個婦人。「一個去報官，其餘留下，這群人一個也不能跑。」

「是！」

幾名暗衛立刻四散開，動作快得那群打手來不及反應。雖然暗衛人數較少，但這麼看去，他們一個至少能頂十個，幾個婦人面面相覷，都有些怕，畢竟他們真有一個跑去報官了。

誰能料到那丫頭竟有暗衛隨身保護？

不多久，衙門裡頭的官老爺親自帶著若干衙役騎快馬前來。其中為首一匹白馬上坐著羿正王祁知衍，此時他面布陰霾，劍眼寒氣森森看向那幾個為非作歹的婦人。

隻字不言，卻殺人無形。

第六十章

見到祁知衍，十歌微愣，雖不解他為何一道前來，但此時見到他，竟有說不出的心安。

見著靈雙郡主白潯蓉，官老爺迅速下馬，帶頭行禮問安。「下官來遲，請郡主恕罪！」

郡……郡主?!

一聲郡主嚇得幾個婦人瑟瑟發抖，她們哪裡料到這人竟是郡主?!這下捅了馬蜂窩，怕是小命也要搭進去了！

「這些人妄圖加害本郡主，速速將她們緝拿歸案。既本郡主無緣無故遭人迫害，怕是還有許多人遭遇不測，還望孫大人秉公執法。」

白潯蓉自然也看出這些婦人的身分。今日若非她在此，尹姑娘怕會遭遇不測，也不知這些人迫害過多少姑娘，要嚴辦才行。

「是是是，小的定當嚴加查案，為非作歹之人定不容放過！」

孫大人點頭哈腰，幾次用眼角餘光偷偷看一眼白馬上的羿正王。

羿正王一向溫和謙雅，從未見他變過臉色，想來今日是真氣極了。

不過就為這等小事翻臉？也不至於啊！

是因為靈雙郡主？

不像。

到此之後，王爺甚至不曾看過郡主一眼，反倒看另一名面容姣好的女子多一些。他甚至騎著白馬到女子身邊。

駿馬之上，男子英姿煥發，伸手欲接那位如花似玉的女子。才子佳人，好生登對，美得像幅畫。

十歌盯著那隻大手看了好一會兒，而後秀眸輕抬，視線緩緩與羿正王接上。他抿著唇，臉上的陰霾散不去似的，音調比往常冷冽一些。「上馬。」

似乎，不太好。

眾目睽睽之下，男女授受不親。

縱使兩世為人，可她的瀟脫僅限於自己的生活，與外男之間從不逾矩。

「呃……」

身子忽然懸空，耳邊是撲簌簌的風聲，十歌被攔腰撈上馬背。

待她坐穩後，腰間遒勁有力的臂膀仍沒有鬆開的意思，反而更縮緊幾分。

側身坐著終究不穩，十歌緊緊抓住他的臂膀，這種時候還是保命要緊。

悄然抬頭，他也正垂眸看著自己。臉上的陰霾終於褪去，他唇角微勾，帶著淺笑，溫潤的聲音低低的，在耳邊迴盪。「早該如此。」

十歌再次將頭垂下，悄悄在心中嘆口氣。

多少年過去，這人絲毫未變，看似溫和，卻最是霸道。幾年前共騎的是她，現在還是她。有時候她甚至懷疑，他是不是認出自己來了？可是，怎麼可能呢？

自打上次他去家中小歇開始，這個問題便一直困擾她。似乎嫌她不夠煩，羿正王拋下一句令人捉摸不透的話。「本王至今未娶，妳可知為何？」

剎那間，十歌心跳加速，有個想法呼之欲出。她能感覺到心跳急速加快，快得她甚至懷疑會不會振到腰間的臂膀，會不會被發現？

十歌強自鎮定，搖搖頭，不言語，只希望能夠快些到達衙門。可羿正王的馬卻像散步一般，讓跟在後頭的一干人等只能遊街似的緩緩前行。

這下所有人都看見了，羿正王與一名女子共騎，她的日子還能安穩嗎？

白潯蓉轉頭看了看二人，只覺如此畫面甚是熟悉。

馬背上的少年還是那個少年，女子卻物是人非。表兄他……忘記楹姊姊了嗎？

終於到達衙門口，祁知衍先行下馬，回身時，十歌正好發力躍下馬背，而他「恰巧」接住了。

一瞬間，十歌彷彿被他抱著。兩隻手搭在他的肩上，驚訝的回視他帶笑的眼睛。好在，不過一個眨眼的時間便被放下來，不致引人遐想。然而此舉讓十歌好不容易安定下來的心又撲騰起來。

為何所有時機，他總能把握得剛剛好？

十歌微福身。「謝王爺。」

其實她可以自己下馬的。

孫大人之所以能夠在皇城為官，其手段自然不一般。牛氏幾人是何身分，如何聯手欲陷害仁勇校尉之妹，往年又有何勾當，迫害過多少良家女子等，不多久便一一水落石出。

也是此時孫大人才知道，原來這位芙蓉般的女子是仁勇校尉之妹，莫怪王爺這般待她。畢竟仁勇校尉於羿正王而言，有救命之恩啊。

最終，牛氏不僅挨了板子，還要受牢獄之苦。妄想欺辱官員至親，斷然討不到好。

而那幾個老鴇，除挨板子和勞役之刑外，她們經營的花樓均被孫大人派人前去查封。

十歌出衙門時便見莊蕙雪候在衙門外，一雙眼睛怨毒的盯著自己。

面對此人，十歌笑了，昂起頭高傲的自她身邊走過。

呵，自找的，不怨人。

羿正王與白潯蓉執意送十歌回到府中，何嬸得知自家姑娘遭了難，當下將隔壁家罵得狗血噴頭，白潯蓉正是此時方才知曉兩家住隔壁，不由怒道：「她們就住妳家隔壁？怎生得這歹毒心思！」

無須十歌回答，何嬸已將來龍去脈道出，其間又罵了好幾回。

白潯蓉雖身分尊貴，可她內裡是個豪爽的，得知內情後哪裡還坐得住，她與何嬸二人輪番臭罵隔壁莊家。不過她畢竟是閨閣千金，罵來罵去也就那幾句不痛不癢的。

然而，今日這般說話卻是她以往沒有過的，這讓她覺得十分痛快。

十歌親自為兩位貴人煮茶，宜人茶香在廳中瀰漫開。感受到王爺視線從始至終一直在自己身上，十歌不敢抬頭。

忽然，她停下手中動作，有剎那失神。

曾經，她也這般為他煮過一次茶。

思及此，十歌不動聲色變換煮茶手法。

「本王派幾個暗衛在妳身邊，如何？」

十歌愣愣抬頭向羿正王看去，他灼灼目光依然帶笑。雖是問句，十歌卻知道，這話絕不是說笑。

十歌婉拒。「謝王爺好意，民女不勝感激。如今牛氏已被關押，不能再興風作浪。王爺放心，府上明兒便添幾個護院。」

大不了日後出門叫景初跟著便是，不是多大的事。

暗衛一來，她豈不是做什麼都在別人的眼皮子底下？萬一使用錦袋被發現當如何是好？

卻見王爺搖頭，道：「不妥。」語調輕輕，又異常堅定。

十歌柳眉輕蹙，聲音依然柔和。「民女日後少出門便是。」

「哦？」祁知衍挑眉，笑問：「當真做得到？」

十歌垂眸為王爺添茶，心中煩亂不已，只覺他話中有話。

沒錯，她做不到。她還要出門找爹爹，還要開玉鋪。

而他，似乎知道些什麼。

十歌忍不住有個猜測，不會自己的行蹤他瞭如指掌吧？否則怎會這邊剛遇著事，他便立刻趕來？會不會他早已派暗衛在暗中護她？

好在她只會去地窖中使用錦袋，那處無論如何不會被發現。

呃，不是，他為何這般關心自己？

一見傾心？

對她一見傾心的人多了去，也沒一個敢有這般行徑啊！

白潯蓉不知何時來到他們身旁，聽得他們對話，道：「可妳不是還要開玉鋪嗎？」

是啊，妳哪壺不開提哪壺？

十歌只能笑而不語。又聽白潯蓉道：「不如這樣吧，妳隨我回長公主府，正巧過些時日便是我的生辰，放心，在我府中定無人敢傷妳。」

長公主府，權貴之家。

郡主生辰，定會大擺酒席，多少達官顯貴之人會到場，若仇家在，父親是不是也會出現？

是了，要把握住所有機會。
略微思索後，十歌點頭答應。
既有了決定，十歌便讓丫鬟去收拾行囊。
到了府門前，祁知衍一躍而起，眨眼間已穩穩騎於馬背上，向十歌伸去一隻手。
有過前車之鑑，十歌迅速轉身鑽入馬車內，全當沒看見。
幕簾外是王爺的輕笑聲。
同在皇城，兩府距離不算遠，騎行不過一刻鐘的時間。
長公主府內雕粱畫棟，好不壯觀。十歌卻並無參觀興致，甚至對府內格局一清二楚。
長公主早先得知消息，已候在前廳。
主位上的長公主儀態萬方，十歌只輕輕看去一眼便垂眸，而後恭恭敬敬行了一個禮。
幾年了，長公主還是這般模樣。
長公主府十歌前生來過，那時是因小郡主生辰宴請一事，父親和她均被請來置辦酒席，故而對這裡算是熟悉。
此次十歌是有備而來，她如今身分是第一次同長公主打照面，自要準備見面禮。十歌送出一支血玉蓮花簪子，這還是段語瀅當年雕刻的，血玉已經被養成極為罕見的珍品。
只一眼，長公主便對其愛不釋手。心中不免驚訝，仁勇校尉家竟有此等好玉？
除了血玉，十歌還送出兩株紅景天。紅景天是為罕見藥材，長公主見到後更是吃驚。

「妳……何處尋得的紅景天?!」

紅豔豔的花十分喜人，縱然見多了世面，但長勢如此好的紅景天，還是第一次見！竟有兩株！

「神醫田顥是小女子的師父。」

「田顥?!」

長公主似乎知道此人，聽聞田顥的大名便驚訝得呼出一聲，已然忘了儀態。

田顥曾救過駙馬爺，更是皇上留不住的聖醫，長公主如何能不驚訝。只是萬沒想到，這位姑娘竟有此機緣，莫怪能這般出手闊綽，一下便送來兩株紅景天。

長公主千叮嚀萬囑咐，命人將紅景天仔細收起來。

「聽潯蓉說，妳是雲夢居的東家？雲夢居的酒本宮喝過，滋味確實不錯。」

「承蒙長公主喜歡，若不嫌棄，待郡主生辰那日便用雲夢居的酒，如何？權當小女子的祝賀禮。」

「自然不嫌棄，若有雲夢居的酒添興，是最好不過。」

長公主說得不疾不徐，心中大喜過望，卻強行壓下，已經開始期待宴席那日，待大家知曉他們府上竟能用雲夢居的酒辦生辰宴，該有多羨慕？

雖說她身為長公主，身分已經足夠尊貴，除非那些有價無市的東西，尋常事物，哪一次不是想什麼得什麼？

可正因如此，日復一日，總覺生活沒什麼盼頭，無趣得很。且無論到了哪個歲數，都會追求臉面風光。

十歌面相好且乖巧懂事，加之有這些見面禮做鋪墊，長公主對十歌的印象好極了。最關鍵的是，長公主發現她的好姪兒祁知衍，眼睛就離不開人家小姑娘。這是好事，至少說明他已走出過往。

十歌又是大方送禮，又是大贈臉面，不外乎是為以後哥哥求娶郡主做準備，她甚至拿出殺手鐧——親自下廚。

長公主與郡主第一次吃到十歌的手藝，簡直讚不絕口，同時又覺得這手藝有些熟悉。

王爺同她們一般，吃下不少膳食，吃著吃著，忽然慢悠悠開口道：「我府上有一廚子，手藝與姑娘不相上下。」

抬頭向十歌看去，正好看見她挾起來的一塊筍片，在她的愣怔之下掉入碗中。

祁知衍與那雙錯愕的眼相視，輕淡的問道：「去看看嗎？」

第六十一章

看！

十歌想去。

望進羿正王的眼睛，彷彿被吸入無邊深淵，深深眼眸一望無底，神秘莫測。十歌幾乎要點頭的時候，耳邊傳來白潯蓉的聲音。

「那不如衍哥哥把你家廚子借我一用嘛！如此也省得十歌妹妹特意跑一趟，畢竟男女大防。」

白潯蓉大手一拍，覺得這法子太棒了！

一舉兩得，妙哉！

祁知衍依然笑看十歌，看得她窘迫得垂下頭。

方才受王爺蠱惑，害她有種爹爹就在他府中的錯覺，差點便著了他的道。如今哥哥身分今非昔比，她若惹出什麼閒話，恐要影響哥哥仕途。

「答應吧，衍哥哥。」

白潯蓉眨眨眼睛，大眼睛閃爍企盼之光。十歌覺得潯蓉的主意妙不可言，她心裡同是期待著。

久久得不到回應，十歌悄悄抬頭看去，誰想一下便撞入祁知衍的眸中。那雙似笑非笑的眼睛蠱惑力十足，一經撞上便再難移開。

他似乎等的便是這個時機，見她抬頭看去，便用極盡輕柔的聲音問：「妳覺得呢？」稍頓片刻。「借不借？」

瞧這話問的，彷彿她是當家女主人，偏生她不是。

王爺心思豈是她能左右的？

又逗她。

十歌揚唇，笑出小梨渦。「借與不借，自當由王爺作主。」

「那，妳想借嗎？」

明明是一樣的問題，十歌卻聽出不一樣的意思。

實話嗎？她想，她當然想，她甚至想現在、立刻、馬上去見一見！

於是重重點頭，回得堅定。「想！」

祁知衍勾唇無聲笑起，出口的聲音比往常高幾分。「好，聽妳的。」

一句話說得曖昧，搞得十歌尷尬不已，若不回點什麼，便好似默認二人情定關係。

怎麼總有空子可以鑽，這人好生無賴！這作派，比幾年前可是滑頭許多，那會兒他雖固執霸道，卻從不會這般油嘴滑舌。

想了想，十歌終究還是回道：「王爺有憐妹之心，小女子有幸託福，不勝感激。」

好了，此事與她無關。

羿正王府的吃食白潯蓉吃過一次，滋味當真好極了。只不過衍哥哥小氣得緊，後來再去蹭食，便再沒吃過。如今衍哥哥點頭答應，最高興的莫過於她。「那便說定了，衍哥哥可一定記得！」

誰知王爺直接略過白潯蓉，再開口，又是一句更叫人無語的話。「是她託妳的福。」直白得令人哭笑不得。

十歌傻眼，這人成心害她嗎？迅速向長公主及白潯蓉掃去一眼，好在她們一個面帶笑意，一個渾不在意，十歌鬆下心。「王爺愛說笑，折煞民女。」

再不敢給他開口的機會，十歌抓緊機會道：「郡主不是喜歡我做的糕點嗎？過會兒我去做一些，也叫長公主嚐嚐。」

想起那日在茶樓品嚐到的糕點，白潯蓉是真想念，只是一直沒好意思說，如今聽她提起，自然高興。她喜好甜食，只不過小時候嚐慣了楹姊姊的手藝，到後來哪家的甜食她吃著都不滿意。

唯獨那日的糕點不同，竟與楹姊姊的手藝別無二致。

「時辰不早，想吃糕點叫下人去做便可，今夜當好好歇息，明日本王帶妳們騎馬。」

聽得此言，白潯蓉垮下小臉，眼看外面已經夜幕低垂，只得失落道：「好吧。」

畢竟十歌妹妹是客，總不好頻頻讓她下廚。今日晚膳還是她親自下廚做的呢，這般美味的晚膳可是許久許久不曾吃過了！

此時祁知衍為長公主挾去一隻翡翠蝦仁，淡淡開口。「本王許久未同皇姑母敘舊，不如今夜便在此住下。」

長公主早看出祁知衍的心思，哪敢棒打鴛鴦，當下便笑道：「好啊，姑母這兒你愛住幾日便住幾日。」

身為當事人，王爺的心思十歌豈會感覺不到，她垂頭不語，全然置身事外。

忽然間，她面前多出一碗濃湯，熱氣蒸騰，霧氣撞上罩在頂上的那隻骨節分明的手。

修長的手極具吸引力，十歌順著抬頭，正好祁知衍回頭看來，詢問道：「本王住幾日好呢？」

是的，王爺在自言自語，此時萬不能理會。

十歌默默垂頭，舀湯，喝下。唔，不愧是她的手藝，絕。

感受到幾雙眼睛向自己看來，十歌鎮定自若吩咐身旁丫鬟。「元雙，妳回府上把我的馬裝取來。」

「是。」

丫鬟領命離去，十歌繼續喝湯，竟是無視了王爺等人。

「十歌妹妹，妳會騎馬？」

還是白潯蓉先打破寂靜，她看十歌妹妹文文弱弱，不想竟會騎馬？

十歌微微點頭。「嗯，學過。」雖然說實話，她不想去。
聞言，祁知衍搖頭嘆氣。「可惜了。」
一副痛心疾首的模樣，好似丟了什麼寶貝。
不知所以的話，令兩個小姑娘相視一眼，兩雙眼睛略帶迷茫。
唯有長公主聽出其意，忍俊不禁的笑出聲，附和道：「是可惜。」
可惜了沒有言傳身教的機會。

近幾年，十歌特意訓練過騎術，如今騎術甚至能夠同尋常男子一較高下。這一點，羿正王帶兩位姑娘去到馬場便發現了。
遠看正在比拚騎術的男女，已被落在後方的白瀞蓉覺得今日自己怕不是多餘的？衍哥哥騎術了得，可他卻保持只快十歌妹妹一個馬頭的距離。看起來很微妙。
沒多久，十歌放緩馬速，噘著嘴看似不太高興。
她哪裡不知道羿正王是故意的，如今她停下，王爺便也跟著停下，揚著魅惑人心的笑，像個無賴。
「本王是怕妳摔下來。」
十歌回以淡笑。
是，您是王爺，您說什麼都對。

心知若回答他，不知又要被占去多少便宜，十歌選擇沈默。

他若真想護自己，怎的不並排騎，橫豎路寬敞得很。而他卻非得保持固定距離，她快跟著快，慢便跟著慢，偶爾回頭看來，好不得意的模樣。

總有一種被戲弄的感覺，既如此，那便不騎了吧。

像是看出十歌心思，羿正王笑了，眉宇飛揚，一副理直氣壯的模樣。

「本王輸不起。」

輸不起還這般囂張，這人在外的威名怎麼來的？怎麼看都是紈袴子弟好嗎？

耳邊再次傳來王爺那閒閒有點欠揍的聲音。「再比一次，本王讓妳。」

「王爺騎術精湛，小女子尚有自知之明。」

毫無懸念的比試沒意思，指不定這人只想換個法子逗弄自己，不能給他機會。

十歌掉轉馬身，緩慢行回去。王爺自然在旁伴隨，只聽他愉悅之聲響起。「能得此良機與佳人共賞風景，甚好。」

僅一句話便讓十歌悔不當初。

她是不是傻了？快些騎回去不是就可以擺脫現狀了嗎？

「春意正濃，花紅柳綠最是養眼，春景當細品才是，王爺且好生欣賞，民女先行一步。」

說罷逃也似的快速離去，獨留尾音在風中飄揚。

祁知衍看著倉皇離去的背影輕笑出聲，笑音低沈悅耳，十分醉人。

卻是沒有追上去的意思。

十歌剛回到白濤蓉身旁，一口氣尚未歇下便見景初急匆匆趕過來，氣喘吁吁道：「小姐，家中有貴客到，您還當快些回去！」

貴客？

莫不是閆老爺到了？

十歌面露大喜，算算時日，也該到了。趕巧她正愁尋不到合適藉口離開此處，閆老爺來得真是時候！

在長公主府畢竟寄人籬下，哪有在自家舒坦，更何況還有一個羿正王。

原本她答應過來不過是權宜之計，想著待王爺離開後，她便尋個由頭離開，誰知他會一併住進長公主府。

她是懷疑王爺已認出自己，卻又不明白哪裡露出破綻。也不好當面去問吧？萬一人家沒發現呢？她該如何解釋？

前生這人便喜歡糾纏自己，那會兒她一門心思鑽研廚藝，偏生人家身分尊貴，輕易得罪不得。

事隔八年，他仍然糾纏，此時的他不再青澀，每每總能出其不意的撩撥，搞得她慌亂不已。

惹不起還不能躲嗎？總被惹逗並不好受，讓人心慌。她先回去歇幾日，待靈雙郡主生辰那日再出門不遲。

於是，十歌躲回她的小金窩便不肯再外出。府中來客當真是闐老爺，他帶來田顯調配好的一堆藥，還有海叔和林香嬸託他送來不少乾的山貨，易存放，還有他家娘子為兩個孩子求來的平安符。

雖說錦袋裡還有許多山貨，可當見到林香嬸為他們準備的山貨，十歌還是忍不住鼻子發酸。這許多山貨，當是攢了許久許久的。

夫人求來的平安符有十來對，顯然是去過許多廟宇，特意為他們兄妹求來的，這般心意怎能不叫人感動？

師父送來的藥有兩箱之多，這得用多長時間調配熬製啊！除藥之外還有一封書信，裡面是師父和師娘的諄諄教誨和各種叮囑，足見師父師娘對他們的牽掛。

更意外的是，書信裡還藏了一千兩銀票。

一千兩啊！

說是他們臨行前送的那枝百年人參賣來的銀錢，師父師娘怕他們在皇城遭人欺負，直道有錢能使鬼推磨。

橫豎就是怕他們過得不好。

十歌淚目，想他們啊！

事實上在得知閆老爺欲過來皇城時，十歌便備好禮，要託閆老爺送回去。可她怎麼準備都覺得少，如今再見著這些，她更覺得自己準備的禮太輕，還需多備一些才行！

「哥哥還需過幾日才得以歸來，閆叔叔若不急便多住幾日，哥哥也很想念閆叔叔呢！」十歌打心眼裡希望閆老爺能多住些時日，他鄉遇故知，好生懷念。

「倒是不急，不過如今府上僅妳一人，我若在此住下畢竟不好。我先去譚兄府上住幾日，待年哥兒回來我再過來。」

見兩兄妹小日子越發滋潤，閆擴懸著的心才放下。十丫頭畢竟已經是大姑娘，他不便久留，於是小小敘舊一番，閆擴便告辭。

又過了三日，十歌尚未等到哥哥回來，反而等來白潯蓉。不知是誰招惹了她，一臉不高興。

「怎麼？」

這丫頭，生起氣來還跟個孩子似的，圓圓的眼睛凶巴巴，可愛極了。

「原本同衍哥哥說好借他家的大廚，誰知那日妳走後他便翻臉不認帳。」說到此，氣得「哼」一聲，又道：「母親便找皇上借御廚，可妳猜皇上派了哪個御廚過來？」

越說越來氣，白潯蓉憋紅了一張俏臉。

看到她這般模樣，十歌便猜出皇上派去的御廚定是那姓柳的。果然，白潯蓉氣呼呼開口。「是柳御廚，這人我不喜。」

如她所料。

十歌當即在心中冷笑一聲，對著白潯蓉道：「放心，那日我治她。」

第六十二章

白潯蓉倏地抬頭，頓時掃去陰霾，發亮的眼睛盡是期待。「當真?!」

事實上她與柳卿怡並無冤仇，可她打小便不喜那人，總覺她過於惺惺作態，且一向與楹姊姊不對盤。

尤其她懷疑楹姊姊的死另有蹊蹺，誰叫當時正是招御廚前夕，偏偏楹姊姊又是呼聲最高的人選，一心渴望御廚之位的柳卿怡嫌疑最大！

反正，她就是看不慣那個柳御廚，覺得楹姊姊的死與她有關。

「把她的風頭搶來，如何？」

十歌軟音輕揚，帶著蠱惑力，宛如春風拂柳，甚是助眠。一句話說得不疾不徐，好似一句再正常不過的問候，話語中竟聽不出半點惡意。然而細看她的眼睛，卻彷彿一隻正盯著獵物的獅子，勝券在握，志在必得。

「甚好！」

只要十歌妹妹肯出手，那姓柳的便沒有立足之地！只消想想，白潯蓉便雀躍不已。只見她高傲昂頭，頗為不屑，道：「我這人心眼小，若是我不待見之人，我便見不得她好。」

十歌忍俊不禁笑出聲。郡主這姿態與王爺倒是像極了，瞧她心眼小得理所當然。

只是有一事不明，王爺分明答應過的，怎就突然變卦？能被王爺說廚藝與她相當的，應當沒幾個，她還是很想見一見的。

但不排除王爺打一開始便是要弄她的可能，他真是越發叫人捉摸不透了。

白潯蓉此次過來的另一目的，則是將十歌接回府中，不過被十歌以來客為由婉拒。

十歌這一躲便躲了好幾日，終於，這一日尹暮年歸家，彼時閆老爺已在府中候著。

少年郎英姿煥發，看得閆老爺好生欣慰。許久未見，自當好好敘舊，關切一番彼此近況。

閆擴最喜十歌的酒，自打來到皇城，每日均要同譚兄飲上一鐔。今日恰是久別重逢，閆擴打定主意在尹府住下，便決心與年哥兒喝個痛快。

膳食自然是十歌親身準備，待一桌好菜上齊，幾人便開始把酒言歡。只是剛下筷不久，忽聞下人來報——羿正王駕到。

聽得貴人身分，縱使見多世面的閆擴也不免緊張起來。

羿正王啊！

皇子呀！

他閆擴何德何能，竟能見得羿正王?!

閆擴緊張得手足無措，只覺全身發顫。也不知面見王爺有何講究？不知所措之下，閆擴跪下磕了好大一個響頭。

「都起身，不必多禮。」

溫潤的聲音聽著很是和善，這讓闓擴稍稍鬆下心。一邊小心翼翼起身，一邊想乘機偷偷窺探，怎知抬眼便驚見王爺牽著十丫頭的手，讓她起身。

十歌猶如驚弓之鳥，猛的將手抽回，心下發顫。

此舉過於突然，叫人防不勝防，心兒怦怦跳得厲害。

尹暮年與十歌不同，他見著王爺駕臨，瞬間眼中大放光亮。招待王爺落坐後，便迫不及待開口。「幸得王爺駕臨！前些時日屬下同士兵們研討出一個作戰方陣，有幾處地方尚有瑕疵，求王爺賜教！」

向絞著絹帕的十歌掃去一眼，祁知衍勾唇，轉而看向仁勇校尉。「哦？」尾音輕揚，示意尹暮年說下去。

尹暮年就此侃侃而談，祁知衍越聽越上頭，二人便在膳桌上高談闊論。

闓擴本便頗有些學識，且自從得知年哥兒從軍後，他便開始研究兵書。這一餐他雖沒有出口的機會，卻不覺尷尬，在旁聽得津津有味。

二人聊得火熱，十歌卻偶爾能感受到灼熱視線時不時自身上掃過。

這幾日心頭總有疑問，總要反覆自問——羿正王府中真有手藝超絕的廚子？他為何出爾反爾？

無論真假，她都想去看一看，她不想錯過任何一個可能找到父親的機會。

如今王爺就在面前，十歌很想解除疑惑，美目時而向祁知衍看去。而他總能立刻回視，幽深的眼像一汪深潭，看著她，炯炯有神，叫人無故心慌。

每每如此，是巧合嗎？

也太巧了。

月兒高掛，膳廳中有人爛醉如泥，有人已失知覺，唯有祁知衍仍然清醒得不像話。寂靜的膳廳偶爾被闖擴的呼嚕聲打破，正好是十歌欲開口的時機，幾次下來，欲言又止，頭抬了又埋。

終於，祁知衍下令。「將他帶去客房歇息。」

王爺身分尊貴，一聲令下無人敢不從。有過前車之鑑，十歌斷不敢命人將哥哥送回去，只能喚下人取來披風為哥哥披上，先委屈他在此小憩吧。

終於，膳廳鴉雀無聲。奇的是，今次王爺並未盯著她瞧，垂眸把玩手上的玉扳指。

十歌緩了緩神，抬眸的瞬間便開口。「王爺……」

幾乎是十歌開口的同時，祁知衍便將頭抬起，帶笑的眼睛看過來，看得十歌頓口無言。

「不躲了？」似乎嫌十歌還不夠窘迫，祁知衍緩慢道：「這是妳第一次主動跟本王說話。」

十歌微微愣神。原來他一直在等待自己先開口，他料定自己會找他。

所以，廚子之事，是他故意的。

祁知衍笑意更深，誘哄著開口。「想說什麼？」

十歌留下來便是要解決心中疑惑，怎可能就此退縮，開口便將疑惑問出。「王爺府中大廚一事，可是當真？」

祁知衍笑看十歌，十歌首次不避諱，直視王爺。

沈默片刻，祁知衍終於開口。「許久了，本王何曾騙過妳。」

一句話，耐人尋味。

許久？

他們似乎相見不過幾次，何來的許久？

除非，他當真認出自己。或許，他同自己一般，不敢斷定，故而並未與她直言。

十歌想起來，王爺與爹爹頗有些交情。她知道，前生王爺便鍾情於她，那麼父親在王府中也不無可能。

會不會有這個可能，王爺想乘機確定她的身分？

若能找到爹爹，被發現又何妨。

再次迎視王爺，十歌眉頭微皺。「王爺為何出爾反爾？」話中頗有質問的意思。

十歌終究小看了祁知衍，只聽他笑得怡然自得。「妳猜？」

像一拳頭擊在棉花上，怎麼總喜歡逗她？

相談不過幾句他便如此，再說下去可還有意義？

他就是不想說實話吧？也是她傻，被逗弄幾回還不識趣。

憋著一股氣，十歌憤而起身。正打算頭也不回離去，便聽祁知衍開懷一笑。笑聲忽而靠近，十歌意識到什麼，迅速向旁退去。誰知腳旁便是圓凳，一個踉蹌，十歌坐回椅子上，祁知衍順勢欺身上來，將她困在兩臂之中。

事發突然，十歌擔心聲響會擾了哥哥睡眠，繼而叫他看見此時的不雅畫面。見哥哥依然氣息平穩睡著，十歌方才鬆下心。

祁知衍磁性的聲音壓得低低的。「生氣了？」輕笑兩聲，湊近十歌耳邊，道：「不錯，敢同本王耍小性子了。」

此話一出，十歌猛的回頭。不，她才沒有耍小性子！

哪知，湊近在耳側的腦袋在她回頭時，也不知閃躲，以至於十歌回頭之際，朱唇自他臉頰刷過，一直到唇側。偏生他同時微轉頭，瞬間四唇相接。

一切太突然，驚得十歌倒吸一口氣，狠狠向後退去，兩隻手重疊捂住唇，瞠目結舌的瞪著面前那個似乎還滿享受的王爺。

好一會兒，四目相對，兩相無言。十歌默默轉回身子趴在膳桌上，將頭埋起來。

唔！

她竟然親了一個男子！

他能原地消失嗎？

羞得無地自容的時候，王爺魔音再起。「想見他嗎？」

一句話讓十歌忘記羞怯，又是猛的抬頭。好在這次王爺離她離得遠，只是不知何時已坐在她身旁的位子，支著頭，臉上掛著春風一般的微笑。

十歌點頭。

唇角越發向上勾起，祁知衍給出一個建議。「去王府。」

十歌埋頭，不再理他。

然而只要王爺開口，定能叫十歌將頭抬起來。

「知道他姓甚名誰嗎？」

十歌睜圓了眼睛，大眼訴說她超想知道。

祁知衍忽然轉移話題。「西郊有一片桃花林，如今花開得正旺，用來釀桃花酒不錯，還可做桃花酥。」

牛頭不對馬嘴。

柳眉輕皺，對於這個總不按牌理出牌的王爺，十歌已不知如何是好。現如今她幾乎可以斷定，這人一早便知曉自己身分。

可她到底何時在何處露出破綻？

如今他抓著自己的軟肋不放，不外乎是想將她拴在身邊。

所以，她有把握，父親定在羿正王府！

事到如今，十歌願意賭一把。「是唐清德，對嗎？」

祁知衍眼眸微轉，閃過訝然，似乎未想到十歌會選擇此時坦白。觀他臉色，十歌知道自己猜對了，他早便發現了。

此處不是說話的地方，她的事甚至連哥哥也不曾知曉，更不能叫他人聽到。

「請王爺至書房一敘，民女有事相稟。」

「小姐，不妥！」

何嬸出言阻止。男女授受不親，且又是這個時辰，姑娘竟要與王爺去書房密談？尤其方才他們還……還……

不行，不可以！

十歌拍拍何嬸的手。「無妨，你們在外頭守著，我有要事與王爺相商。景初，將少爺扶回去歇息。」

吩咐完畢，十歌正欲離去，何嬸卻抓住她的胳膊，微微搖頭。

見何嬸憂心忡忡的模樣，十歌湊近她耳邊，道：「今日之事事關重大，何嬸放心，我何曾做過傻事？」

目前為止是不曾，姑娘做事一向有分寸，可方才……

想了又想，何嬸終究鬆開手，眼睜睜看著小姐和王爺走進書房。不多久，書房內燭光搖曳。

何嫿皺眉看著緊閉的木門。

姑娘也是，怎的還把門給關上了？王爺心思昭然若揭，姑娘可不要羊入虎口啊！

書房內，羿正王站於書架前，好整以暇的欣賞尹暮年的藏書，骨節分明的手一本一本的點過去，就是沒有抽開來看的意思。

十歌跟隨在旁，既然已經開誠布公，那麼她定要把心中疑惑解開。

「王爺是何時發現的？」

耳邊是佳人軟糯的聲音，祁知衍終於站定，側目看去，佳人明眸皓齒，閉月羞花，朱唇……

軟軟的，暖暖的。

祁知衍撫唇若有所思，十歌卻以為他在思考問題，目光炯炯迎視，熱切期盼。

面對如此熱情的目光，祁知衍笑了。「本王便從了妳。」

第六十三章

十歌忽然被困在書架與王爺的胸膛之間，面前俊臉緩緩變大，帶笑的聲音輕問。「本王不喜吃虧。方才姑娘親了本王，妳說，本王要不要討回來？」

腦袋「嗡」一聲，馬上意識到危險，十歌二話不說便蹲下身，貓著腰逃出去，躲得遠遠的。

再回身，王爺仍然站在那裡，笑聲酥骨。

「王爺請自重！」一雙杏眼瞪得圓圓的，死死盯著那個靠在書架前，單手支著腦袋笑得春風得意的男人。

又逗她！

十歌繃著臉，十分著惱。

美人惱怒模樣雖可愛至極，卻不經久逗。祁知衍收起臉上笑意，轉而坐在椅上，骨節分明的手慢條斯理在書桌鋪上一張宣紙，而後在其上敲了敲，道：「過來寫幾個大字。」

音量不輕不重，甚至有些隨意。然而那架勢卻不容拒絕。

十歌無法理解他的用意，默默站在那兒思忖。二人對視了好一會兒，終究還是十歌妥協。

一旦做下決定便不再遲疑，十歌幾步便走向書桌。正待研墨，捏著墨條的手忽而被一隻大手包住，後背傳來一陣暖意，她整個人被祁知衍「包」在懷中，引得十歌一陣錯愕，她僵著身子不敢再動彈。

十歌皺眉，張口正欲質問，手中的墨條卻被王爺的另一隻手取走，後背隨之轉涼。一切快得彷彿她的錯覺，觸感卻又真切告知——她被輕薄了。

猶如前幾次一般，叫人實難發作。

他卻還能鎮定自若。「本王來，妳放寬心寫便可。」

說罷，雙手搭在十歌肩上將她向旁推去，直至引她坐下，而後開始有模有樣研起墨來。尋常看似溫和卻凌厲的雙眼，此時異常認真，全神貫注的模樣甚至讓十歌差點忘記他方才的無禮。

他這般尊貴的身分，何曾如此侍候人？

這不是給人找不自在嗎？

可真會變著法子折騰人。

突然覺得幾年前的他可愛多了，至少很好懂。哪像現在，總讓她心煩意亂，束手無策。

最後十歌只隨便寫了一首詩，擱下筆，向旁退開朝王爺看去。

字寫完了，然後呢？

還有什麼招，你說，你倒是說！

在十歌挑釁的目光下，祁知衍只隨意瞥了一眼宣紙便轉身靠坐在桌沿。一隻大手向衣襟探去，再出來時手中多了一張信箋。

一張十歌熟悉的信箋。

那是前生她為阻止他鍥而不捨的來信，而寫給他的一封徒勞的回信。

十歌徹底愣住了，她萬沒想到當初自己惱怒之下寫的回信，他竟然留存至今。還隨身攜帶？

眼看十歌一言難盡的古怪表情，祁知衍笑了，笑得胸膛震盪。他打開信箋，將一張字體娟秀的信紙放在宣紙邊。

十歌驚愕，瞬間明白。

是完全一致的字跡。

他是有備而來。

來之前，他已算好每一步。

可她今生不是首次在他面前書寫嗎？

似乎看出十歌的疑惑，祁知衍淡而緩的道：「妳有個習慣，無聊時喜歡用茶水在桌上寫寫畫畫。」

經他一提，十歌不由想起前生，自己時常被他以各種緣由困在身邊。男子與女子的喜好大不同，且她也不願與他過於親近，橫豎只要在他視線範圍內便可，故而她時常待在涼亭圖清靜。

無聊時，便會用食指沾上茶水在石桌上寫字。一次煩悶之餘，幾乎是毫無意識的，她寫下他的名諱，並附上辱罵的言語。

誰想被逮個正著。

他放大的俊臉突然出現在自己身旁，幾乎貼著她的臉。她被嚇了好大一跳，石桌上的字跡尚在，只覺要完。

誰知他看清內容後，反而雙眸發亮，笑著揉亂她的髮。「原來妳無時無刻不想著本王啊！」

陽光映照下，他的笑那麼恣意張狂，尤為惹眼，讓她有剎那晃神，因此錯過為自己辯駁的機會。自那以後，他便以為她心中有他，更頻繁來尋她。她為此懊惱了許久。

可這能說明什麼呢？說明今生他見過自己在桌上塗寫？他是有千里眼……

原本頗有幾分不屑的十歌突然愣住，她想到自己剛回皇城那會兒，為了尋找父親，每次去茶樓總要蹲守許久。偶有幾次雨天，無論是茶樓顧客還是街上行人都寥寥無幾，那會兒她便會在茶桌上寫字。

十歌猛的向祁知衍看去，不敢置信道：「你派人跟蹤我！什麼時候開始的？」

到底什麼時候開始？

她早已被察覺，竟毫無所覺……

見她一臉受驚，祁知衍開始將自己如何認出她娓娓道來。

「前幾次見妳，皆在唐府前，妳圍著唐府一遍又一遍轉著。」

十歌咋舌，初回皇城那些時日，確實如此。可她每次過去都是算好了時間，周邊並無旁人。

沒想到自己這般小心翼翼，一舉一動還是全落入此人眼中。

她當然不知道，祁知衍堅信她是枉死，自她死後便派人暗中盯緊唐家，只等敵方自投羅網。誰想等到的卻是一個鬼鬼祟祟的女子。

加之十歌原以為自己換了面貌，斷無人認得出來，故而並未多遮掩。殊不知她的一顰一笑、一舉一動，多有唐楹的影子。

一句話聽得十歌心中懊惱，差點被自己蠢哭。怎麼忘了，唐府與羿正王府相隔不遠。

可縱然如此，也不能因此便得知是她呀！

見她皺眉細思，祁知衍淡笑道：「本王與唐老闆頗有交情，妳形跡可疑，本王自然要查妳。」

祁知衍繼續道：「再後來，妳每日去茶樓久坐，尋找與唐老闆相似身影，不放過任何人。」

她的目的過於明確，根本無須多探究。

天知道那時他有多驚喜，一開始許是為了麻痺自己，他堅信是她回來了。後來幾番驗證，確定是她後，他高興得幾宿沒睡，恨不能立刻與她相認。

不想，他尚未來得及找她，便需遠征，一去便是數月。

無妨，此時相認也不晚。

十歌穩了心神，看向王爺的眼神十分篤定。「你跟蹤我。」

跟蹤她的不是手下，是他。

祁知衍同樣回得肯定。「是。」頓了一頓，道：「本王是跟過幾日。妳雖換了面貌，可妳的舉止神韻，以及其他習慣終究未改。」

十歌再次愣住，她竟不知道自己有別的什麼習慣。

「妳思考的時候喜歡拽著絹帕一角，正著絞十下，再反過來絞十下，如此反復。」

言至此，祁知衍忍不住輕笑。也不知她這習慣是怎麼養成的，十下，不多不少。以往每每因此笑她時，她總睜著無辜的眼睛迷茫的看著他，可愛極了。

就像現在這般，傻傻的。

經他一言，十歌忽而驚醒。

是了，她好像確實如此。

完全沒想到，他對自己的小習慣瞭若指掌。

又聽王爺溫聲道：「尹府曾派人為譚府送酒，本王命人劫過。」

一句話說得臉不紅氣不喘，好似這本是理所應當的事。

所以說，那日她派人給譚府送酒，途中酒品均被一名黑衣人盜走，其罪魁禍首竟是王爺？

十歌忍不住脫口而出。「離譜。」

虧他還是王爺，真真是荒唐！

祁知衍不以為意，甚至輕笑著緩步向十歌靠近。「不如此，怎知酒滋味？不知酒滋味，怎確認當真是妳？」

十歌節節後退。

祁知衍一把將十歌撈入懷中，輕輕環抱。昂起頭長長鬆口氣，一隻手撫摸十歌後腦勺。「妳能回來，本王甚喜。」

失而復得的喜悅，她不懂。

無妨，今生他定當護她周全。

一句話，讓十歌眼眶泛紅，有些鼻酸。

是啊，她回來了。

耳朵正好貼在男人胸口上，聽著他強而有力的心跳聲，十歌不可思議的靜下心來，竟覺十分心安。

這是以往從未有過的。

許久以來緊繃的精神開始放鬆。原來，有人幫自己分擔秘密，是這麼輕鬆的事。

靜默過後，十歌卻又生出新疑惑來。

十歌並未退出去，而是抬頭問：「王爺一開始便知道哥哥的存在，所以，哥哥出征是王爺安排的？」

祁知衍也不隱瞞，直言道：「他需要建功立業。」

聽罷此言，十歌身子微微顫抖，眉目中帶著驚恐之色，略拔高音量，抖著音道：「所謂的救命之恩，也是你安排的？」

見他沈默不言，十歌知道自己猜對了，開始掙脫箝制。「哥哥的命豈能兒戲，若稍有不慎，他……」停下手中動作，腦中是哥哥中箭的畫面。

漸漸安靜下來，十歌只要一想到哥哥差點喪命，身上便一陣惡寒。

與哥哥相依為命這許多年，十歌真的視他為至親，哪裡捨得他遭半點罪。

萬幸哥哥平安歸來。

祁知衍鬆開十歌，任由她向後退去三步遠。「方法有許多，為何用這招？」

哥哥經不起萬一啊。

祁知衍目光變得犀利，開口間，聲音鏗鏘有力。「因為立竿見影。」

「萬一……」

「沒有萬一。」

十歌正欲反駁，開口便被打斷。

「本王從不做沒把握的事。」祁知衍聲音冷沈幾分。「於妳而言，他當算外男。」而她，正為一個外男責備他。

王爺身姿挺拔，燭光下映出一片黑，正好罩在十歌身上。背光處，他厲眸犀利，薄唇抿成一條線。顯然，此人此時情緒不佳。

十歌知道，若再就此話題探討下去將沒完沒了，果斷選擇換話題，軟音請求。「我想見父親。」

軟糯的聲音略帶幾分哀求，秀眉微蹙，明亮的眼睛染上幾許悲戚。

我見猶憐。

祁知衍緩了臉色，轉眼又是溫文儒雅之態，舉步輕移，走到十歌面前一步遠的地方，揉著她的細髮。「好，本王來安排。」

美人濕潤的眼睛忽而釋出光彩，黑夜中異常明亮，朱唇勾起，笑出了醉人梨渦。

滿心歡喜之際，王爺輕柔酥骨之音再起，蠱惑道：「本王想喝桃花酒。」

十歌很好說話的點點頭。「好。」

這事好說，安排上！錦袋中有好些桃花酒呢！

「本王要新釀製的。」

嗯？

「新釀製的不夠醇。」哪怕錦袋再厲害，至少也要滋養十日方才好入口呀！

「無妨，本王還想再配點桃花酥。」

怎知，王爺似乎跟桃花槓上了。至此，十歌不得不細思。

王爺方才似乎說過桃花林，難道就是想約她採桃花？

或許，她可以做些桃花酥，尋個由頭找哥哥一同去一趟王府，如此不就可以見著爹爹？

還是說，這便是王爺的用意？

思及此，十歌毫不猶豫點頭。「行！」

此事就這麼說定了，時間定在二日後。明日便是靈雙郡主生辰，先忙過此事再說。

事情既已議定，二人相繼走出書房。何嬸見著自家小姐方才鬆下心，好在不過進去兩刻鐘。

還好，還好。

翌日。

靈雙郡主前些時日來府上主要是為送請柬，請柬上邀請仁勇校尉兄妹二人，今日尹暮年自然要備上厚禮前去長公主府赴宴。

但他畢竟官職小，不好拿出過於搶眼的，故而送上百年人參一株。百年人參自然貴重，好在兄妹二人是田顯闕門弟子，拿出如此厚禮倒不足為奇了。

十歌心知柳御廚柳卿怡最擅長糕點，甚至還知那人最拿手的幾款，今日柳卿怡定會使出殺手鐧。

既如此，十歌便做了好些柳御廚最得意的幾款，還有自己最擅長的幾款。數量不少，至少要保證當日客人都能品嚐到。

至於酒就更不得了了。

雲夢居的酒自然也分等級，而其中最受好評，且有錢也求不得的一款便是錦寒春。今日，靈雙郡主生辰宴所用的酒便是錦寒春。

如此大方自然是為了成為眾所矚目的中心，今日定不叫柳卿怡出半點風頭。

尹暮年選擇騎馬，身後緊跟著幾輛載滿酒罈的馬車，馬車旁好些侍衛護送，那是長公主府特意派來接酒的。

如此陣仗，怎能不叫人好奇，仔細看去，竟是雲夢居的錦寒春！一載就是好幾車，著實羨煞好些人。好些嗜酒的，緊隨隊伍前行，他們想看看這好酒到底要送去哪個府上，到底是誰有這麼大的臉面！

一看不得了啊，竟然是長公主府！

是了，聽聞今日是靈雙郡主生辰。

雲夢居一向說一不二，每日供應的酒絕對不超量，限購之法著實讓好些人抓心撓肺。然而雲夢居卻願意供應如此多的錦寒春，足見兩家關係匪淺。

眼睜睜看著幾車酒被送進長公主府，跟隨過來的民眾簡直痛心疾首，頻頻搖頭惋惜。

這等好酒送出去如此多，可不要影響他們採購才行啊！

十歌出門是算好時辰的，此時去到長公主府，正是賓客滿至的時候。許多高官的女眷們聚集在偏廳同長公主敘舊，各個珠光寶氣，盡顯富貴之態。

小姑娘們則同靈雙郡主在後花園賞花，此時正值春暖花開的季節，百花齊放，爭奇鬥豔，美得宛如人間仙境。少女們鶯聲燕語，正是應景。

今日來賓皆知皇上特賜柳御廚前來張羅靈雙郡主的生辰宴，早兩日柳御廚便住進長公主府中。女眷們尤其喜歡柳御廚的糕點，其糕點在宮中頗受眾位娘娘喜愛，偶爾會拿柳御廚的糕點作為賞賜，有幸得此賞賜的女眷自然喜不自勝，甚至要拿去與人炫耀。

「潯蓉，妳不是最不喜柳御廚的手藝嗎？今日還是妳的生辰宴，怎生由她來籌備？」

白潯蓉周邊圍繞眾位官家千金，其中方姝柔離得最近。她兩隻手挽著白潯蓉的胳膊，甚是親密。柔柔淺語正是出自方姝柔之口，聲量正好足夠圈子裡的姊妹們聽到。

白潯蓉向眾人一一掃去一眼，無奈嘆息。「我是不喜，可妳們喜歡呀，我總要替妳們想想才是。」

「妳的生辰，怎好叫妳受委屈？」方姝柔蹙眉，輕聲細語中有道不盡的心疼。想了想，忍不住又道：「不過，皇城中怕是沒有誰做糕點的手藝比得過柳御廚。多少官家千金求都求不來，我等可是羨慕死了。要我說啊，妳就是嘴刁。」

說罷，掩面輕笑。

「妳看妳雖是郡主，可一應待遇不比公主們差，就連皇上也偏寵妳。」

此言讓白潯蓉皺起眉頭，多有不快。「姝柔倒是厲害，皇上的心思都能揣測。」

這人慣喜歡挑撥離間，宮中已有好幾位公主在她的巧舌下，對自己抱有成見。過會兒宮中會來幾位公主，若聽了方姝柔這等大逆不道的話，又將如何看待她？

白潯蓉一句話堵得方姝柔不敢再多言，只得一個勁兒賠笑臉。她是方丞相之女，身分也是尊貴，卻唯獨處處被靈雙郡主打壓，她哪裡能舒坦？

好比此時，她便吃了一個啞巴虧，哪裡再敢拿這個說事，過會兒被安上罪名，恐要連累爹爹。

正是此時，柳御廚娉婷之姿緩緩走來，身後跟隨一眾侍婢，侍女手中的托盤上各放兩盤精緻的糕點。有的尚冒著熱煙，帶著香氣隨風飄散開，饞得一眾小姐雀躍不已。

「郡主，您吩咐的糕點已備好。」

清冷之音出自柳卿怡之口，她一路行來昂首挺胸，甚具威儀。行至靈雙郡主身前，畢恭畢敬行禮。

「放下吧。」白潯蓉懶懶應和一聲，又道：「也送一些去母親那處。」

「是。」言罷，揮手示意侍婢留下一份，而後不再停留，直直向偏廳行去。

眼看柳御廚離去的背影，白潯蓉難得好心情。見一邊長桌上的糕點，笑著招呼。「我知柳御廚的手藝大家都喜歡，不過過一會兒便要開席，姊妹們悠著點吃。我已吩咐柳御廚多備些糕點，一會兒讓妳們帶些回去便是。」

當然，白潯蓉真正的意圖自然不在此，不過是想勸著各位空些肚子，過一會兒好嚐一嚐十歌妹妹的糕點。

今日便叫她們知道，何為神仙滋味。

第六十四章

柳卿怡去到偏廳時，偏廳內圍坐許多相識的高官夫人，以及尊貴的侯門老夫人。除了向長公主行禮外，她還需向諸位老夫人及夫人們行禮問安。

這並沒什麼，她做慣了。

往常自己無論去到何處，這些人多少會給她幾分薄面，面上總還過得去。今日卻不知怎的，她的出現並無人關注，甚至行禮過後仍得不到回應。

久候多時無人理睬，柳卿怡稍稍抬頭向主位看去。彼時長公主正含笑與眾位貴人說著什麼，眉宇間是濃得化不開的得意之色，竟沒有發現她的到來。

向貴人們掃去一眼，她們圍坐在一名小姑娘身旁，面上盡是討好之色。

這便奇了，這些人身分尊貴，哪裡需要討好他人。

是宮中來的公主嗎？

目光向小姑娘看去，小姑娘生得國色天香，是難得一見的美人，卻並非宮中得寵公主。若非公主，那是什麼女子，竟能得貴人們禮待？

小姑娘淺淺含笑，春眸似水，媚態橫生。在貴人們的圍繞下，她規矩坐於其中，猶如眾星捧月，一言一行得體大方，不矯揉，不造作，一字一句不卑不亢。

同為女子，她卻有讓人自慚形穢的本事。

是個能夠激起嫉妒之心的女子。

許是她視線過於直白，小姑娘向她看來，目光炯炯，耐人尋味。唇角順著向上提，彎成一個挑釁的弧度。

柳卿怡怔了一怔。

此女對她懷有敵意，為何？

大夥兒注意到小姑娘的分神，不由隨她的視線看來，此時方才注意到柳御廚的存在。然而貴人們見著柳御廚，皆失了以往的熱情，僅淡掃一眼，便不再注目。

終於有人注意到自己，柳卿怡福身行禮，給在座貴人們請過安後，方才告知來意。「長公主，郡主命臣女送來糕點。」

「哦。」長公主淡笑點頭，示意她們為貴人們奉上。

糕點置於茶几上，貴人們才分神看去幾眼，恰是這時，傳來十歌驚訝之音，帶著幾許羞怯和歉意，道：「方才顧著聊天，竟忘了奉上糕點。不知府上也做了這幾款，以致重複，萬望大家不要嫌棄才好。」

說著，示意元雙、元桃取出籃子裡的糕點，一盤盤精緻的糕點一取出，便奪去所有人的目光。

每一個糕點都有其獨特造型，精緻秀美，無論是何形態，均逼真得叫人不忍下口。

貴人們長了大見識一般，將糕點捧在手心，稀罕得瞅個沒完。

「漂亮！太漂亮了！」

「不僅漂亮，您聞聞，香氣芬芳馥郁，甚是宜人。」

言罷，便聽許多長長吸氣聲，貴人們享受一般的眯起眼睛，再長長呼出一口氣，如此反覆。

柳御廚的糕點，竟沒人再多看一眼。就連柳御廚本人，在見到十歌的糕點後，也被吸走注意。

與他人不同的是，柳卿怡見到糕點的那一刻忽然臉色刷白，此時四肢發寒，甚至微微顫抖。

上一次見到這般精緻的糕點，是「她」還活著的時候。

幾年了，事到如今，猶如噩夢重現。

「不過是譁眾取寵罷了，滋味怎能同柳御廚的相比，慚愧。」

面對大家的讚揚，十歌謙虛垂眸，羞怯道：「不過是觀賞用罷了。」

絞著絹帕，無助的模樣甚是惹人憐愛。

見此，不知是誰說了一句。「哪有糕點做觀賞用的？色香皆具，我不信味道會差到哪兒去。」

將手上糕點捧起來再看幾眼，那位貴人終下定決心，將之放入口中。不過細嚼幾下之後，倏地睜圓了眼睛，兩三下便將口中糕點吞下，頻頻點頭。「已經好幾年未吃到這麼好吃的糕點了，上一次吃到好像是第一樓歇業前。」

說到第一樓誰人不知，在座所有貴人，哪個不曾去過？

思及第一樓，大家便毫不猶豫將糕點含入口中，片刻靜默後，待大家將口中糕點吞下，便爆出此起彼伏的讚美聲。

「不想尹姑娘除了一手釀酒的好手藝，糕點也做得如此好！」

「不去開糕點鋪子太可惜了！」

「原本我不愛吃滷味，不想那日嚐過雲夢居滷味後，便就此好上這口。我猜尹姑娘除釀酒和糕點之外，廚藝應當也是一絕。世上竟有這般心靈手巧的女子！」

在讚美聲中，十歌羞怯應對，似是想到什麼，緩緩抬頭，聲若蚊蠅，試探著問道：「既然大家不嫌棄，那不妨也送些去給小姐們嚐嚐。」

又歉疚道：「今日著實是我不好，未過問就先行準備，幸得大家不棄，否則豈不是浪費？」

一語方畢，立刻得到眾人安慰。「尹姑娘準備得好，我們這才有幸能夠嚐到如此美味的糕點。」

「莫怪潯蓉一直誇妳手藝好，今日嚐過，日後本宮怕是再吃不慣他人做的。妳以糕點助興，本宮覺得甚好。來人，送些到郡主那邊。」

一聲令下，立刻有侍女指引元雙、元桃將剩餘的糕點送至後花園。好些夫人看著漸漸遠去的糕點，戀戀不捨，回不得神。

可惜啊，再吃不到了！

從始至終無人理會柳卿怡，目睹一切的她，恨得暗自咬牙。

好不容易才得來的今日，定不能叫他人奪去！

此女顯然衝著她來的，可她先前不曾見過此人，會不會是一場陰謀？

唐清德至今尚不知下落，會不會是他的手筆？

見大家無意理會自己，柳卿怡福身退下，一路思考應對之策。

待她經過後花園，一眾小姐們正圍聚在一處，眉開眼笑誇讚新送來的糕點，那開心的模樣跟撿到稀世珍寶似的。

這般境況越發激起柳卿怡查探十歌身分的決心，而且要越快越好！

夫人們敘過舊便相約前來後花園。富貴人家的宴會，說白了就是以給小一輩尋良緣為目的。

既如此，自然需尋個由頭好叫嬌小姐和少年郎能見上一面。常見的法子便是讓姑娘們展示才藝，諸如琴、書、畫等等，而後由少年郎來投選優秀作品。

長公主到來後便笑著出題。「本宮素來喜愛美景，妳們今日便作一幅風景畫作。無論山色或海景，景致任憑發揮，優勝者本宮賞她一罈雲夢居的錦寒春。」

此話一出，立刻引起一片譁然。

錦寒春啊！

不是一壺，是一罈！

哪怕自己不喝，若得一罈錦寒春也能為府中添上不少顏面！

當一切準備就緒，姑娘們不再矜持，提起筆來認真作畫。

十歌並未參與，賞的是自家的酒，她便不去湊熱鬧。而宴會本是靈雙郡主的生辰宴，她也沒必要去同大家爭奪名次。故而二人便陪同長公主及夫人們在旁觀看，過會兒還要參與評選呢！

姑娘們專心一意作畫，絲毫不覺時間流逝，一個時辰很快便過去，眼看大家完成得差不多，長公主便命人去請來公子們。

年少公子哥兒最期待的便是這個時候，不過一會兒便結伴而來。

其中自然以羿正王為首，尹暮年跟隨在其側，一眾少年中，僅此二人最為惹眼。

少年郎非凡之姿不輸謫仙，清雅絕塵，只一眼便叫人魂牽夢縈。

姑娘們無一倖免，均為兩位玉樹臨風的男子神魂傾倒。

羿正王不常見，今日能夠得見，真是萬幸中的萬幸。只是不知他身旁的美男子是哪家的公子？竟不曾見過。

尹暮年一出現，長公主一雙眼睛倏地發亮，顯然被驚豔到了。

這位少年郎品貌如此出眾，甚至能夠站在羿正王近旁，想來定不是泛泛之輩，如此與靈雙郡主甚是登對啊！

再看白潯蓉，尹暮年出現後，她便看直了眼睛。目光盯在他身上，不閃不躲不避。

尹暮年的目光從來不會放在他處，任何時候，定是第一時間尋找妹妹身影，這次也是如此。只不過今次他發現，妹妹身旁多了一名姑娘，首次有姑娘這般毫不避諱盯著自己看，尹暮年反倒有些侷促。

公子們靠過來，一一向長輩請安，這會兒倒是規矩得很。

「王爺萬福金安！」

羿正王身分尊貴，姑娘們自然也需要向他請安。其中十歌動作最快，恭敬福身行禮，而後方才抬頭面向尹暮年，笑嘻嘻道：「哥哥！」

尹暮年寵溺地摸摸妹妹的腦袋，說起來，這還是二人第一次一起參加宴席。

「哦，原來這位便是仁勇校尉，真是一表人才。」

得知此人便是仁勇校尉，長公主眼中大放異彩。誰人不知仁勇校尉是羿正王的人，有羿正王護著，此人前途無量。

「咦?!」

尹暮年身分一經揭開，立刻引來陣陣驚疑聲。

「這麼說，雲夢居是仁勇校尉家的產業？」

「什麼?!」

「尹姑娘，原來妳哥哥是仁勇校尉啊！」

一時間，所有人的注目焦點均集中在兄妹二人身上。這對兄妹男俊女俏，哥哥是前途無量的仁勇校尉，妹妹經營雲夢居，二人均是極好的婚配人選。

思及此，夫人們看這對兄妹真是越發順眼了。

不知不覺間，十歌悄悄移動步伐，稍稍離哥哥遠一些，順便有意無意將白潯蓉推向哥哥。

方才長公主及潯蓉的反應她全看在眼裡，這事看來有戲。

悄悄向王爺看去，見他溫和笑意重現臉上，十歌暗自鬆了一口氣。

她算是知道了，但凡王爺在的地方，她就不能離哥哥太近，方才臉色黑得猶如討命閻羅。若不顧及王爺心思，她怕連累哥哥，畢竟在王爺眼裡，哥哥是「外男」。

正恍神之際，耳邊傳來一聲細語。「莫忘明日之約。」

原來王爺不知何時來到自己身邊，也不顧及旁人眼光，徑自湊近耳語。熱氣在耳邊輕拂，十歌瞬間僵硬。

明日之約她怎會忘，她還要以此為由去見父親啊！

午時未到，席位上便座無虛席。尤其男賓那邊，一雙雙眼睛虎視眈眈盯著酒罈看。

錦寒春的酒香隔著瓶塞飄出來幾許，饞得他們望眼欲穿。

開席後的盛況就如十歌所料，哪裡還有人將心思放在菜色上，所有菜色不過是用來配酒的。

兄妹倆身分揭開後，官員們的心思就更活躍了，紛紛想與尹暮年套交情，盼能走後門多買點酒。

在這點上，十歌有她的堅持。雖然哥哥目前官職卑微，但後門不能有，否則有一便有二，於長遠來看並不好。若真有需要，哪怕用送的，也斷不能開後門。

一日下來，尹暮年不是在被敬酒，就是在回敬的路上。哪怕酒量再好，也經不起這般喝法。為了妹妹安危，尹暮年強撐到散席歸家，回到家中便吐得人仰馬翻。

十歌煮了醒酒湯後，命下人好生侍候哥哥，自己則要為明日摘桃花一事做足準備。桃花林摘桃花不是一時半會兒能完成的，為節省時間，她想將明日午膳備好。

說起來，哥哥還不知她已經知曉唐清德的下落，當尋個時機說一說才是。

第六十五章

翌日，十歌梳妝打扮期間，何嬸在旁看得焦急，忍不住勸道：「小姐，您不妨派元雙和元桃去摘便可，何須親自過去？」

要說她多事也無妨。以姑娘如今身分，哪能輕易拋頭露面，而且還是同羿正王一起。羿正王的心思誰人看不出？人家身分如此尊貴，將來不知要娶哪個高官家的千金當王妃。她就怕姑娘犯傻，把自己搭進去。

王侯之家深似海，與其進去勾心鬥角，倒不如在市井中快意過活。

「何嬸放心，我心中有數。」

十歌哪裡看不出何嬸在操心什麼，這事她也不是沒想過，可是想有什麼用？除非王爺早早厭倦於她，否則她沒有其他路可走。

父親和哥哥皆是她的軟肋，他們一個就在王爺府中，也不知是何境況；一個則是王爺部屬，需得仰仗王爺。

而她，似乎並不怎麼排斥，甚至她準備的膳食都是王爺所喜愛的。

思及此，十歌又忍不住想到那日不小心親到王爺的畫面，瞬間整個人不行了。

最近總是時不時想起他，要命。

真是想什麼來什麼，下人忽然來報。「小姐，王爺到了。」

心猛的躍動幾下，十歌踟躕會兒方才走出屋子。

男人長身而立站在院中，自打她出現，一雙眼睛盯在她身上，不曾挪動過。待她離得近些，便伸長手欲接她。

十歌巧妙避開，福身行禮。

此行王爺帶來許多侍衛，就連馬車也是王府派來的，異常貴氣華麗。

氣派的馬車由兩排護衛護送，排場十足的向桃花林行去。

馬車車廂十分寬敞，十歌規規矩矩坐在王爺右手邊長長的軟椅上。他們面前擺有一張茶几，一名王府丫鬟在旁煮茶，一套動作行雲流水。

想來也是，能煮出王爺滿意的茶水，此人手藝自當不錯。

十歌正認真觀看煮茶技藝的時候，王爺十足蠱惑的聲音響起。「打開讓本王看看。」

不明所以，順勢抬頭看去一眼，這一看便把自己看僵了。

呃，王爺正在看她備下的午膳，她所備的盡是幾年前祁知衍去第一樓常點的幾道。

他會怎麼想呢？會覺得她在討好嗎？還是覺得她……

說實話，十歌後悔了，那麼多菜色，她不該只做這幾道。

雖羞窘，十歌仍然力持鎮定，面上看起來並無不妥。

祁知衍深深看了幾眼後，便勾著唇沈聲道：「嗯，不錯。」

炯炯目光看向十歌，卻並無後話，這不免讓十歌愣住。

她還以為王爺定要乘機逗弄自己一番，這般看破不說破的作派，著實讓她鬆了一口氣。

原來幾年時間，王爺也不是沒有長進，如此讓人舒服多了。

尤其採摘桃花期間，王爺雖跟隨在旁，卻一直保持得體距離，僅在她偶爾需要有人幫忙的時候靠近。

因著十歌專心採摘桃花，故而並未發現祁知衍靠近時，用的是何種曖昧姿勢。

王爺身材高大，十歌僅到他肩膀處。每次十歌摘不到高處的桃花，祁知衍便會適時出現，助一臂之力，只是那像極了環抱的姿勢讓他們看起來就像相戀多年的愛侶。

尤其在桃花林的映襯下，此景便是畫作中仙境裡的神仙眷侶。

十歌原本想的是，若摘不到就爬樹吧！

可一日摘下來，竟未遇見需要爬樹的情況，她也便忘了這茬。

待到萬籟俱寂時，十歌躺在床上方才回想今日情形，心中竟有說不出的感受。

滿舒坦的。

是因為這男人和她共同分擔秘密嗎？自己對他竟生出依賴之心。

近幾日的心境變化有些奇妙啊。

想起祁知衍臨行前湊在耳邊的低語，十歌默默拉起被子蒙住腦袋。

「本王明日便想吃桃花酥。明日，本王等妳。」

一句再尋常不過的話，偏生讓十歌聽得面紅耳赤。怪他湊得太近，耳語時聲線過於撩人，嘴裡送出的暖風吹在耳邊，直穿四肢百骸，酥酥麻麻。要命。

不能再想了，她該想的是明日與父親見面的景況。

她該如何讓父親認出自己呢？直接同他說他會信嗎？

出殯那一日，是父親親手將她埋了的呀！

外人面前她又不能表現得過於熱切，此事定不能叫外人知曉。

還是循序漸進吧，不能操之過急。

王爺應該會幫她吧？

完蛋了，為什麼又是祁知衍？

最後，十歌吃了一粒安神藥才入睡。

翌日，為了早些見到父親，十歌早早便起身做桃花酥。

桃花酒暫未釀製，好在錦袋中有存貨。溫養了許多年，此時滋味定當不同凡響。

今日哥哥已去到軍中，十歌只得隻身前去。卻不想王爺竟派來馬車，另有嬤嬤傳話。

「宮中玥貴妃想吃桃花酥，王爺特請尹姑娘前去王府，指導廚子手藝。」

得此由頭，十歌便將糕點和酒分成兩份，玥貴妃的那份自然要多一些。準備就緒後，立刻拎上熱呼呼的桃花酥，跟著嬤嬤去王府。

馬上要見到父親了，她竟然有些緊張！

當十歌到達王府，不過才辰時一刻，此時王爺正在膳廳用早膳。

進到膳廳，嬤嬤徑自將十歌引至王爺左手邊的位子坐下，那裡早已備了一副碗筷。「請尹姑娘先用早膳。」

看著一桌熟悉的菜色，十歌倏地紅了眼眶。抬頭向王爺看去，只見他淡定自若的點了一下頭。

十歌紅著眼眶笑得燦爛，顫抖著雙手拿起筷子，定了定神，剛欲伸手去挾菜，王爺已為她添好一碗蓮葉羹，並挾來一筷鹿肉絲。

「謝王爺。」

「妳與本王無須多禮。」

謝過王爺後，十歌便含入一口蓮葉羹，熟悉的滋味讓她一忍再忍，好不容易才逼退眼裡的淚。

確定平復心緒後，十歌方才開口。「王爺府中廚子廚藝了得，小女子很想拜會，求王爺成全。」

「尹姑娘對廚子的熱忱之心著實令人動容，來人，傳唐老闆。」

一句唐老闆讓十歌好不容易平靜下來的心，忽然又不受控制的狂跳。

頻頻向門外探去，等待的時間顯得異常漫長，十歌豎著耳朵聽得仔細。

終於，遠遠傳來沈沈的腳步聲，一步一步，十分穩健，叫人的心也跟著踏實下來。

腳步聲由遠而近，最終化作一道高大身影，剎那間阻去門外映進來的光亮。

背著光仍然清晰的輪廓，就是這張十歌思念了幾年的面容啊！

十歌雙手握成拳，忍著不衝上去，一雙濕漉漉的美目怎麼也不肯自他臉上移開。

父親瘦了，也蒼老了不少，不苟言笑，眼裡盡是哀思。

因她。

「王爺。」

唐清德作揖行禮，未再多言，始終垂著眸子。他知道王爺今日有嬌客，自不會做失禮之事。

「唐老闆坐下說。」

祁知衍溫潤聲響起，見唐清德並未有動作，他也不惱，繼續道：「尹姑娘對廚藝頗有心得，想與你討教一二。」頓了一頓，補上一句。「尹姑娘便是雲夢居的東家，上回你嚐到的，便是她的手藝。」

一句話，使得兩人都向他看去。一個很快便將視線轉向十歌，接著便坐於王爺右側的位子；另一個則是有些不敢置信——原來父親早就喝過她釀製的酒！

思及此，十歌向父親看去，眼中熱切祈盼，她想知道父親喝過以後有何想法。

可唐清德早已不是那個爽朗的唐老闆，他自坐下後便不曾言語，只是看著十歌的表情有些複雜。

「此處有桃花酒一罈，喔，包括桃花酥，均是尹姑娘的手藝，唐老闆不妨嚐嚐看。」

祁知衍命人為唐清德滿上一杯酒，一句話說得雲淡風輕。十歌則不然，她緊張兮兮的盯著父親看，不錯過他的任何一個表情。

唐清德將杯中酒一飲而盡，而後愣怔了好半晌方才回神，並未多言，他立刻拿起桃花酥一口咬掉半個。

這分明是楹兒的手藝。

再次向那位尹姑娘看去，唐清德的表情更加古怪，但他似乎並沒有看懂十歌眼裡的熱切，好一會兒才道：「很好。」

看著逐漸失落的父親，十歌知道，他並沒有認出自己。父親的反應雖在意料之中，十歌卻也忍不住跟著失落。

她多想父親能一眼認出自己。

可她如今完全換了面貌，父親哪敢多想？

是啊，唐清德哪敢有奢侈的想法，是他親手埋了楹兒的，這位姑娘的手藝不過是湊巧罷了。

一旦思及女兒，唐清德便更加沈默，他一人默默喝完剩餘的桃花酒，尤其桃花酥，也全進了肚子。

十歌默默看著，她不敢言語，怕一出口便再難抑制。今日一面雖然沒有過多接觸，但十歌已經心滿意足。

她見到父親了。

父親他平安康健的活著呢，真好！

十歌心情大好，祁知衍看在眼裡也倍感舒心。

回頭再求王爺製造能夠與父親單獨見面的機會，到時候或許就能叫父親認出自己呢！

十歌帶著這般好心情回到府中。

不想，一入府便迎來何嬤，她看起來有些焦急。「小姐，您可回來了！長公主府一早便派人來請。」

長公主府？

長公主昨兒剛長了臉面，還能有什麼事情呢？略微思索，十歌笑了。

她有預感，是好事。

第六十六章

今兒做了不少桃花酥，正巧可以帶些去給長公主和郡主嚐嚐。不再耽擱，一準備好，十歌便迅速出發前往長公主府。待她出現時，長公主已經久候多時。

十歌福身請罪。「累得長公主久候，是小女子之罪。」

長公主笑得曖昧。「尹姑娘事務繁忙，是本宮唐突了才對。」

聽聞尹姑娘一早便被祁知衍接去，看來好事將近啊，最開心的應當是玥貴妃了。

十歌但笑不語。她能怎麼說呢？長公主明顯想歪了，然而越解釋只會越叫人笑話。

「正巧今兒做了不少桃花酥，本便想借花獻佛，長公主不請我也會自個兒前來叨擾的。」

十歌打開錦盒，露出精緻別緻的糕點，淡淡花香飄散開來，清新宜人，看得長公主眉開眼笑。

「哪有叨擾之說，我這長公主府的大門隨時為妳敞開。」是了，她如今就好尹姑娘的手藝。這丫頭，越看越討人喜歡，莫怪那小子會動心。

與初見相比，長公主對十歌熱情了不少，尤其此次，長公主主動表現出親近之意。好比現在，她正握著十歌的手，笑得慈愛。「妳當多來才是，潯蓉也不小了，正好讓她跟妳學學，出閣後才不至於笨手笨腳鬧笑話。」

十歌眼眸微動，長公主主動提到郡主出閣之事，看來是有想法的。

「靈雙郡主德才兼備，秀外慧中，是我輩楷模，應當是我多向郡主學習。長公主放心，郡主聰明伶俐，誰見了會不喜歡？也不知誰家有福氣能娶到郡主。」

十歌面帶柔柔淺笑，說得真誠。一番話於長公主倒是受用，只見她眉眼間全是笑意，又帶了幾分得意的微微昂起頭。

要說靈雙郡主在一眾貴女中，無論才學還是相貌都屬上等，確實算得出色。她有將門之女的豪氣，為人真誠，最不喜惺惺作態，活得真實自我，實屬難得。

但她若嫁去食古不化的富貴之家，只怕日子並不會太好過，長公主又怎會不知呢？

「生辰宴那日府裡倒是來了不少公子，其中除羿正王之外，就數仁勇校尉最是一表人才，其做事之風穩如磐石，是個不可多得的後起之秀，能堪以大用，也是這般男子才能讓人放心託付。」

想起那名翩翩少年郎，長公主自有說不完的滿意。她知道生辰宴過後，同她一個想法的富貴之家多的是，她自然要先下手為強。

尤其她看到的可不只羿正王對仁勇校尉的青眼，也不只尹姑娘的雲夢居，她最看中的是羿正王對尹姑娘的喜愛。

滿朝文武皆對羿正王讚譽有加，眾多皇子中，皇兄最疼愛的也是這位皇子，他日繼承大統之人十之八九是羿正王。

偏偏羿正王是個癡情種，幾年下來僅對一女子鍾情不負，哪怕那人已死去多年。如今好不容易對其他女子另眼相待，且此女也非泛泛之輩，將來不是皇后也是貴妃。有這般關係加持，潯蓉自不會苦。

且他們一家沒有公婆妯娌之憂，於潯蓉而言，是最好的良配。

既如此，哪怕覥著臉主動求上門，這門親事無論如何也不能錯過。

「承蒙長公主慧眼。長公主說得不錯，哥哥他一向老實本分，又極為顧家，是個頂可靠的男兒。若再能娶得郡主這般賢內助，便是尹家的福氣。只不過哥哥一心建功立業，尚未動過成家的想法。」

頓了一頓，見長公主眉頭微蹙，十歌馬上補了一句。「不過哥哥年歲已是不小，早該成家，是我這個妹妹做得不夠好，家裡沒有長輩依靠，我該多上心才是。長公主放心，待哥哥回家，此事我定同他好好說一說。」

長公主主動提及此事，十歌再開心不過。不過此事她尚未同哥哥提及，也該徵詢他的意見才是。

以她對哥哥的了解，他定從未思及此事，若要談婚事，定也是優先顧及她。所以，但凡她看上的人，哥哥一般也較為放心。

長公主略鬆了一口氣。「自然是要先成家再立業為好。」

不過反過來想想，這會不會是尹家的推託之詞？瞧小丫頭說得頭頭是道，對此類事情顯然已經應對自如。

先前她便得到消息，已有高官之家託媒說親。如今仁勇校尉已然成為香餑餑，難道尹姑娘對前去說親的都是這般應付嗎？

畢竟單看官職，前去說親的任何一戶官家，於尹家而言，都是高攀。

「長公主說得是，此事定不容再拖。」

自長公主變換的臉色來看，十歌大致猜出她的顧慮。靈雙郡主本便是她看上的嫂嫂人選，沒必要藏著掖著，婚姻之事，本該男方主動一些才好。

「郡主身分尊貴卻為人和氣，相識以來一直對民女照顧有加，是個心善的女子，我相信哥哥定會喜歡。郡主若願意下嫁，便是我們尹家幾輩子修來的福氣。」

同為女子，十歌很懂得如何體貼嫂嫂。有了她這般話，長公主懸著的心方才放下。

「哪有下嫁一說，我只盼她能過上自己想要的生活，過得快活一些。」

言至此，長公主垂眸，帶出一聲低不可聞的輕嘆，落寞的模樣，像極了有偌大的遺憾。

皇家之事十歌不欲打聽太多。既然兩家已經達成共識，那麼她是時候回去研究生財之道了。當真要娶郡主的話，如今宅子怕是小了一些，還有聘禮也不得寒酸。

十歌覺得責任重大，當下便請辭。只是一隻腳剛踏出門檻，便見白潯蓉笑著小跑過來。

「十歌妹妹！聽聞妳來了府上，我便過來看看。走，到我院子去！」

白潯蓉親暱的拉起十歌的手，不由分說便要將她帶去自己的院子，卻想不到被十歌掙開。

「改日再同郡主一聚，如今要事要緊。」十歌笑著搖頭。

白潯蓉見此相當疑惑，她還以為十歌妹妹是尋她來的，怎知自己剛出現，十歌妹妹便要走了，倒是有點遺憾。

想起十歌妹妹曾說過的玉鋪一事，白潯蓉立刻開口。「十歌妹妹要去做何事？可需要我幫忙。」

玉鋪子至今尚無消息，白潯蓉心裡比十歌還著急。

卻不想，十歌回了一句叫她羞窘得無地自容的話。「我去給妳賺聘禮。」

白潯蓉一張臉倏地紅得似血。昨兒她便聽母親叨唸了一天，仁勇校尉如何如何好，誇得天上有地上無，無非是想叫她嫁去尹家。

想起仁勇校尉的英姿，白潯蓉的臉更加紅了。

見此，十歌掩面而笑，拍拍白潯蓉的胳膊，而後便離開長公主府。

玉鋪尚未有著落，乾等著也不是辦法，她決定去把以前的第一樓盤下來，再開一間酒樓。

只不過不管十歌如何疏通關係，如今茶樓的東家就是不肯出面，說什麼也不肯賣。

跑了好些天無果，十歌真有些乏了。

是夜，她躺在床上輾轉難眠。

難道她真的要退而求其次，去別處開酒樓？

只聽沙沙聲想起，十歌又翻了一次身，轉而面向床的外側。床幔映出火苗搖曳的形影，小小的，卻十分活躍，原來是受了春日夜風的撩撥。

忽然間，一道黑壓壓的影子出現在床幔前，阻去燭火微弱的光。

十歌立刻坐起身，皺眉盯著越來越近的身影。

沒錯，可以看得出，來人是高大魁梧的男人。十歌的一隻手已經緊緊拽著錦袋，一雙眼睛緊盯著床幔外的身影。

寂靜到落針可聞的閨房內，忽然傳來一道熟悉的溫潤之音。黑影在床幔前停下片刻，在十歌得知來人是誰，終於放鬆警惕的時候，黑影忽然撩開床幔。

「還未睡嗎？」

床幔內，美人黑瀑般的髮絲有部分披散在胸前，她僅穿一件藍色肚兜，一對雪白若隱若現，白皙滑嫩的玉臂裸露於外，一雙翦水秋眸不可置信的看著突然出現的男人。

美人媚態橫生，如是模樣，實在勾魂。

祁知衍目不轉睛欣賞面前美景，眼中異彩紛呈。

接收到男人的視線，十歌心下大驚，立刻將自己裹成一團。

這人怎麼可以在她放鬆警惕的時候突然撩開床幔?!說好的謙謙公子呢?有這麼夜闖香閨的嗎?!

「聽聞妳找了本王好些時日。」

祁知衍徑自坐在床沿，笑著向十歌伸去一隻手，十歌嚇得裹著被子躲到裡側去。

「我沒有。」

十歌有些惱了，語氣跟著強勢起來。試問，有哪個王爺會半夜爬門！這人就是不經誇，才想著他長進不少，如今相處起來再不會勉強。誰想，這才幾日便原形畢露。

而且，她真的沒找過他！

「本王不過才出門幾日，歸來便聽下人來報，妳四處打聽本王消息。」

眼睛看著十歌，不避不讓，似乎想在她臉上盯出自己想要的反應。誰想她一臉迷茫，不知所以。

祁知衍開口道：「想重振第一樓？」

結合方才王爺說過的話，十歌有個猜測，會不會當初第一樓便是被王爺盤去的？為解心中疑惑，十歌問出口。「第一樓是王爺盤下的？」

「是我。」

祁知衍並無意隱瞞。

十歌眼珠子一轉，喜孜孜的打著商量。「王爺再把第一樓賣給我吧！」

「不急。待唐老闆想重振旗鼓的時候，我自會還予他。」

「可我現在就想開。」

十歌並未注意到，自己同王爺說話，真是越來越失禮了，話語之中甚至帶了幾許撒嬌。

祁知衍立刻捕捉到不尋常，沈聲問：「為何？」

十歌想的是，她老實從寬，會不會讓王爺更容易答應一些？於是她也不隱瞞。「我要給哥哥賺聘禮。」

哪知，王爺不僅不答應，臉反而更黑了。

「男兒當自強，哪需妳如此為他操勞。」

十歌想回他「這不一樣」，結果對上森冷的目光，便自覺的住口。

見她委屈巴巴的模樣，祁知衍終究還是心軟了，想了一想，才道：「罷了，本王給仁勇校尉派個差事。」

第六十七章

十歌微怔，呆呆抬眸看去，眨了幾下眼睛才道：「會有危險嗎？」黑夜中，嬌軟的聲音帶了點鼻音，充滿誘惑。

祁知衍斂眸，傾身向前，一字一句，輕而緩道：「這不是妳該操心的。」面龐背光，讓人看不太真切，唯有帶著寒氣的聲音洩漏其心境。

這話十歌自然不能認同，當即便回過去。「他是哥哥！」

哪裡不該她操心？她要操的心太多了！

可祁知衍並不這麼認為，只聽他聲音又沈了幾分。「他是外男。」

一把連人帶被褥撈過來，距離瞬間拉近，兩人的五官變得清晰。近看之下，尋常慣是帶笑的眸子哪裡還看得到笑意，反而警告之味頗重。

眼看形勢比人強，十歌哪裡還敢吭聲，她拽緊被褥不敢動彈，縱使呼吸也小心翼翼。

幾經對視，男人的視線越發灼熱，十歌被看得全身酥麻，忍不住扭頭避開。哪知不過眨眼工夫，男人又將她的頭轉過來，鼻尖抵著她的，輕柔低語。「知道怕了？」

蠱惑的聲音作祟下，十歌神思游離，僵著身子任由他在臉上輕蹭。陣陣癢意讓十歌忍不住縮脖子，他的氣息不斷在臉上吹拂，引得十歌閉上眼睛。不知蹭了多久，忽然間，櫻唇附上一片柔軟，溫溫的。

十歌猛的睜開眼睛，心跳急劇加速，她慌亂得想要扭頭，卻發現腦袋被固定住。偏偏她將雙手雙腳裹在棉被裡，如今只能任由他在唇上探索。

原本的輕舔似乎只為試探，待撬開唇舌便開始瘋狂索取，不放過任何一個角落。

十歌被吻得暈頭轉向，迷迷糊糊間，不斷問自己——為什麼會變成這樣？

也不知過了多久，待他嚐夠了才稍稍退開，額頭抵著她的，粗重的喘息著。

時間過去許久，十歌翦水秋眸帶著水氣，睜得大大的，猶在迷茫中，只覺好似躺在棉花裡，頭重身輕，暈頭轉向，這感覺太奇怪了。

直到王爺再次開口。「還想再見一見唐老闆嗎？」

十歌抬眼，終於醒過神，她無比認真的點了點頭。

只聽王爺一聲輕笑，在她唇上啄了一口。「好，本王安排。」

這一夜，王爺一直待到十歌睡去方才離開。好在那之後他便再沒有其他動作，十歌心安之餘，想著——王爺把她的死穴拿捏得死死的，做了這般出格之事，還能雲淡風輕化解，讓她完全分了心神，再無法顧及此事。

事實上早在王爺坦承認出她時，十歌便知道這輩子擺脫不了祁知衍了。前生王爺的行為便頗為出格，失而復得後，豈還能給她逃脫的機會？

臨睡時，十歌迷迷糊糊想著，來個人把她抓去浸豬籠吧！

翌日，十歌正梳妝時，元雙驚奇喊了一句。「小姐，您的脖子怎麼了？好大一個紅印子！莫不是被蚊子咬了？」

十歌扭頭對著銅鏡照了照，忍不住伸手去觸碰，沒有癢意，倒有點疼，還帶了點酥麻。

呃……她好像想起什麼來了，這似乎是王爺臨走前的傑作。在她疼得嚶嚀一聲後，還笑得頗為得意。

十歌瞬間羞窘。

要不，買個豬籠，她把自己浸了吧！

今日是沒法出門了！

好在十歌並未出門，今日接連傳來兩個消息。一則是王府即將舉辦一場賞花宴，特邀她去製作糕點。另一則是哥哥十日後需帶軍前去接秀女。為此，哥哥今日便需自軍營回來，以做準備。

羿正王辦賞花宴，聞所未聞，此事來得突然，要驚掉多少大官？

再有，十歌不明白，接秀女這種差事對哥哥有幫助嗎？這不會是王爺為將哥哥調離她身邊而特意安排的吧？還是說，王爺僅僅只是隨意尋個由頭，到時候再給哥哥一個升遷的機會？

這不對。素聞羿正王乃為謙謙君子，最是正氣凜然，定然不會當眾徇私。

所以，果然還是因為她？

心中諸多疑惑，故而當羿正王再次夜闖香閨時，十歌便問出口了，得到的回應是：「此事說大不大，說小不小。」

「一經了解方才知道，往年秀女們多少會出現狀況。想想也是，皇上後宮佳麗三千，除非野心之家，否則沒多少人願意將自家女兒送進宮。為此，他們什麼法子都能想出，尋常官員哪裡能應付得來。」

得知內情後，十歌反而更著急，再顧不得男女有別，她緊跟在王爺身邊，急切說道：「可哥哥他尚無經驗，若有顧全不周的地方，豈不是……」

「本王說過，從不做沒把握的事。」祁知衍打斷十歌的話，握起細手放在掌心，一雙眼睛異常堅定，又道：「記住，有本王在，妳任何時候都無須操心。」

望進他平靜無波的眼，十歌的心逐漸安定，再沒有後話。

也不知為何，這男人總能給足她安全感，她竟沈溺在其中。

王爺慣會看形勢，見十歌乖巧垂頭，便知她將自己的話聽進去了。故而單手托起她的下巴，先落下蜻蜓點水的一吻。今次他並非強勢而行，而是給了她拒絕的餘地，可她並不反感的樣子，抬眸與他對視。

祁知衍再無顧慮，低下頭重新吻上她的唇，深深的，溫柔的。

十歌在想，對於王爺，或許前生她並沒有自己想像中那般反感，否則怎會在得知他認出自己後，便對他全然放心。

再後來，王爺幾乎天天夜闖，好在最多也就親親抱抱，摟著她睡。

對於接秀女一事，尹暮年有十日的時間準備，十歌自然要充分利用這難得的機會。白日裡，只要尋到機會便將白潯蓉請過來，無形中給二人製造不少獨處機會，自己則緊鑼密鼓的籌備訂親一事。

哥哥這一趟出去便是數月，她想先將親事定下，如此也能杜絕一些人的想法。近些時日前來說親的人實在多，十歌又要忙著找鋪子，實在有些疲於應付。

「十歌妹妹，聽我說，玉鋪找到了！」

這一日，白潯蓉不請自來，人未到聲先到，她甚至是跑著進來的。進到院中，一眼便見到身姿挺拔、面容俊朗的尹暮年。

燦爛笑容未減，白潯蓉大方喚了一句。「暮年哥哥。」

「暮年哥哥」是十歌讓她喊的，一開始還有幾分羞怯，幾日相處下來，白潯蓉已經喊成習慣。

「郡主。」

尹暮年回以一禮。按照閨閣禮儀，尹暮年算是外男，與郡主應當保持距離才是。可他卻喚下人去為郡主取糕點，並親自為她煮茶，甚至對郡主的喜好瞭若指掌。若換做別人，尹暮年此時定會回到書房。

郡主爽朗大度，與妹妹交情甚好，還時常對妹妹施以援手。對於私心頗重的尹暮年來說，這般女子，早被納入己方陣營。

十歌遠遠看著在院子中相談甚歡的二人，故意拖延一些時間出現。

「尋到玉鋪了？這回溽蓉可是幫了大忙呢！」想了一想，頗有幾分苦惱，道：「可我過會兒得去一趟王府，明日便是賞花宴，王爺讓我今日便去府中準備，也不知鋪子那邊等不等得了。」

「無妨，歌兒自去忙，橫豎我今日無事，鋪子那邊過會兒我去看。」

要不怎麼說最了解尹暮年的人便是十歌，她算準了自己一番話下來，哥哥必定自動請纓，當下鬆了一大口氣。「兩頭不耽誤自是再好不過，還好有哥哥在！溽蓉，還要麻煩妳帶哥哥過去看看。」

「這有什麼，妳不說我也會這麼做的，儘管放心吧！」

白溽蓉不疑有他，說罷還拍拍胸脯。

臨行前，十歌尋機會將哥哥叫至一旁囑咐。「哥哥，郡主已經幾次出手相助，於我有大恩，今日無論如何你也要替我好好招待。前些時日便聽她說起想看戲，近段時日我當是得不出空，今日你便替我陪她。」

尹暮年默了默，終究還是點頭答應。

安排好一切，正巧王府已經派人來接，十歌一副嚴陣以待的模樣。誰想，待入了車廂內，唇角便忍不住勾起，亮閃閃的眸子閃過狡黠之色。

成親嘛，還是得男方主動才好。她早先便同潯蓉說過，讓她不要有過多心理負擔，感情最好兩廂情願，多處一處，方才知道合不合適，斷不能委屈自己，更不能將就。

尹家就她和哥哥二人，沒有太多規矩，一切以平安和樂為主，她理想的嫂嫂若過於死板反而不好。

白潯蓉聰慧，思想從不古板，哪裡聽不出十歌的用意，在面對仁勇校尉時，她便心無旁鶩，如此當真自在了許多。

明日便是賞花宴，王府一應事宜早已準備妥當。十歌去到王府時，下人直接將她引至後花園，那裡繁花似錦，也不知王爺自哪兒找來許多難得一見的名貴之花。

而王爺就在繁花之中，笑得如暖陽，向她伸出一隻手。

十歌想清楚了，不管王爺對她的喜歡會持續多久，至少現在她是真切體會到王爺對自己的珍愛。而她，似乎還滿享受。

既如此，便順其自然吧！

心境一打開，再矜持就顯得做作了，故而，當那隻手向她伸過來，十歌便毫不猶豫靠過去。

攬著美人細腰，滿園景致祁知衍不過隨意一瞥，灼灼目光馬上回到美人臉上。「為妳準備的，可喜歡？」

十歌本便喜愛花草，尹府雖小，卻被她打理得十分清新雅致，卻又不失溫馨。如今身在王府後花園，眼看滿園炫目花草爭奇鬥豔，實在美不勝收。放眼望去，真真讓人心曠神怡。

十歌兩目發光，喜孜孜的點頭。

不過，最叫她高興的還是能夠與父親共同準備宴席。

時機難得，今次無論如何一定要讓父親認出她！

第六十八章

花海之中，女子笑靨比花兒還嬌豔，直叫途經此處的唐清德看傻了眼。

像！

此女除容顏之外，其神韻像極了他死去的女兒，尤其那絕無僅有的廚藝，像得他不得不懷疑，此人是不是楹兒在天有靈，特意派來的？

否則普天之下哪有這般巧合之事？

深深看去一眼，王爺正攬著女子細腰，笑得寵溺。

如果沒記錯，王爺上一次正是對著楹兒露出這般笑臉。看來，縱使情深守了幾年的王爺，終究也選擇放棄了。

想來也是，王爺身分尊貴，哪可能守楹兒終身？

普天之下，只有他這個父親才會長久記住楹兒。

思及此，唐清德收回眼，抿著唇離去。

今日才知，原來王爺舉辦賞花宴並非突發奇想，而是為博得美人一笑。

這個發現就好比女兒遭人拋棄，唐清德有些落寞，做起事來稍顯漫不經心。

也不知過去多久，在他剛備好食材，正欲離去的時候，眼前突然竄出一道略微熟悉的湖藍色身影，頑皮又歡快的喊了一句。「老唐！」聲音嬌嬌脆脆，甚是悅耳。

唐清德驚嚇之下，更多的則是震驚。

面前女子是方才後花園裡的那位姑娘，雲夢居的東家。

她喊了老唐。

唐清德愣怔在原地，震驚的盯著十歌看，久久無法回神。直到女子伸手在他面前晃了晃，笑道：「回魂！又犯傻啦？」秀眉一挑，說不出的得意。

剛被秀手拉回神，一句話又叫唐清德一陣愣怔。她說「又」？

這般言行舉止，更是像極了楹兒。只有楹兒會這般親暱的喊自己「老唐」，只有她會這般不著調的對待自己，只有她……

不，不能再想下去。

楹兒已經死了，再也回不來。

他該離此女遠一些，定不能叫此人擾亂了心神。

「姑娘若要使用灶房，請便。」

說罷，唐清德便離去。

十歌望著父親落寞的背影，只覺心疼。她知道，哪怕自己表現得如何相似，父親也斷不敢想像她還活著。

既如此，便只能直白一些。好在祁知衍已經為她清場，此處除她與父親之外，再無他人。

十歌跑至唐清德面前，阻了他的去路。「我給您炒一盤蘑菇吧！再做一盤爆辣的辣子肉丁，配上二十年的回春釀。」

見父親神色複雜的向自己看來，十歌嘻笑一聲。「別猶豫了，快走吧老唐。」

說罷，不由分說拽著唐清德向灶房內走去。

此女一開口便是自己最喜愛的菜色，到底為何會這般瞭若指掌？心中有此疑問，唐清德便任由十歌拉著走。

灶房內，唐清德不得不重新看待眼前女子。她正認真準備配菜，刀功手法奇特，是楹兒慣用的手法。不僅如此，燒菜的手法也與楹兒一致。

不知何時，唐清德悄無聲息握緊拳頭。

當他最喜愛的兩盤菜做好後，她便將灶房門小心翼翼關上，耳朵貼在門上好一會兒方才回身，神秘兮兮的將他帶至隱蔽處，取下掛在脖子上的錦袋。

然後，唐清德親眼目睹面前姑娘自小小的錦袋中取出一罈酒。

「聞聞看，不只二十年吧？我溫養了好久呢！」

酒罈打開，瞬間飄出唐清德最熟悉的酒香味。再看女子，她雙目熠熠生輝，一副求誇讚的模樣。

唐清德吞了下口水，簡直不敢相信面前的畫面，腦子有個聲音在叫囂，有個大膽的想法呼之欲出。

屏住呼吸，唐清德雙手發力握成拳，只想以此保持鎮定。

「妳……」

開口僅一個字便不敢再往下說，只覺眼眶發熱，引出濕意。

看著父親發紅的眼睛，十歌笑了，卻不知為何眼角落下一滴淚。「是我啊……」聲音哽咽到控制不住，只好止了口。

唐清德愣怔在原地，隱忍著激動的情緒，這讓他整個人不受控制的顫抖著。

一直到確定自己不會失控，十歌方才喊道：「父親。」

聲音小小的，畢竟是埋藏在心底見不得人的秘密。

唐清德沈默了好一會兒，拳頭鬆了又緊，反覆幾次後方才開口。「……楹兒？」

十歌點頭，將父親引至邊上的一張小方桌旁，並為唐清德斟上一杯酒。「父親坐下聽我說。」

時間有限，十歌不敢耽擱太久，只得長話短說，儘量簡潔明瞭講述自己的過往。祁知衍雖說此處安全，可她仍不敢太大聲，生怕隔牆有耳。

重生之事若被外人知曉，哪裡還會給她活路？

「父親，我想過了，咱們重振第一樓吧！近幾年柳家著實風光了一把，咱們再將風頭搶過來，如此柳家定當懷恨於心。咱們就守株待兔，待他們露出破綻再一舉拿下！此事我已同王爺商量好，他會暗中派人保護父親。」
當年之事便是柳家所為，柳卿怡身在宮中實難下手，倒不如主動出擊。以柳家的作派，哪裡會坐視不理。
唐清德藏身王府，為的便是伺機為妻女報仇，只是一直找不到合適時機。如今女兒雖換了面貌回到身邊，但這仇仍然存在，他定不能叫那群人逍遙法外！
「嗯，此事我來便好，妳萬不能出面。」
唐清德摸摸女兒腦袋，心中感慨萬千。幾年了，一顆飄零的心終於得以安定。如今楹兒好不容易回到自己身邊，不能再讓她出事！
在這件事上，祁知衍同唐清德的想法一致，均不許十歌出面。十歌心知二人珍視自己的心情，若自己執意參與，反成累贅。
「好，聽父親的。」
十歌乖巧點頭。正好這些時日她要著手準備開玉鋪的事。不過如今最重要的還是明日的賞花宴，自己的目的雖已達成，可王爺的賞花宴仍需兼顧。
這一日，十歌一直到用過晚膳方才回去。祁知衍本欲留她，可十歌心中記掛哥哥與郡主之事的進展，無論如何也要回去看一看，順便同哥哥說一下找到唐清德一事。
回到家中，待二人終於得閒，十歌同哥哥講述唐清德一事時，發現他竟時不時出神，不知在想什麼。事出反常必有妖，十歌立刻聯想到哥哥今日與郡主外出一事。

莫不是有了什麼進展？

十歌決定試探一番。「哥哥，你覺得郡主如何？」

尹暮年怔了一怔，不甚自在的垂眸飲下一口茶水。

「郡主知書達禮、才思敏捷、率真可愛，如花……」似是想到什麼，忽然止住口。「郡主……甚好。」

得，這是想將所有美好詞語用在郡主身上嘛！觀哥哥表現，十歌暗笑於心。

今日二人外出，定然發生了什麼事。

十歌十分認可的點點頭。「確實，難怪許多公子哥兒揚言非郡主不娶。」

說罷向哥哥看去，他果然愣怔住，十歌繼續道：「今日我聽聞方丞相差人去了長公主府提親。」

聽得此言，尹暮年眉頭皺起。「可是為嫡長公子提親？」

十歌無言點頭，便聽哥哥略帶氣惱之聲響起。「此人不學無術，又慣會拈花惹草，絕非良配！」

「是啊，可丞相位高權重，此事也不是不能思量，就不知長公主作何想法。」

十歌不由細思，哥哥尋常在軍營中，久久才歸家一次，又怎會知曉丞相府長公子的為人？必然是今日外出遇見過。

「郡主是我在皇城中唯一的朋友，哥哥，照這樣說，郡主若嫁過去，豈不是要毀了一生？」

十歌抓緊哥哥手臂，泫然欲泣的模樣。尹暮年面容嚴峻，握了握拳頭，沈默良久後，忽而起身。

「歌兒，明日妳準備一下，我親自去長公主府求親。」

啊？

會不會太突然？哥哥的轉變太快了，除非他先前便對郡主有意，否則說不通。

「哥哥，關於聘禮我是一直準備著的，你縱使現在去提親也無妨。可是，咱們身分懸殊……」

「男兒有志，何愁沒有前程。長公主聰慧過人，自會有決斷。這樣吧，我現在便去一趟長公主府。」

說罷，尹暮年便風一般消失在院中。十歌隱忍許久的笑意終於浮現臉上，她興沖沖吩咐大夥兒快些準備，莫要誤了哥哥好事。

看啊，果然還是哥哥辦事靠譜，雷厲風行，說娶就娶不帶猶豫。

哥哥親事一定，便再沒有什麼煩心事，十歌狠狠鬆了口氣。

是什麼事情能引得哥哥跨出這一步呢？還趕著跑去提親。無論出於什麼緣由，是哥哥心甘情願娶的郡主便可。

感情嘛，總能培養出來。而且十歌看得出，今日哥哥的心境是有了大改變的，與以往任何時候都不一樣。

時間過去不到一個時辰，尹暮年回來了。出門前一併帶去聘禮，回來時聘禮已不見蹤影。

十歌見哥哥滿面春風，便知此事成了。

「哥哥，我不希望你為了正義之心搭上一輩子，你是真心想娶郡主嗎？」

雖心中有數，十歌還是忍不住問出口，想親耳聽聽哥哥的心聲，否則總有一種罪惡感。

尹暮年摸摸妹妹腦袋，笑得溫和。「放心，哥哥不會做那等傻事。」

言罷，神思不受控制的遠遊，他愣愣盯著自己的手瞧了半晌，腦子裡全是郡主的聲音笑貌。

再無心事，十歌一身輕鬆。她打算早早歇著，養好精神應對明日的賞花宴。殊不知，祁知衍早已候在屋中。

她才自王府歸來，原以為王爺今夜當不會造訪，猛的見到來人，不免嚇了一跳。

好在自打王爺第一次夜訪後，十歌為以防萬一，晚間便不讓丫鬟們進屋侍候。

待十歌關好門，祁知衍率先開口，聲音低低的，帶著幾分慵懶。「仁勇校尉訂親了？」

說起這事十歌便歡喜，她笑咪咪點點頭，明亮的眸子猶如繁星，大放異彩。

璀璨的笑靨極具感染力，不免引人會心一笑。祁知衍坐在床沿，向她伸去一隻手。只見他眉目舒展，看起來心情甚是愉悅，連帶著聲音也輕快許多。「嗯，甚好。」

正向他行去的十歌聽得此言，忽而噗哧一笑，笑得眉眼彎彎。

哥哥在祁知衍心裡就像一個去不掉的肉疙瘩，哪怕心知她對哥哥僅有親情，仍容不得哥哥。

「笑什麼？」

一把將十歌拉過來，順勢將她壓在床榻上，祁知衍瞇眼質問。雖不知她因何發笑，卻知她笑的定是自己。

這丫頭，真是越發膽肥了。

「笑王爺小心眼。」

十歌是真的膽肥，如今竟敢當著王爺本尊的面調侃他。

這麼說也不冤枉他。

前生求她做菜的才子多如牛毛，但凡有人送她畫作，抑或為她寫詩，無論對方是何身分，均會被祁知衍「整治」一番。

那時候的王爺年輕氣盛，做事總率性而為，偏生身分尊貴，才子們敢怒不敢言。

當時她便覺得他無理取鬧，現在想來，卻多了幾絲甜蜜。

「嗯？說誰小心眼？」

祁知衍明顯錯愕，他逼近十歌，鼻尖抵著她的，輕輕磨蹭。距離近得每說一個字便能似有若無的掃過朱唇。

十歌近幾日閒時總會不由自主想起往事，諸如年輕時的他喜形於色，每每惹毛他時，只消對他嫣然一笑，他便喜得猶如討到糖塊的孩童，很好哄。

曾經甚至覺得他傻傻的，可她之所以能輕易牽動他的喜怒，不正因為心中有她嗎？

可惜當時的她醉心於鑽研廚藝，旁的事不足輕重。當時有多不屑，現在便有多後悔，平白錯過許多年少時的美好。

突然有點心疼年少時的他。只要一想到那個率真的少年，曾多少次因她而傷懷，十歌便忍不住揪心。

真的萬幸沒有錯過他。

十歌目光變得異常柔和，她伸手捧住祁知衍輪廓鮮明的俊臉，主動在他唇上獻上蜻蜓點水的一吻，聲音柔軟又嬌氣。「說你啊。」頓了頓，又補上一句。「王爺小心眼。」

狀似嬌嗔，卻笑得如沐春風。

剎那間，祁知衍呼吸一窒，留下一句「妖精」便俯身吻上她的唇，十歌的回應則更叫他瘋狂。奈何時機尚未成熟，他也只能點到即止。

見他這般隱忍，十歌反而嘿嘿笑起來。有種被萬般珍視的感覺，這讓她想得寸進尺一下。

「王爺，我渴。」

祁知衍瞇起眼，只當她在索吻，心道：真是妖精。不過他愛慘了。

十歌伸手托住他的頭，知道他這是誤解了，立刻煞有介事道：「不對，我要喝水。」意思再明顯不過，她要王爺侍候喝水呢。

祁知衍不滿的皺起眉頭。「事多。」

話雖如此，他卻迅速起身去倒來一杯茶水。

十歌靈動的雙眼閃過狡黠之色，嘟嘴埋怨道：「王爺說我事多，不喝了。」

悄悄抬眸看男人一眼，他正面色古怪的看著自己，猜不準他在想什麼，畢竟她是第一次在他面前這般任性。

想到他曾經很好哄，十歌朝祁知衍嫣然一笑。

只見王爺目光更加複雜了，他忽然昂頭一口將杯中水飲盡，再俯首度給她。

「還渴嗎？」目光火熱得巴不得立刻將她吃乾抹淨。

確定王爺不會同自己置氣，十歌不怕死再道：「渴啊！」

祁知衍自然又給她度去一口茶水。然而這女人像吃了熊心豹子膽，喝完茶水竟反吻他，把他撩得「火氣」旺盛，卻一副概不負責的模樣。

真真是……妖精！

十歌哪裡有半點「妖精」的自覺，她像發現新奇玩物的娃兒，對於折磨王爺一事樂此不疲。

真好玩。

第六十九章

翌日，十歌起得比尋常稍早一些，畢竟她負責今日王府賞花宴的糕點。更重要的是，她想早一些去幫父親張羅。

父女二人間的默契並未因時間而生疏，十歌太清楚父親每一道菜的步驟及習慣，無須言語，她總能為父親做好各種準備。

至於糕點，有助廚及父親的幫忙，十歌早早便已做好。

提前做好是王爺的意思，他要十歌加入宴席。

王府尚無王妃，此次還是請長公主前來助陣。

仁勇校尉深夜求娶靈雙郡主一事，今兒一早便傳遍皇城。許多官家女眷不解，長公主因何拒絕丞相府的求親，反而應了官職卑微的仁勇校尉？

仁勇校尉確實是青年才俊，頗得王爺青眼，可他終究草莽出身，怎能與方丞相匹敵？他哪來的勇氣竟敢同方丞相搶人？

得罪方丞相，日後怕是沒有好果子吃。

當十歌出現在後堂，眾貴人紛紛向她看來，先前對十歌有想法的夫人們，今次卻怎麼也不敢上前去攀談。

原因無他，丞相夫人正坐在長公主身旁的位子，若她們表現得與尹姑娘交好，是否會誤了自家大人的前程？

長公主雖尊貴，畢竟是女兒家，駙馬爺在朝中得的也不過是閒職，兩相比較，孰輕孰重一目了然。

十歌不過一介庶民，在座的貴人哪一個不比她尊貴，她自然要給所有貴人問好。

只是當她正欲行禮時，王府的管事嬤嬤突然開口阻攔。「姑娘不可。」

不只十歌，所有人皆不知所以，只聽嬤嬤指著首座說道：「姑娘，您當坐這兒。」

正說著，立刻有丫鬟前去攙扶十歌。

在所有人的注視下，十歌頭皮發麻的坐上去。此事她當然可以拒絕，可她更清楚，這是王爺的授意，她若拒絕更討不到好。以她對王爺的了解，定還有後招。

王爺這作派，豈不是將他們二人的關係昭告天下？

一個女子坐在王府後堂首位，其身分不言而喻。在場除長公主外，皆一個個面色古怪。

本以為王爺舉辦賞花宴是為自己尋王妃，她們還特地將愛女帶來赴宴。

現在這般是如何？難道王爺是為昭告天下，他已有王妃人選？

就想問，此事玥貴妃可知？

「聽聞王爺搜羅許多名貴之花，鮮少見得，今日倒是託了王爺的福，讓本宮也長長見識。妳們可要隨本宮去看看？」

長公主一言化解尷尬，她輕緩起身，招十歌來到身旁，二人相攜去往後花園，一眾貴人自然緊隨在後。

那些夫人慣是會看人臉色的，如今哪裡還敢輕視十歌，紛紛開始套近乎。丞相算什麼？羿正王沒準兒還是未來天子呢！

難怪仁勇校尉膽敢挑釁方丞相官威，難怪長公主寧願接受仁勇校尉啊！

後花園美景實在賞心悅目，眾夫人在其間流連忘返。正是此時，管事嬤嬤畢恭畢敬的聲音傳來。「姑娘，王爺差人來問這邊是否可以開席？」

聲音鏗鏘有力，在場所有貴人視線紛紛落在十歌身上。

十歌有一種正在被王爺逗弄的感覺，怎麼他人不在身邊還能讓她這般窘迫。

絕對是故意的。

可惡，虧她還對他生起憐憫之心！

「我看時辰差不多，大家不妨先入席。」

十歌心中雖窘迫，面上仍笑得大氣，說話不卑不亢，甚至帶著些許威儀。

橫豎這些人心中已經有數，她再扭捏反而做作，不妨大氣一些，省得叫人看輕。

為此，當管事嬤嬤引著十歌坐上首席之位，她便鎮定自若坐下。有那不知情的見狀，紛紛開始交頭接耳。

「那人怎麼回事？置長公主於何地？」

「好像是雲夢居的東家吧？好大的膽子啊！」
「不對，你們看，其他人反而在討好她？」
此話一出，瞬間安靜。仔細看過去，竟當真如此，大家不免面面相覷。
能夠坐上主桌，那身分絕非一般。可便是這樣尊貴的夫人，竟討好一個酒肆東家？
酒菜很快上桌，這是他們第二次見到雲夢居的酒上宴席桌，不過這一次大家卻並不那麼意外。
唯一不一樣的是，今日宴席的菜色比靈雙郡主生辰那一日的好了不知凡幾。
「這……妳們快嚐嚐，是不是像極了第一樓唐老闆的手藝？」
不知是哪位貴人的一句話，讓在場的夫人們一陣驚訝。
唐老闆不是消失好幾年了嗎？
將信將疑之下，紛紛拿起筷子吃起來。不多久，四面八方傳出陣陣驚奇聲。
「是了，就是這個味兒！」
「這手藝，絕對是唐老闆的沒錯！唐老闆的手藝我至今仍記憶猶新！」
「萬沒想到老身有生之年還能再吃到唐老闆的手藝！」聲音甚至有些哽咽。
十歌就靜靜吃著，腦子突然冒出一個想法，這個賞花宴其實早在王爺的計劃中吧？作為父親復出的鋪墊？
思及此，十歌心裡甜滋滋的。

有關她的事，王爺一直如此上心啊！那麼他算計自己的事便不計較了吧！

這一餐在懷念唐老闆手藝中愉快過去，誰也沒想到，第二日便傳出消息——第一樓將重新開業，唐老闆回來了！

為確認是否為誤傳，許多人特意跑去昔日的第一樓查探，眼見如今的茶樓已經閉門歇業，大家方才有真實感。

整座皇城瞬間沸騰起來，所有人皆在期待第一樓開業的那一日。

十歌卻不然，哥哥即將遠行，她要親自給哥哥準備行囊方才放心。此行雖無須打仗，但並不代表沒有危險。

至於第一樓的消息麼，傳得可真湊巧，應當是王爺的手筆了。畢竟她去王府時，公然在眾位貴人面前默認了與王爺的關係，只怕有心人會以此來作文章，她的名節終將不保。

但第一樓的消息終有平靜的時候，待大家緩過神，仍然會傳有關她和王爺的消息吧？

顯然，十歌的擔心是多餘的。尹暮年臨行前夕，宮中傳來一道賜婚聖旨，十歌成了名正言順的待嫁王妃。

最錯愕的自然是尹暮年，他怎麼也沒想到自己的妹妹即將嫁給羿正王。

為何會如此呢？王妃人選怎會是妹妹？妹妹可願意？王爺又是作何想法？

一腦門疑惑一直到出發前，王爺和妹妹前去送行時，尹暮年方才恍然大悟。

原來他不在的時候，王爺和妹妹看對眼了？此事郡主似乎也是知曉的。

敢情他是最後一個知道的？

「我不在的期間，妳們當萬事小心。」

對於自己這輩子最重要的兩位女子，尹暮年千百個不放心。

操心未過門的小嬌妻被糾纏，操心家中無男子，妹妹會受人欺負。

「有本王在，你只管放心。」

祁知衍瞇起眼看去，繃著臉似乎有些不悅，他將十歌撈至懷中，垂下頭黑著臉瞧著懷中女子。

眼見這一幕，尹暮年皺起眉頭。眾目睽睽之下，王爺怎能這般與妹妹親近？

心中升起不滿來，哪怕他是王爺，此舉也有失妥當。

見妹妹與其他男子親近，尹暮年竟生出一股酸意。

他所珍視的妹妹啊，就要嫁作他人婦。

就是不太情願讓她嫁人。

回頭見郡主一雙大眼睛忽閃忽閃，盛著滿滿羨慕。美麗的小姑娘孤零零站在一旁，渴望的看著別人相擁。

尹暮年忽然心頭一熱，一把將郡主撈入懷中，輕語道：「等我回來娶妳。」

白潯蓉哪曾和男人這般親近過，小臉瞬間通紅。

另一邊的十歌則不然，她高昂著頭，對上那雙耍小性子的眼睛，心中甚是開懷，忍不住伸手去揉那張俊顏。

祁知衍無奈又寵溺，任由十歌玩弄他的臉，見美人笑得開懷，自己也忍不住勾起唇角，看著女子的眼神柔得醉人。

十歌的笑聲引來不少人的注意，包括尹暮年，大家錯愕的看著羿正王任由準王妃「欺負」。

觀王爺的反應，尹暮年終於放心。

好在，王爺似乎十分珍視妹妹。如此，便好。

近段時間的皇城十分熱鬧。

因著第一樓保持原有面貌，故而無須重新修繕，僅用半月時間做開業前的準備，開業後，生意好得不像話。

而十歌也沒閒著，盤下玉鋪後，重新修建自然需要花些時日。

十歌有先見之明，自她決定開玉鋪後，家裡便請來兩名技藝不錯的玉雕師，每日按照她所提供的圖紙去雕刻玉飾。

十歌的玉哪一塊不是絕世好玉？玉雕師們對玉有狂熱的喜愛之情，碰上這等好玉，他們便一門心思放在雕刻上，到了廢寢忘食的地步。

不多久的時間，已經為十歌攢下不少玉飾成品。

十歌是鐵了心要將玉鋪做大的，否則便對不起錦袋的功用。

一棟重樓的玉鋪，一層專門賣飾物，二層賣大件商品，可做送禮之用。

一切井然有序進行著。這一日，十歌收到哥哥來信，一看信件內容，十歌平靜的心湖突然起了大波瀾。

而遠在桀城的尹暮年此時剛帶隊離開桀城，身後一大長排的馬車，裡頭便是今年南邊的秀女。

大堆人馬前行中，尹暮年好幾次忍不住向車隊後頭看去一眼，此舉引來不少人側目。

終於，在隊伍歇息的時候，尹暮年下馬後便向車隊後頭行去。

最末尾的一輛馬車旁站著一名丫鬟打扮的女子，她正與其他幾名丫鬟打扮的女子對峙。

因為尹暮年生得俊，他所到之處無不引來一道道驚豔的視線，而那名丫鬟見狀，隨大夥兒的視線看去，丫鬟發現尹暮年後，立刻眉開眼笑。

「大人，您看，這些人簡直無法無天，她們搶小姐的吃食去餵貓！」

尹暮年厲眼看過去，那些人趕緊將手上的食物放下，而後垂頭，背著手，一聲也不敢吭。

尹暮年一貫溫和，如今卻沈著臉，自喉底發音。「把妳們的主子叫過來。」

幾個丫鬟哪敢去請自家小姐。

見她們一動不動，尹暮年便下令讓下屬找出幾人的主子，並將寵物收走。

「是哪個混帳東西，竟敢抓走我的貓！」

不過一會兒工夫，那個大小姐不請自來，怒氣沖沖頤指氣使。可當她對上尹暮年那雙寒氣森森的眼睛，忽然便安靜下來。

只是安靜不到一會兒，驕傲的她又昂起頭，怒瞪回去。「竟敢這般對我，你知道我是誰嗎?!」

「這裡除士兵外，便只有秀女，既是秀女便人人平等。」

無論此人如何叫囂，尹暮年無所畏懼。他拿起方才被搶走的食物，遞給受欺負的丫鬟，並警告那個大小姐。「朝廷分發的食物不是讓妳用來作踐的，若對朝廷有意見，待見了皇上妳再諫言。再有下次，軍法處置。」

冷沈的聲音，嚴峻的面容，讓他看起來極具威嚴。不再理會此人，尹暮年敲敲車廂，對著丫鬟道：「扶小姐出來。」

「是！」

丫鬟開心應「是」，立刻爬上馬車鑽進車廂，不一會兒便將段語瀅扶出車廂，小心翼翼的攙扶她下馬車。

待站穩後，段語瀅方才抬頭，淡漠的臉上沒有多餘的表情，見到尹暮年也只是點頭示意。

距離兄妹倆離開雲隆鏢局已有兩年，一段時日不見，段語瀅的芙蓉玉顏憔悴許多，這讓她看起來多了幾分柔美。

尹暮年點頭回應後，便舉步離開，留下一句。「走吧。」

身後傳來跋扈大小姐的叫囂。「你們暗渡陳倉！竟敢覬覦秀女，你死定了！」

二人來到邊上的一棵大樹下，涼蔭裡兩道身影男俊女俏，分外引人注意。段語瀅始終半垂著頭，一言不發。

看去幾眼，尹暮年無奈開口。「我記得妳有一個未婚夫婿，選秀是大少爺的意思？」

段語瀅仍然不言不語，算是默認了。見她這模樣，尹暮年心頭稍顯不安，聲量中帶著幾分急切。「祖母和義母可還好？」

抬眸望進那雙寫著憂心的眸子，段語瀅微扯唇，笑得有幾分淒涼。「你說呢？」

尹暮年愣怔片刻。是啊，親妹妹尚且如此對待，其他人大少爺會善待嗎？

大少爺一直認為祖母偏袒他們兄妹倆，加之義母並非他的生母，大少爺早先便對義母多有不敬，如今她們兩人怕是處境艱難，更別提其他庶出了。

尹暮年靜默不語，實則心中驚濤駭浪，過了好一會兒，待平復心緒後方才開口。「我會將祖母和義母接至皇城。」

平和的語調卻異常堅定，叫人心中大安。段語瀅抬眸看去，尋常平靜無波的眼此時微微紅潤。

尹暮年像對待十歌那般，抬手輕拍段語瀅的腦袋。「放心，有哥哥在。」

一句話讓段語瀅鼻酸，可只要一想到自己的餘生將在後宮度過，她便心如死灰。

「大人，您再不過來這些好東西可要被這幫小子們吃完了！」

遠處傳來一聲叫喚，原來是弟兄們在爭搶尹暮年帶來的醃鹹菜。

段語瀅聞到熟悉的氣味，忍不住看過去，腦海浮現一名小姑娘天天圍著她喊姊姊的畫面。想著想著，她竟緩緩揚起唇角。

那段時間是她這輩子唯一的美好。

尹暮年見狀，招手讓弟兄們拿過來一些，而後便遞給段語瀅，一番行為看呆旁人。

仁勇校尉這樣不太好吧？這不是才剛訂親嗎？對方還是靈雙郡主。面前女子美雖美，但終究是皇上的女人啊！

尹暮年知道自己的行為在有心人眼裡定有失妥當，於是他便將自己與雲隆鏢局的淵源道出。

沒有什麼見不得人的地方，他行得正坐得端。

而當大夥兒知曉原來那名清冷姑娘是仁勇校尉的義妹後，便開始對她禮遇有加。

皇城那邊，自從收到哥哥來信，得知姊姊成為秀女後，十歌的一顆心就沒有落下來過。她算準了時間，明日便是他們來到皇城的日子。

秀女哪是她能夠輕易見得的，所以她跑去找王爺，盼他能幫一幫自己，至少讓她可以同姊姊說幾句貼己話。

當十歌踏入王府，管事嬤嬤便迎上來，並未多言，直接告知王爺去處。一段時日相處下來，十歌在王府已經越發放肆了，她自己卻不自知。好比此時，得知王爺在書房，十歌二話不說便衝進去。

祁知衍早自腳步聲中得知來人是誰，十歌剛推門進去便撞入王爺懷中，被抱了個滿懷。十歌昂頭對上他帶笑的眸子，溫潤的聲音低低的，酥入骨頭。「這麼迫不及待想見本王？」

說話間，守門護衛已經將書房門關上。

祁知衍托起十歌的下巴，俯身便是一個綿長的吻。不知過去多久，十歌只覺綿軟無力，整個人依靠在他身上。

好不容易結束一個吻，一口長氣尚未呼出，忽然身子懸空，十歌被抱至屏風後的一張軟榻上，細細密密的吻隨之落在各處。

躲避之間，十歌心想著——王爺已經越發把持不住了，再這麼下去，不用等到成親日便要被吃乾抹淨。

「王爺……」

櫻唇微張，剛開口又馬上被堵上，霸道強勢，絲毫不給她分心的餘地。

當十歌好不容易回復些許心神，發現領口已經被解開，露出淺粉色肚兜，王爺不知何時已經趴在她身上，正埋首在她的脖頸間舔吻。

全身酥麻，癢癢的，還有幾分燥熱。

「王爺，我有事……」

一句話仍未說完，好在這一次的吻並未持續太久。

祁知衍抬眸對上那雙迷離的大眼睛，熾熱的眸子隱藏火焰，想要現在，立刻將她吞吃入腹。

失去過一次，哪怕如今每日均能夠見到她，可他總感不安，生怕一切不過是一場夢，沒有半點真實感。

他急切想要感知她的存在。

「衍哥哥幫我一個忙。」

趁著空隙，十歌迅速表明來意，她怕過會兒又被他擾亂心神。過了明日，她若想見到姊姊就更難了。

「再叫一次。」

一聲衍哥哥讓體內的火苗更旺盛，忍著不去碰她，只想再聽她叫一聲。

十歌也不扭捏，不過就一個稱呼嘛！嬌軟的聲音張口就來。「衍哥哥。」

語畢，男人抵著她的額頭低低笑著，十分滿足。

祁知衍乾脆躺下，愜意的與美人相擁在軟榻上，下巴抵在她的頭頂上，偶爾磨蹭幾下。

美人在懷，嬌嬌軟軟，任由他擁抱。祁知衍只覺心中軟得一塌糊塗，終於有了些許真實感。

「需要我做什麼，嗯？」

勾起美人下巴，拇指在其上輕輕磨蹭。十歌拱拱腦袋甩開他的手，往他懷裡頭鑽，尋個舒適的位置貼著，便不肯再動彈，許久才道：「哥哥明日歸來，秀女中有我的姊姊，我想見她。」

祁知衍熾熱的眸子火光依舊，他緊了緊手上的力道。「好，我來安排。今夜妳便在此住下，明日帶妳去。」

懷中嬌軀僵了僵，許久才緩緩點頭。

不消想也知道，今夜不回去意味著什麼。橫豎她已認定這個男人，便允了。

耳邊是男人強有力的心跳聲，十歌很快便陷入夢鄉。

男人很是貼心，確認她休息得差不多了便將她喊起來用膳和洗漱，鴛鴦浴說來就來。好在不是真的不知節制，經過一夜休息，勉強還下得了床。但十歌就是想要小性子，自打起來便不願意同他說一句話。

殊不知，祁知衍很享受她耍小性子的模樣，嬌軟可愛，能把人的心化成一灘水。

出城門迎接秀女時，十歌獨自乘坐馬車，說什麼也不肯讓祁知衍坐進來。

祁知衍倒是不惱，臉上盡是如沐春風的笑。

抵達城門後，十歌剛下馬車，男人便將她撈進懷裡，裹在披風裡。
如今已入秋，北地的秋風帶來的只有寒意。
「此處風口，當心受寒。」
十歌欲掙開。「鬆開呀，我有披風。」
尾音微微上揚，像嬌嗔。
「讓本王抱著更暖和。」
祁知衍說什麼也不肯鬆開，甚至在她的腰上略微施力，引來她的怒目。
然而這只引來男人越發放肆的觸摸。十歌算是知道了，她越氣惱，王爺便越開心，索性不理他吧！
跺跺腳，瞪他，馬上要生氣了。
但十歌還是低估了王爺，她的不理會並沒有叫王爺止了動作，反而越發來勁，一心想惹毛她。
這下十歌真的惱了，抓出王爺的一隻手，張大口咬下去。
背後傳來低笑聲，十歌才悻悻然鬆口，留下兩排整齊的牙印。
旁人早已被嚇出一身冷汗。
在二人較勁期間，尹暮年已帶著一眾秀女出現在目光所及的道路盡頭。
尹暮年眼力好，遠遠便見城外站著一位身披玄色斗篷的貴男子，此人通身貴氣，雖隨意站著，其咄咄逼人的威儀卻怎麼也無法掩藏。

皇城之中，僅有一人擁有這般強大的威懾力。

是羿正王。

羿正王因何在此等候？

忽然間想到什麼，再仔細看去，忽見一女子自王爺的斗篷內鑽出來，惱怒的在他腳上踩上一腳，而後溜得遠遠的，不再理會他。

那女子不是妹妹還有誰？

尹暮年為妹妹捏了把冷汗，忍不住加快馬速去到近前，立刻下馬給王爺請安。

秀女們的馬車紛紛停下，一個個疑惑的探出頭來。

靠得近一些的能清楚看見城門前有一位貴氣逼人的公子，仁勇校尉半跪著行禮。

仔細看去，忍不住驚嘆——好俊的男子！

此人是何身分，竟讓仁勇校尉對其畢恭畢敬?!

自從尹暮年揭露與段語瀅的關係，士兵們便將她的馬車安排在前首，方便就近照顧。

如此畫面她自然也看見了。

她甚至看到那位貴人一把將邊上一位同樣貴氣逼人的女子撈入懷中，寵溺的安撫著。

心中莫名羨慕，那是一個幸福的女子啊！男人有權有勢，卻小心翼翼將她捧在手心疼寵。

忽然，女子回身向這邊看來，一下便將目光鎖在她身上，段語瀅愣怔。竟是那個總喜歡纏著她的丫頭，十歌妹妹。

「姊姊！」

段語瀅是被十歌的呼叫聲拉回心神的，垂眸看去，昔日的小姑娘已然長開，美得不真實。她站在馬車車窗下，張著一雙含淚的大眼睛，叫著溫暖人心的「姊姊」。感覺到兩頰有滾燙液體滑落，段語瀅怔住，沒想到自己竟落了淚。

「三小姐！」

丫鬟驚喜的認出十歌，喜不自禁。

「小心侍候姊姊下馬車，到我那邊去，我要同姊姊敘敘舊。」

「是！」

丫鬟哪有不答應的道理，當下喜孜孜的扶著小姐下馬車。

「妳來說，這是怎麼回事？」

進到自己的馬車，十歌一直緊緊握著段語瀅的手，開口問的卻是丫鬟。

丫鬟本便為自家小姐不平，當即一五一十從三少爺和五小姐離開雲隆鏢局後開始講述。

得知真相後，十歌氣得不輕，恨不能現在就去把祖母和義母接過來。

義父在世時便知姊姊喜愛玉石，且有雕刻天賦，故而贈她一間玉鋪，由她經營。前幾年有她幫忙養玉，生意很好。義父剛走，大少爺便打起玉鋪的主意。

為了一己之私，不僅拒了妹妹的親事，還執意將她送入宮中。這是他一母同胞的妹妹啊，簡直喪盡天良！

十歌垂頭不言，實則正在隱忍著不讓自己落淚，她不忍心姊姊的一生就這麼被毀了。

車廂內一度沈默。

正是此時，不知誰敲了敲車廂，十歌掀簾看去，一眼便瞧見王爺。王爺眼中只映出她的身影，他一言不發，笑得溫和，好似在說：放心，本王在。

笑臉讓十歌忽感安心，原來王爺一直在她身邊啊！

終於到達秀女們的棲身之所，縱使再不捨，終究還是要分離。待到分離時，段語瀅方才自旁人口中得知方才的貴人是羿正王，而十歌妹妹是未來的羿正王妃。

這消息讓段語瀅心中倍感欣慰。如此，便再無人能欺他們。

送走瀅姊姊，十歌便窩在王爺懷裡，悶著腦袋一言不發。許久才問道：「有把握嗎？」

十歌知道的，王爺會幫她。

秀女啊，一旦進了宮，還出得來嗎？

「能辦，父王本便不喜招秀女。」

吃下這顆定心丸，十歌抬頭向王爺看去，眉宇稍稍舒展。

見王爺待自己百般縱容，十歌只想再得寸進尺一下，於是試探著開口。「我想把祖母和義母接過來。」

祁知衍刮一下十歌的鼻子，捧著十歌的小臉，俯身印下一吻，方才道：「嗯，此事交由本王來辦。」

十歌心情一下便好起來，主動摟著王爺的脖子磨蹭。「真好！」

好像沒有王爺解決不了的事，有王爺在就是安心！

有王爺在，她完全無須動腦，任何事王爺都會為她做得妥妥貼貼。

她可以放心當一個廢物了，真好，真好！

第七十章

翌日，剛回城的尹暮年又被王爺差遣至桀城接親。

原因無他——一來，王妃重情，念及雲隆鏢局的恩情，欲接老夫人及夫人前來皇城，以盡孝道。二來，兄妹二人親事已定，不日便要完婚，家中有長輩坐鎮會更好一些。

理由是冠冕堂皇的理由。總之，天下人須知——羿正王妃重孝道。

王爺甚至為此去求來一道聖旨，聖旨寫的不外乎是——仁勇校尉兄妹二人知恩圖報，一片孝心感天動地，皇上成全他們的一片孝心，特命仁勇校尉親自動身迎接親人。

最開心的莫過於十歌，祖母和義母待她好，能再度重逢且不再分離，於她而言再好不過。

目送哥哥帶隊離開，這是十歌首次懷著期待的心情送哥哥出行。

王爺攬上十歌的細腰，十歌昂起頭向他看去，霎時間展露笑靨，回身環抱祁知衍，安心的將臉貼在他的胸口上。聲音帶著幾絲愉悅。「衍哥哥，謝謝你。」

除雲夢居之外，如今所有的一切全是王爺給她的。

「如何謝，嗯？」

俯身湊在十歌耳邊，一句話說得又慢又輕，撩人心魂。

十歌知道這人定沒安好心思，乾脆不予理會。祁知衍卻是不死心，徑自道：「今日便開始去王府住，也好早些熟悉王府。」

瞧瞧，怎麼什麼都能找到理由，王爺一向如此。算了，去王府住還能省去王爺每夜爬窗，她更無須擔驚受怕。

小日子便在王爺的呵護中度過。十歌的玉鋪很快便開業，因著玉質和新穎的款式，加之早已跟貴人們說好了開業後便來捧場，開業那天人山人海，貴人們就沒有一個是空手而回的！

原本她們想著，隨意捧個場便是。哪知，進到鋪子裡頭，她們便著魔似的，不惜花重金，爭著搶著去買那些飾物。

也不知羿正王妃打哪兒搜來的玉石，質地之好見所未見。且玉飾雕刻技藝獨特，款式新穎，真真叫人愛不釋手，不怪她們會如此，真的是哪一個都想買回家珍藏。

不過半月的時間，十歌的玉鋪便聞名於皇城。

這日，連降幾日大雨的天空終於放晴，臨近冬日的陽光格外招人稀罕，至少十歌巴不得一整日懶洋洋的窩在陽光底下。

然而她此時卻窩在東廂房的樓閣上，腦袋擱在桌上，盯著桌上一堆工具瞧了半晌，又百無聊賴的拿起剛雕刻好的一只黑玉指環有一下沒一下的把玩著。

幽怨的目光投向始終認真雕刻，從始至終不肯分神看自己一眼的段語瀅。

「姊姊要不要先休息會兒？」

聲音帶著點委屈，大眼睛控訴一般不肯移開。

「不用。」

段語瀅頭也不抬，清清冷冷的拒絕。

十歌撇了撇小嘴，「哼」一聲，負氣起身，去到邊上的貴妃榻上歇著，特意施力讓腳下步伐踩出山崩地裂的氣勢。

段語瀅之所以現在能坐在此處做著自己喜愛的事情，全仰仗羿正王出手相助。也不知他用的什麼法子，竟能夠在秀女們進宮前生出某秀女行為不檢，欲勾引羿正王一事。

而那個秀女便是一直以來習慣欺壓自己的那個任性大小姐，她們同是桀城人士，偏偏這人打小便習慣同自己比較，父親走後，更是變本加厲。

確實，自從那日在城門外見過羿正王，那個大小姐便開始魂不守舍，時常打聽有關羿正王之事。

羿正王便是利用這點吧！總之，此事引得皇上雷霆大怒，並頒下聖旨，從此取消選秀。

而令人意外的是，一個小小的秀女，竟引出方丞相手上的幾條命案，以及貪污的大罪。方丞相及方丞相一脈的官員全部落馬，就在昨日，剛剛斬首示眾。

此事在十歌看來不過是巧合，殊不知，當年母親之死便是方丞相所為。

十歌生母曾經也是皇城一朵矜貴嬌豔的名花，多少男人妄想攀折，偏生她看上之人是唐清德，這讓與她青梅竹馬的方丞相實難接受。

待十歌長到九個月大時，其母受邀前去參加一場宴席，結果方丞相趁此機會將其強占，其母不堪受辱，當日便投湖自盡。

關於此事，祁知衍和唐清德頗有默契，對十歌隻字不言。

另外，近些時日因著第一樓開張，柳卿怡父親所開的酒樓生意大打折扣，許多貴人不肯再光臨，眼看著生意越發蕭條，他便決定背地裡搞破壞。

好死不死，每次行動均未能得逞，甚至還留下把柄，於昨日東窗事發，把宮裡的女兒，還有剛升上貴妃之位的妹妹也拖下水了。

唐清德好大的本事，竟留有他們當年害死唐楹的證人和證據。這下整個柳家一併遭殃。

簡直大快人心。

十歌開心得連連在王爺臉上親了好幾口，那種被捧在手心呵護的感覺簡直太美妙。被寵了一段時間，十歌覺得自己越來越嬌氣了。

好比現在，姊姊不過專心雕刻，她便想要一耍小性子。

難得王爺准許她回家，陪她一下會怎樣？玉有她美嗎？

「妳若再不歇息，我就把展大哥請過來！」

十歌口中的展大哥是段語瀅曾經的未婚夫婿，得知秀女被遣，他便千里迢迢趕過來，欲將她接回去成親。

可桀城那個家哪裡還有段語瀅的容身之處？正巧十歌的玉石鋪需要雕刻師傅，她便把段語瀅留下，承諾每年給她鋪子的兩成利。

耳聽一句「展大哥」，段語瀅終於放下手中工具，無奈的向半躺在貴妃榻上，由著丫鬟侍候吃葡萄的十歌走去。

那丫頭不知打何時起，嬌氣得一粒葡萄得把皮和籽去完了才肯張口吃。

「展大哥與妳無仇，莫要害他。」

說話間，段語瀅緩步去到貴妃榻旁，摘下一粒葡萄剝皮去籽後，便塞入十歌口中。十歌也不客氣，張口便吃下，笑嘻嘻道：「展大哥待姊姊好，我哪會害他。」

「妳若把展大哥叫來，王爺知道了你倆都沒好果子吃。」

似乎能想像那個畫面，段語瀅面上難得有一絲微笑。

羿正王是個醋罈子，哪怕十歌妹妹同親哥哥多說幾句話都不行，需得十歌妹妹好生哄勸才行。

偏生這個小妖精總喜歡故意惹王爺氣惱，再好言輕哄，哄完還不怕死來一句。「真好哄。」

每每總讓她替這丫頭捏把冷汗。好在王爺很吃這一套，還甚是享受。

真真是一個願打一個願挨，讓人看得好生羨慕。

一句話便叫十歌僵住，想想好像確實是這麼回事。故意惹毛王爺和無意間惹毛還是有區別的，前者會更好哄一些，後者則總發生在不經意間，連如何惹毛他都不曉得，怎麼哄？

不過還是想調侃一下面前的小美人。

「姊姊心疼啊？」

賊兮兮靠近姊姊，好曖昧的眼神看過去，蹭一蹭胳膊。

哎喲，臉紅了。

「姊姊也心疼心疼我呀，妳看，我有家歸不得。」

好委屈的垂下眸子，絞著手指，孤單又無助。罷了，乾脆往姊姊懷裡鑽，叫姊姊疼一下。

「貧嘴。怎麼，連我也想害？」

她能確定，小姑娘這般與自己親近，王爺定當吃味。垂頭看著枕在自己雙腿上的那顆小腦袋，段語瀅目光變得柔和，唇角笑意不減反增。

自打住進尹府後，她整個人便鮮活起來。

這裡沒有太多規矩教條，想做什麼均能隨心所欲，她感覺到從未有過的自由。

十歌撒嬌一般，腦袋在腿上蹭了幾下。「我哪捨得呀！」張著大眼睛思索好一會兒，又道：「姊姊，在我看來，展大哥滿心滿眼都是妳，是個不錯的夫君人選。妳看他為了妳還特意把生意遷至皇城，姊姊當珍惜才是。」

段語瀅沈默不言，抬起頭，目光透過窗子向外看去。
十歌知道姊姊心中顧慮之事。如今她雖被退回去，可曾有過秀女之名，那是抹不掉的，她怕自己配不上展大哥，更怕展大哥遭人恥笑。
嘆口氣，十歌覺得有必要給姊姊樹立信心。「姊姊，別忘了妳是仁勇校尉的妹妹，也是未來羿正王妃的姊姊，妳的身分對展大哥而言，是高攀。」
「可……我終究名不正言不順。」
段語瀅無奈苦笑。
「所以姊姊的意思是我和哥哥在雲隆鏢局時，也名不正言不順？」
滿是興味的回過去，但十歌知道，姊姊從未這麼想過，否則不會待她這般好。
段語瀅已經被十歌拿捏得死死的，一句話說出來，便見她皺緊眉頭，嚴肅認真道：「我從未這般想過。」
「是呀！對於姊姊，我和哥哥也不這麼想，所有喜愛妳的人都不會這麼想，展大哥也是。至於其他人，咱們完全不用在意，妳並不為他們活著。」
十歌同樣回得認真。
後來，二人就此話題聊了許久，一直到王爺派人來接方才結束。此時段語瀅的想法已經改變，至少十歌的話她聽進去了。
十歌鑽進馬車後，抬眼卻見祁知衍單手支著頭，對她揚著柔和淺笑。十歌回以燦笑，而後自覺的往他腿上坐，抱著他的脖子撒嬌。「王爺久等啦！」

「本王帶妳去個地方。」

祁知衍輕而緩的開口。與佳人十指相扣，任由她把玩自己的手指。

十歌隨意應和一聲，興致缺缺的模樣，好似那地方還不如王爺一隻手來得好玩。

可當她下了馬車後，整個人便活躍起來，開心得四處奔跑。「這地方真好啊！」

原來是王爺帶她來到一棟五進的大宅院，宅子似乎剛翻新，一應家具應有盡有。

忍不住問道：「衍哥哥早就開始準備了吧？」

毋庸置疑，宅子定是王爺特意準備的。

最近她確實在差人尋找大宅子，畢竟府裡多了祖母、義母還有姊姊，且郡主不日也將嫁進來。

唔，要是父親也願意住進來就好了，不過他每日忙都忙不完，老唐家離得近，自然是回本家要好一些。

「我只要妳歡喜便好。」

祁知衍並不否認，一雙眼睛柔情似水，一直看著的只有那道身影。

十歌喜孜孜撲過去。「嗯，我很歡喜！」

真的，所有她想要的，王爺都能幫她實現。

十歌在皇城中過得別提多舒坦，遠方的尹暮年今日方才到達桀城，他馬不停蹄回雲隆鏢局，只想快些將祖母和義母接回去。

昔日氣派的大宅子如今蕭條得不像樣，尹暮年只覺心疼。那是義父打拚了一輩子，死死守護著的一片天地啊，如今竟成了這模樣。

聽聞當年維護他的兄弟們全被趕出雲隆鏢局，如今的雲隆鏢局早已物是人非，但這並不影響他被認出來。

「臭小子，你還有臉回來?!」

得到消息趕出來的大少爺未見來人便開始叫囂，可當他看清來人，卻是驚得愣怔了好一會兒。

面前男人比起當年更具威嚴，面容嚴峻的模樣，讓人打心眼裡害怕。尤其，他還一身軍裝，像極了征戰沙場的大將軍。

怎麼回事？

難怪他找不到人，竟然跑去從軍?!

那麼，他來做什麼？

眼見著院子全是士兵，大少爺不敢再多言，只等後話。

尹暮年也不磨蹭，直接取出聖旨，要求他將老夫人請出來。

老夫人雖已無權勢，可她威信仍在，許多下人仍會聽命於她。故而，三少爺回府一事，很快便傳進她的耳朵。

然而，激動之心很快便被擔憂取代。他那個喪盡天良的長孫，最是不待見年哥兒，他怎麼還犯糊塗，自個兒跑回來？

老夫人迫不及待的想要去見見這個思念許久的孫兒，可她已被軟禁了兩、三年，根本出不得院子。若年哥兒遇上危險，她也只能乾著急。

好在大少爺很快便派人來傳她，甚至還有士兵跟隨，將她小心翼翼的攙扶到前院去。

諸多不解在見到那位挺拔少年後，似乎明白了什麼，當聖旨宣讀完畢，她已經熱淚盈眶。

「祖母，孫兒來遲，讓您受苦了。」

宣讀完聖旨，尹暮年撲通一下跪在地上，狠狠磕了三個響頭。

「好孩子，快起來，讓祖母好好看看。」

老夫人哽咽，一句話說了許久才說完。

尹暮年起身，任由祖母全身上下仔細瞧過一遍。「聽聞義母被送去了莊子，那邊我已派人去接，祖母您這邊有沒有需要之物，讓齊嬤嬤收拾一下，待義母回來，咱們便出發。歌兒在皇城中日盼夜盼，只盼能早些和祖母團聚。」

老夫人對大少爺早已心如死灰，尤其他還親手推掉親妹妹的親事，甚至還將她送去當秀女。為此，老夫人病了好些時日。

幾年下來，她堅持每天唸佛，就盼老天有眼，讓其他小輩們能有出路。為此，她絕不能倒下。

這個家，她早已沒了念想。

故而，皇城，她去！

老夫人年歲大，夫人又因被送去莊子而受了不少苦。尹暮年體貼二人，將馬車安排得十分舒適，且駕車時間不會過長。路途雖遙遠，二人竟不覺疲憊。

臨近皇城，老夫人和夫人一顆心也跟著雀躍起來。一路上他們聽了兄妹二人這幾年的所有事跡，包括十丫頭即將成為羿正王妃一事。

這兩個孩子重情，跟著他們不會錯。

這日，得知一行人即將抵達皇城，十歌一早便攜段語瀅一起守在皇城城門外。

看著十歌伸長脖子望眼欲穿的模樣，段語瀅心中淌過暖流。

她來皇城那一日，十歌妹妹也是這般等候自己吧？

一行人終於抵達城門口，尹暮年眼尖，早早便看見自己的兩個妹妹。下馬後，尹暮年並非向妹妹們行去，而是就地跪下，給羿正王請安。

十歌這才知道，原來王爺來了。她昨日便被允了回家住，故而今日並未一同出城。

老夫人等人一聽說來人是羿正王，立刻便要跪下行禮，祁知衍眼疾手快扶住老人家。

「自家人，無須多禮。」

一句「自家人」聽得老夫人錯愕，雖已知曉十姐兒的親事，可她萬沒想到王爺這般隨和，愛屋及烏到連同她也受到敬重。

「祖母！」

十歌哪裡想到那許多，衝過來抱住老夫人，臉上早掛了淚。

「歌兒，先回家。」

見妹妹沒有鬆開的意思，尹暮年只好無奈的出口。

十歌一手挽著一個，一邊是老夫人一邊是夫人，直接便將她們接去新宅子，那裡她早已安排妥當。

這一夜，十歌親自為二人下廚接風，並邀請王爺和郡主，還有父親。

如今至親皆在身旁，十歌說不出的滿足和安心。

夜漸深，兄妹二人卻留下一室「至親」，乾脆一起坐在院中賞月。

記得幾年前他們每到月圓時，總會在賞月時共同期盼翌日趕集能有好收穫。

幾年過去，賞月倒成了奢望。

「歌兒，有件事一直沒有告訴妳。」

尹暮年對著月亮心平氣和開口，得到妹妹疑惑的凝視。

「永威將軍是我們的父親。」

「咦?!」

所以,這就是哥哥想來皇城的原因?可是永威將軍不是鎮守邊界嗎?

尹暮年仍然看著月亮,可他卻好似聽見妹妹的心聲。「我聽說今年皇上六十大壽時,他會回來。」

「那,他會認出我們嗎?」

哦,又多了一個有權有勢的「親人」啊。

「我想會的,因為妳長得像母親。」

尹暮年回頭,溫和的笑看妹妹。十歌伸手摸摸自己的臉蛋。「哥哥,你能給我講講他們的故事嗎?」

「這件事說來話長……」

這一夜,十歌知道了這對兄妹的身世。

原來他們的母親也是遭人迫害。

當年父親獨寵母親一人,惹來當家主母不滿,便趁著父親帶兵打仗期間,欲對母親不利。

好在母親早有覺察,趕在她們下手之前逃之夭夭。

「哎,富貴人家事情就是多。」

十歌有感而發，自然忘了自己即將成為頂頂富貴的羿正王妃。

恰是這時，有人自背後環住她，生怕她離開似的，越抱越緊，並安撫著。「放心，本王這一生唯妳一人。」

十歌回頭與之對視，眼中沒有彷徨和不安，全然信任，笑靨如花道：「嗯，我信你。」

——全書完

2022年6月出版

九流女太醫

文創風 1073～1074

他背負著痛苦和失敗重生，潛身翰林院圖謀大事；
她是半調子醫女，進宮不求出人頭地，只求有個鐵飯碗混口飯吃。
相逢並非偶然，命定的聯繫讓他們亦敵亦友，剪不斷理還亂……

冤家路窄，手到情來／閑冬

莫名穿到古代小說中成為反派死士，這人設背景讓蘭亭亭頭疼得很！
她生平無大志只求平凡度日，壓根兒不想碰任何高風險職業，
何況結局已知，她將為了救腹黑主子而死，草草結束炮灰配角的短命人生……
思來想去活命要緊，既已回到故事起點，誰規定得重演相同的劇情？
雖說來到太醫院是和反派主子成雲開相遇的契機，但反派難為，她得另作打算，
索性認真備考當女醫，走上安穩的「公職」之路才是王道～～
豈料難得發憤圖強，從藏書閣「借書」惡補之舉，反讓自己更快被盯上？!
他不愧聰明絕頂，不僅貴為攝政王門生，還是掌管太醫院招考的翰林院學士，
利眼注意到她行徑詭異、對醫術一竅不通，更涉及偷走珍貴醫書，
姑娘她即使裝不認識也難逃其手掌心，只能臨機應變見招拆招！
這男人心思詭譎太危險，她務必得在他徹底黑化、攪亂政局前撇清關係才好，
哪知人算不如天算，自己開外掛卻陰差陽錯得到太醫院長肯定，被欽點成首席女醫，
入宮履職後恐將更擺脫不了成雲開的質疑糾纏，這孽緣看來沒完沒了啊……

2022年6月出版

淘寶小藥娘

文創風 1070～1072

身為風水大師的她，卻算不透自己的命，
如今一朝魂穿到古代，竟成了淘寶濟世的小藥娘?!

藥緣天成，一卦知心／依然月

堂堂風水大師竟被設局害死，魂穿到梁山村，成了同名同姓卻病殃殃的小姑娘？
宋影説多嘔有多嘔，原主自幼喪母已夠苦命，和她爹賣力幹活養家卻人善被人欺，
宋家人不僅好吃懶做，心腸更不是一般的壞，居然害原主跌落山崖一命嗚呼了！
穿來的她要活命唯有分家一途，至於以後生計，就用風水師的本事想辦法吧～～
神機妙算引來急欲尋人的貴公子秦傑登門求助，她還算出他的歸途有性命之憂，
相逢即是有緣，她大發善心幫他一把，從此打響名氣，賺足置產的好幾桶金，
買下傳聞鬧鬼無人敢住的青磚大瓦房，親手改過風水就變成聚福的小豪宅啦～～
她帶老爹歡喜喬遷，心想以後拜村裡的神醫為師，養生種藥兼顧家計也不壞。
孰料卻被藏在房中的人嚇破膽——本應平安回京的秦傑，為何會出現在她家?!
這且不算，分明指引他一條活路走了，如今卻重傷倒在她眼前，到底怎麼回事啊？

文創風 1086

佳釀小千金 下

國家圖書館出版品預行編目資料

佳釀小千金 / 以微著. --
初版. -- 臺北市 ： 狗屋出版社有限公司, 2022.07
冊 ； 公分. --（文創風；1085-1086）
ISBN 978-986-509-345-7（下冊：平裝）. --

857.7 111008734

著作者 以微
編輯 余一霞
校對 黃薇霓
發行所 狗屋出版社有限公司
地址 台北市104中山區龍江路71巷15號1樓
電話 02-2776-5889～0
發行字號 局版台業字845號
法律顧問 蕭雄淋律師
總經銷 知遠文化事業有限公司
電話 02-2664-8800
初版 2022年7月
國際書碼 ISBN-13 978-986-509-345-7

定價280元
狗屋劃撥帳號：19001626
網址：love.doghouse.com.tw E-mail：love@doghouse.com.tw